URANUS

*Né à Joigny (Yonne) en 1902, de parents originaires du Jura,
cadet d'une famille de six enfants, Marcel Aymé perd sa mère
à l'âge de deux ans. Elevé par ses grands-parents et sa tante,
il fait ses études à Dôle, puis à Besançon. A son retour du
service militaire, il pratique divers métiers, dont celui de journaliste.*

*En 1925, il profite d'une convalescence pour écrire son premier
roman, Brulebois. D'abord passe-temps, la littérature devient
son métier vers 1930, mais le succès s'affirme surtout après la
publication de La Jument verte (1933).*

*Marcel Aymé écrit dès lors romans et nouvelles. En 1947, il
a commencé une brillante carrière d'auteur dramatique.*

Un bombardement malencontreux oblige ceux des habitants de
la ville de Blémont, dont les maisons sont intactes, à héberger
leurs concitoyens moins chanceux. Ainsi l'ingénieur Archambaud doit-il se serrer avec les siens dans deux pièces sur cinq
pour loger le couple Gaigneux (plus enfants) et le professeur
Watrin.

Cette promiscuité aggrave les difficultés d'une période passa-
blement dangereuse pour ceux que l'occupant n'a pas pris dans
ses bagages à la Libération : collabos et compromis notoires.
Pour les autres, la prudence s'impose. L'ombre d'un soupçon se
double de celle du poteau d'exécution si cela fait le jeu d'une
ambition politique ou particulière comme l'illustre la triste
aventure du cafetier-poète Léopold.

On juge donc les affres d'Archambaud quand le pro-nazi
Maxime Loin lui demande asile dans sa demeure qui abrite
déjà, on le sait, Gaigneux, le pur militant prêt aux épurations.
La charité terrassant l'instinct de conservation, voilà Maxime
Loin dans la place et son hôte dans une situation que Marcel
Aymé, ironique observateur des faiblesses humaines, exploite
avec une verve satirique hors de pair.

ŒUVRES DE MARCEL AYMÉ

ALLER RETOUR
LES JUMEAUX DU DIABLE
LA TABLE AUX CREVÉS
LA RUE SANS NOM
BRULEBOIS
LE PUITS AUX IMAGES
LE VAURIEN
LE NAIN
LA JUMENT VERTE
MAISON BASSE
LE MOULIN DE LA SOURDINE
GUSTALIN

DERRIÈRE CHEZ MARTIN
LES CONTES
DU CHAT PERCHÉ
LE BŒUF CLANDESTIN
TRAVELINGUE
LA BELLE IMAGE
LE PASSE-MURAILLE
LA VOUIVRE
LE CHEMIN DES ÉCOLIERS
LE VIN DE PARIS
URANUS
EN ARRIÈRE

LES TIROIRS DE L'INCONNU

★

LES OISEAUX DE LUNE, quatre actes.
LA MOUCHE BLEUE, quatre actes.

★

LES CONTES DU CHAT PERCHÉ, Albums illustrés
Volumes séparés

LE MAUVAIS JARS
LA BUSE ET LE COCHON
LE PAON

LE CERF ET LE CHIEN
LE MOUTON
LE PROBLÈME

LES CHIENS

Recueils collectifs

LES CONTES DU CHAT PERCHÉ (*Le Loup — Le Chien — L'Eléphant — L'Ane et le Cheval — Le Canard et la Panthère*)
AUTRES CONTES DU CHAT PERCHÉ (*Les Vaches — La Patte du Chat — Les Cygnes — Les Boîtes de Peinture — Les Bœufs*)
DERNIERS CONTES DU CHAT PERCHÉ (*Le Mauvais Jars — Le Paon — Le Problème — Le Mouton — Le Cerf et le Chien*).

★

LES CONTES BLEUS DU CHAT PERCHÉ
LES CONTES ROUGES DU CHAT PERCHÉ

ÉDITIONS ILLUSTRÉES

LA JUMENT VERTE, illustré par Chas Laborde.
TRAVELINGUE, illustré par Claude Lepape.
CONTES ET NOUVELLES, illustré de 32 aquarelles de Gus Bofa, gravées sur bois.
ROMANS PARISIENS, *suivi d*'URANUS, illustrés de trente-deux aquarelles, par Gen Paul, Vivancos, B. Kelly, Demonchy, J. D. Malcles, Perraudin, Déchelette.

Dans Le Livre de Poche :

LA TÊTE DES AUTRES
CLÉRAMBARD
LA VOUIVRE

LE PASSE-MURAILLE
LUCIENNE ET LE BOUCHER
TRAVELINGUE

LE CHEMIN DES ÉCOLIERS

MARCEL AYMÉ

Uranus

GALLIMARD

I

MARIE-ANNE jouait au piano une chanson d'Edith
Piaf. Archambaud écoutait avec une attention
émue, croyant y reconnaître un morceau de
Chopin. Les musiciens qui ont un grand génie,
se dit-il, nous feraient croire facilement à l'existence de l'âme et à celle de Dieu. Il éprouva
un sentiment de vive sympathie pour les voca-
tions artistiques, en particulier pour celle de
sa fille Marie-Anne qui désirait aller à Paris
faire du théâtre. Pourquoi ne réussirait-elle pas?
Elle avait un joli visage blond et, bien qu'ayant
échoué quatre fois à son baccalauréat, de l'intelligence et du goût. D'ailleurs, elle jouait ce
morceau de Chopin avec une sensibilité qui
était sûrement une indication quant au tempérament dramatique.

« Comment appelles-tu cette chose-là?

— *L'Hôtel meublé*. C'est une chanson d'Edith
Piaf. »

Archambaud ne se piquait nullement de musique. Néanmoins, il eut une désillusion et douta de la qualité du plaisir qu'il venait de prendre en écoutant Marie-Anne. L'ineffable ne pouvait-il pas se passer d'un état civil? Non, décida-t-il brutalement. Pas plus l'ineffable que le reste. Ce qui compte, maintenant, ce n'est pas ce qu'on sent, ce qu'on pense ou ce qu'on aime, mais avec quelles références et avec qui. Passant à des considérations confuses sur l'époque, l'état des esprits et du sien en particulier, il se sentit devenir triste et de mauvais poil. Marie-Anne s'était mise à jouer une autre chanson.

Essoufflée par la montée des deux étages, Mme Archambaud entra dans la salle à manger. Elle posa son sac sur la table, jeta ses gants sur le lit, passa son mouchoir entre ses gros seins pour y éponger la sueur et vint au piano.

« Marie-Anne, où es-tu allée hier après-midi? »

Marie-Anne vira d'un quart de tour sur son tabouret, regarda sa mère bien en face et lui expliqua qu'elle était allée chez Nadia Vincent reprendre un livre prêté la semaine passée.

« C'est faux. Je viens de rencontrer Nadia et sa mère. »

Marie-Anne rougit. Mme Archambaud, ne se contenant plus, la gifla deux fois, du plat et du revers.

« Tiens, pour t'apprendre à mentir. »

Elle s'apprêtait à poursuivre l'interrogatoire,

mais Archambaud intervint. Comme toujours, il
était très calme. Sa haute taille, son air de bon
géant placide et réfléchi conféraient à ses paroles
leur autorité habituelle.

— Voyons, Germaine, dit-il à sa femme, pourquoi empêches-tu cette petite de mentir? Déjà
ce matin, tu as fait une scène à Pierrot en
l'accusant de t'avoir pris un billet de cinquante
francs. Tu veux donc lancer dans la vie des
enfants désarmés, sans autres atouts qu'une
bonne orthographe et des souvenirs de caté-
chisme?

— Voyons, Edmond..., protesta sa femme
avec effarement.

— Bien sûr, tu aimerais te laisser aller à
tes souvenirs d'enfant de Marie. Si nous étions
seuls dans la vie, tu pourrais le faire sans
inconvénient. Mais nous avons fille et garçon.
Les malheureux. On frémit de penser qu'ils
ont grandi dans la religion de l'honnêteté, de
la vérité et de la pureté. Il est grand temps... »

Cette fois, Mme Archambaud éclata, expli-
quant à son mari que Marie-Anne avait passé,
la veille, une partie de son après-midi en
compagnie du fils Monglat. Mme Bertin les
avait vus entrer ensemble dans le bois des
Larmes.

« Voilà où elle en est! une gamine qui n'a
même pas ses dix-huit ans! Non, c'est révol-
tant!

— Pourquoi? dit le père. Marie-Anne n'a pas

mal choisi. Ce jeune Monglat est riche. Son père s'est rudement bien débrouillé sous l'occupation et le fils, résistant de la onzième heure, s'entend lui-même aux affaires. C'est bien ce qui t'a décidée, n'est-ce pas? »

Marie-Anne releva la tête, regarda son père avec reproche et, n'osant prendre la parole, secoua la tête en signe de dénégation.

« Ce n'est pas ça? Je le regrette pour toi. Ma petite fille, souviens-toi que, dans la vie, la seule chose qui compte, c'est l'argent. D'ailleurs, sur ce point, ta mère pense exactement comme moi et si elle était sûre que ce riche jeune homme t'épouse un jour, elle t'aurait déjà pardonné. »

Troublée par cette dernière affirmation, Mme Archambaud n'y contredit pas, mais après un temps de silence, s'écria avec un mépris fougueux :

« L'épouser! Il n'y pense même pas!

— Je crois, en effet, qu'il n'y pense pas. Mais pour une jeune fille adroite, il peut y avoir autant de profit à devenir la maîtresse d'un homme riche qu'à être sa femme légitime.

— Edmond! Est-ce que tu es fou? Voilà que tu encourages ta fille... Ah! le jour où cette petite imbécile sera enceinte...

— Evidemment, dit Archambaud en s'adressant à sa fille, c'est la chose à ne pas faire. Il faut absolument éviter d'avoir des enfants. Ça coûte cher, c'est un embarras, une cause de soucis, de tracas, et pour une jeune fille, c'est un handicap très lourd. Ta mère s'inquiète à juste titre de ta promenade au bois des Larmes. Ce n'est pas un endroit où céder à un jeune homme. Il ne faut le faire que dans une chambre. »

Mme Archambaud saisit le bras de la jeune fille qui était devenue écarlate et l'entraîna hors de portée des paroles du père. Resté seul, il fit quelques pas dans la salle à manger où l'entassement des meubles permettait tout juste de circuler et prit sur le lit un journal qu'il abandonna aussitôt. Enjambant une banquette, il se coula dans l'espace étroit ménagé entre la bibliothèque et la commode qui débordaient sur la porte-fenêtre et passa ainsi sur le balcon. Là aussi, la place était mesurée, car on y avait relégué de grandes jarres de terre, pleines d'objets hétéroclites, pour la plupart inutiles, dont on répugnait pourtant à se séparer. Accoudé à la balustrade, Archambaud regrettait les paroles amères qui venaient de lui échapper et les jugeait maintenant aussi sottes qu'inconvenantes. Certes, Marie-Anne n'avait pu voir dans cette sortie du père qu'une boutade ou un effet de rhétorique un peu trop soutenu, dont il fallait prendre le contre-pied. Ainsi l'entendait-il lui-même. A la réflexion, pourtant, ses paroles lui semblèrent contenir beaucoup de vérité et, en tout cas, exprimer de façon assez satisfaisante certain sentiment de malaise qui l'oppres-

sait parfois aux heures de loisir. A coup sûr, il
ne pouvait s'agir d'une simple boutade. Archambaud n'avait d'ailleurs jamais eu le moindre
penchant pour le paradoxe, étant au contraire
de ces esprits honnêtes et prudents qui se mé-
fient des propos brillants et d'abord des leurs.

Il voulut oublier son inquiétude et laissa
errer ses regards sur le paysage. L'an dernier, de
ce même balcon, à la même époque, la vue était
arrêtée par les immeubles bordant l'autre côté
de la rue Principale, alors que maintenant elle
s'étendait jusqu'à la campagne par-dessus les
tas de pierrailles et les pans de mur en voie de
démolition qui constituaient autrefois les quartiers les plus peuplés de la ville de Blémont.
Il était difficile de retrouver l'emplacement des
plus petites rues, mais le tracé des artères importantes subsistait entre des alignements de
moellons entassés les uns sur les autres. La
petite place d'Agut était reconnaissable aux
quatre tilleuls, miraculeusement épargnés, qui
en avaient été l'ornement. Derrière les murs
écroulés de l'hôtel d'Houy où la vieille marquise avait été écrasée, un bouquet d'arbres
était également intact. Quelques baraquements
peints en vert ou en marron avaient surgi en
bordure de la rue de Paris, d'autres étaient en
train de se construire. Sur les espaces déblayés,
l'herbe avait déjà poussé et, un peu partout, les
ronces et les chardons envahissaient les
décombres. Sous le soleil de midi, des boîtes de

conserve luisaient parmi les pierres et les ordures. Sans avoir la patine de l'âge, les ruines offraient la désolation supplémentaire de paraître flétries.

Archambaud s'étonnait toujours que la campagne fût si proche et si réduit l'espace dévasté où demeuraient naguère plus de quatre mille personnes représentant les trois quarts de la population blémontoise. Habitué pendant quinze ans à voir les maisons d'en face, il oubliait parfois qu'elles n'étaient plus là et recevait alors un choc en arrivant sur le balcon. Les premiers champs et les premiers prés, en bordure de la falaise qui surplombait d'une trentaine de mètres les quartiers anéantis, étaient si peu éloignés qu'il avait souvent l'impression d'être en pleine campagne, dans une ferme dont la ville dévastée eût figuré la cour. Et les cultures s'étendaient au loin, sur de grands espaces partagés par les routes et par la rivière. A une distance d'un kilomètre, vers la droite, au bord de la nationale, l'usine se trouvait également à découvert. Du haut de son balcon, il pouvait apercevoir, séparés par la grille d'entrée, les deux pavillons de brique rouge, celui des services commerciaux et l'autre, le directorial, où il avait son bureau d'ingénieur. L'usine, qui employait six cents ouvriers, était indemne. La reprise du travail, suspendu pendant les derniers mois de l'occupation, avait maintenu dans la ville toute une partie de la population que la difficulté de se loger eût sans doute éloignée.

Soudain, Archambaud se retira du balcon. Son regard venait de rencontrer celui de Mme Séguin, l'ancienne mercière de la rue des Cardeuses, qui sortait de la cave où elle avait transporté son domicile. Eblouie par le grand jour de midi, elle avait d'abord battu des paupières, puis s'était arrêtée à regarder l'heureux homme qui paressait au balcon du deuxième étage d'une solide maison de pierre. Objet d'envie pour cette vieille femme condamnée à une vie souterraine et venue respirer un peu d'air pur au milieu des décombres, il avait été gêné sans bien s'en rendre compte. De retour à la salle à manger, il entendit, en provenance de la cuisine, un bruit de dispute qui n'avait du reste rien d'insolite, car il se renouvelait deux fois par jour, presque sans faute, avant l'heure des repas. Désœuvré, il tourna autour de la table, puis réfléchit à une disposition des meubles qui eût laissé plus d'espace pour se mouvoir. Par exemple, on pouvait mettre la commode sur la desserte et le bonheur du jour sur le secrétaire. Pour les chaises qui n'avaient pu trouver place autour de la table et qui encombraient les abords d'autres meubles, il imagina de les suspendre à des crochets glissant sur un câble tendu à quelques centimètres du plafond. Aussi bien le système était-il applicable aux deux fauteuils en faux Louis-XV et au plus léger des trois poêles alignés contre la cheminée. Cependant, les criailleries de la cuisine étaient devenues de furieuses vociférations qui le décidèrent à se rendre sur les lieux.

Il trouva Marie-Anne et sa mère essayant de tenir tête à Maria Gaigneux, une petite femme brune, potelée, qui possédait une voix aiguë, mais puissante, et une remarquable facilité d'élocution. Les Gaigneux, sinistrés, occupaient avec leurs quatre enfants, par décision municipale, deux pièces de l'appartement qui en comptait cinq. Ils partageaient en outre avec les Archambaud la jouissance de la cuisine et des vécés. Mme Archambaud supportait mal de devoir abriter cette famille d'ouvriers, des gens désordonnés et sans gêne, disait-elle, qui avaient transporté sous son toit la crasse de leurs habitudes. Les contacts entre les deux femmes, qu'imposait l'usage commun de la cuisine, provoquaient à chaque instant des conflits.

« Puisque vous vous étiez servie du fait-tout, disait Marie-Anne, vous deviez au moins le rendre propre.

— Vous, répondait Marie Gaigneux, si vous avez la prétention de me donner des leçons de politesse, vous repasserez. Mettez-vous bien dans la tête qu'ici, je suis autant que vous et même plus que vous, parce que moi je suis sinistrée et que j'ai quatre enfants.

— J'aurais trop à faire pour vous apprendre la politesse, déclara Mme Archambaud avec

hauteur. Si je pouvais seulement vous apprendre
la propreté...

— Pour la propreté...

— Les cabinets...

— Oui, les cabinets! rugit Maria. Vous saurez
d'abord que dans ma famille, on a le derrière
mieux tenu que dans la vôtre! »

Poursuivant cette étude comparative, Maria
Gaigneux trouva des images d'une violence
saisissante. Les épaules remontées, l'œil noir, elle
avait la puissance d'une bête sauvage prête à
mordre. Mme Archambaud sentait lui échapper
l'avantage et il en allait d'ailleurs ainsi chaque
fois que le ton de leurs querelles montait. Le
mépris distingué, les reparties sèches, s'ils n'imposent pas à l'adversaire, sont à peine des satisfactions intimes. Elle était sur le point de quitter
la place. L'arrivée de son mari la réconforta un
peu. D'abord, il ne put placer un mot, Maria lui
ayant délibérément tourné le dos, et comme il
haussait la voix pour imposer sa médiation,
elle fit une soudaine volte-face.

« Vous, dit-elle, ce n'est pas parce que
vous êtes ingénieur que vous allez m'intimider... »

Sur ces mots, René Gaigneux apparut au
seuil de la cuisine, mais la forte carrure
d'Archambaud le dissimulait aux yeux de sa
femme qui poursuivit avec emportement :

« Non, vous ne me faites pas peur, et tout
ingénieur que vous êtes, si vous avez l'air d'avoir

deux airs, je vous ferai flanquer à la porte d'ici
et ce sera tôt fait! »

Cette allusion menaçante à une puissance
occulte, René Gaigneux, membre du comité de
la section locale du parti communiste, la trouvait d'autant plus inconvenante qu'elle était
dirigée contre un ingénieur de l'usine où lui-
même était ouvrier tourneur. Une légère rou-
geur lui colora les pommettes. Il prit sa femme
par le bras, l'entraîna hors de la cuisine et,
ouvrant une porte de l'autre côté du couloir,
la poussa dans l'entrebâillement, d'un coup de
soulier dans les fesses qui lui arracha un cri. Les
témoins de l'exécution n'avaient pas bougé et
observaient un silence gêné. Archambaud était
très impressionné par cet esprit de décision et
par la vigueur du coup qui avait dû faire très
mal. Il songea qu'un homme tel que lui, exerçant une profession à base de diplôme, ne disposait plus d'un recours aussi simple pour
éclaircir les différends qui naissaient dans son
ménage. Blessée dans son sentiment du féminin,
Mme Archambaud considérait le voisin avec
un mépris renforcé, tandis que Marie-Anne,
satisfaite de ce retournement de la situation
qui s'agrémentait d'un très joli gag, ne pensait
qu'à dissimuler son envie de rire.

Gaigneux s'excusa des paroles prononcées par
sa femme, mais brièvement et sans amabilité.
Son visage fermé était celui d'un homme sur ses
gardes. Il tenait les yeux baissés, ne les levant

qu'à de rares intervalles pour fixer l'interlocuteur d'un regard aigu qu'il éteignait aussitôt.
Comme Archambaud dans son esprit de conci-
liation, lui parlait d'un *motus vivendi* à trouver,
il se borna à répondre, en jetant un coup d'œil
sur la femme de l'ingénieur, que la chose lui
paraissait difficile, et alla surveiller le repas de
midi qui cuisait sur un petit fourneau à deux
trous, placé à côté de l'imposante cuisinière de
Mme Archambaud. Penché sur une casserole de
terre dont il remuait le contenu avec une
cuillère de bois, il semblait vouloir ignorer la
présence des deux femmes qui vaquaient autour
de leur feu. Lui aussi pensait au coup de pied
qui le laissait insatisfait. Il craignait maintenant
d'avoir mis sa femme dans une situation ridicule et sans nécessité bien pressante. Savoir si
les fesses de Maria, avant d'appartenir à la justice de l'époux, n'étaient pas d'abord dans ces
circonstances un moment de la conscience de
classe. A première vue, la question pouvait
paraître absurde, mais Gaigneux savait bien que
l'esprit de classe ne serait pas absent non plus
des commentaires auxquels se livreraient les
Archambaud, et principalement la mère, sur la
rudesse de ses manières. Comme il se retournait
pour prendre la soupière sur la table, il faillit
heurter Marie-Anne qui lui éclata de rire au
nez et fut un moment avant de pouvoir reprendre
son sérieux. Il s'amusait de la voir rire ainsi et
son visage s'égaya.

« Vous riez de ce qui vient d'arriver à ma femme, mademoiselle Archambaud. Vous n'avez pas l'habitude de voir ça.

— Si vous m'aviez vue tout à l'heure, quand maman m'a giflée, vous auriez ri aussi, monsieur Gaigneux. »

Il sut gré à la jeune fille de cette confidence qui visait à le mettre à l'aise.

« Ce n'est pas la même chose, dit-il en souriant. D'abord, les voisins n'étaient pas là. Ensuite...

— Marie-Anne, coupa Mme Archambaud d'une voix sèche, dépêche-toi d'aller mettre le couvert. »

Gaigneux reprit aussitôt un air froid et se tourna vers son fourneau sans répondre au sourire de la jeune fille.

II

L'APRÈS-MIDI avait été chaude. A l'usine, Archambaud avait été obsédé par le désir d'avaler un demi de bière. Le patron, dans son cabinet, réunissait en conférence les ingénieurs et les principaux chefs de service. Sans en avoir le titre ni les appointements, Archambaud était en fait le directeur technique de l'entreprise. Les autres ingénieurs ne discutaient pas plus sa compétence que son autorité. Au cours de cette réunion, un projet d'aménagement d'ateliers sur lequel il était déjà d'accord avec le patron, avait été écarté à l'instigation de Leroi. Pareil fait ne s'était pas produit depuis plus de dix ans. Leroi était un jeune ingénieur sorti de Centrale pendant l'occupation et entré tout récemment à l'usine. Il appartenait à une famille des environs et venait d'épouser la fille d'un gros commerçant du chef-lieu. L'un de ses deux frères, déporté, était mort à Buchenwald, l'autre était journaliste à Paris. Leroi, qui avait peut-être moins d'ambition que de légèreté, parlait avec une assurance et une autorité que son expérience professionnelle ne justifiait nullement. On ne lui connaissait pas d'étiquette politique ni même d'orientation et il semblait peu probable qu'il eût été un résistant bien actif, car il n'en parlait pas et, pourtant, le personnage ne se recommandait ni par la discrétion ni par la modestie. Dans un autre temps, aucun de ses collègues ne l'aurait pris au sérieux, mais il avait derrière lui le mort de Buchenwald et le journaliste de Paris, et ses moindres propos sonnaient comme les trompettes de la Résistance. Il avait suffi que Leroi s'élevât contre le projet d'aménagement en s'appuyant sur des considérations hors de propos, et le patron le suivait aussitôt avec un empressement presque obséquieux et les autres, après quelques observations timides, se cantonnaient dans un silence d'acquiescement.

Le soir, au sortir de l'usine, en pédalant vers la ville, Archambaud ne songeait qu'à la réunion. Il y trouvait plusieurs sujets d'amertume et d'abord son échec personnel. En tant qu'homme de métier, il souffrait aussi à l'idée qu'une amélioration, indiscutablement nécessaire au rendement de l'entreprise, eût été sacrifiée à de vagues prestiges politiques. Mais ce qui l'affectait le plus profondément, c'était le souvenir visuel du moment culminant de la réunion, alors que les ingénieurs et chefs de service, gênés

par sa présence et son regard, humiliés de leur
propre faiblesse, cédaient à contre-cœur, mais
sans résistance, à des arguments qu'ils savaient
sans valeur. Ces hommes consciencieux, capables
de tenir tête au patron, Archambaud les avait
vus humbles et soumis, le visage et le regard
marqués par on ne savait quel mensonge. Pourtant, leur conduite sous l'occupation ne prêtait
pas à commentaire et aucun d'entre eux ne se
trouvait dans le cas du patron qui avait, lui,
pas mal de choses à se faire pardonner. Archambaud, malgré son dépit, ne se résignait pas à
croire qu'ils avaient eu peur de Leroi, mais ne
parvenait pas non plus à trouver le mot convenable pour désigner le sentiment auquel ils
avaient pu obéir. Soudain, il s'avisa qu'en face de
Leroi, il avait lui-même une attitude assez surpre-
nante et qu'il lui arrivait d'écouter ses bavar-
dages avec une complaisance qu'il n'aurait pas
eue pour un autre collègue. Il finit par se demander à quel sentiment peu avouable il obéissait
lui aussi en feignant de s'intéresser à des discours qui non seulement l'ennuyaient, mais
l'irritaient la plupart du temps.

Devant sa maison, des enfants jouaient à la
guerre dans les ruines. Ceux qui étaient surpris
à découvert par une rafale de mitraillette s'écrou-
laient loyalement et restaient une minute immobiles, le visage figé dans une grimace. Ces
recherches de réalisme s'appuyaient vraisemblablement sur une expérience vécue du bom-

bardement qui avait fait plus de trois cents
victimes. En descendant de bicyclette, Archambaud s'intéressa à un petit de huit à dix ans
qui venait de s'affaisser sur un tas de pierres,
comme blessé à mort, et qui gémissait : « Je
suis foutu, les copains, achevez-moi. » Les copains
se consultèrent avec des mines soucieuses et l'un
d'eux, prenant un morceau de bois passé dans
sa ceinture, fit sauter la cervelle du petit.

En passant dans le couloir, il s'arrêta une
minute au seuil de la cuisine où sa femme et
Maria Gaigneux préparaient les repas du soir
dans un silence absolu. Les visages étaient durs,
les gestes nerveux. Le mutisme des deux cuisinières semblait ne présager rien de bon. Comme
il échangeait quelques mots avec sa femme,
Maria leva sur l'ingénieur un regard plein de
haine, qui lui fut pénible. Peu capable de les
éprouver pour son compte, Archambaud était
toujours surpris de découvrir chez les autres des
sentiments de haine ou de malveillance.

En entrant dans la salle à manger, il embrassa
Marie-Anne et, après avoir ôté sa veste et chaussé
des espadrilles, s'assit sur le lit pour ne pas la
gêner dans ses allées et venues. Tandis qu'elle
mettait le couvert, il suivait ses mouvements
d'un regard critique, car ils lui paraissaient manquer d'économie. Par exemple, elle prenait les
assiettes plates dans un buffet, les mettait en
place et, au lieu de passer aux assiettes creuses,
allait chercher les verres dans un autre meuble.

« Ton frère n'est pas encore rentré?

— Mais si, il est dans la chambre. Il travaille. »

En mettant le couvert, elle cherchait immédiatement une disposition de la table qui fût satisfaisante pour l'œil. Peu lui importait de gagner du temps.

« Je croyais que tu voulais faire du théâtre?

— Mais je n'ai pas changé d'avis », répondit Marie-Anne que la question du père surprenait.

Archambaud, par la pensée, remit entièrement le couvert et ne put se défendre de faire appel à une équipe d'ouvriers spécialisés dont chacun avait une attribution. Leur besogne terminée, ils allaient se faire payer à la cuisine où Gaigneux les exhortait à se montrer exigeants, si bien que Mme Archambaud se voyait obligée de leur donner deux cents francs. Le couvert avait été mis dans un temps record, mais c'était très cher.

« Dis-moi, ce fils Monglat, tu l'aimes? Tu ne me réponds pas.

— Je ne sais pas.

— Je lui trouve l'air bien avantageux, bien vulgaire aussi, dans le genre distingué et omniscient. Je sais qu'il a une auto et qu'il va assez souvent à Paris. Il t'a sans doute promis de t'y emmener? »

Marie-Anne plongeait dans le buffet jusqu'aux épaules pour se dispenser de répondre. Le père attendit qu'elle en fût sortie et, de nouveau, posa sa question. La jeune fille nia faiblement.

« Il t'a dit aussi qu'il connaissait des directeurs de théâtre?

— Il a beaucoup de relations. Samedi dernier, il a déjeuné avec le ministre de l'Education nationale.

— J'en doute, répliqua le père tout en songeant qu'une pareille rencontre n'avait rien d'invraisemblable, ni même de bien singulier.

— Il a connu son cousin dans la Résistance.

— Crois-moi, mon enfant, ce n'est pas sous les auspices d'un quelconque petit trafiquant de sous-préfecture comme il y en a cent mille aujourd'hui, que tu peux faire carrière au théâtre. »

A vrai dire, Archambaud ignorait absolument quels étaient, pour une jeune fille, les moyens les plus rapides de se faire une place au théâtre. Rien ne prouve, pensait-il, qu'un petit multimillionnaire de province, frotté à la Résistance, ne soit pas capable de fabriquer une actrice.

« Va, il n'y a que le travail qui mène à quelque chose. Cet automne, tu t'installeras à Paris chez ta tante Elise et tu commenceras tes études. Si tu as une vocation solide, tu réussiras, mais à condition de ne compter que sur ton effort. Quant au jeune Monglat... »

L'arrivée de Pierre en bras de chemise et pieds nus mit fin à l'entretien. Il venait de travailler d'arrache-pied sur une dissertation ayant pour sujet : « L'esprit de Résistance dans les tragédies de Corneille. » Il avait une tache d'encre sur le nez.

« J'ai mes six pages bien tassées, dit-il avec satisfaction. Rien que sur Horace, j'en ai pondu deux. »

Il était particulièrement content de ces deux pages-là, ayant comparé le maréchal Pétain à Camille et le général de Gaulle au jeune Horace. La complaisance avec laquelle il en cita plusieurs phrases finit par agacer sa sœur qui porta sur sa composition un jugement défavorable. Froissé, il répliqua que peu lui importait l'opinion d'une cruche qui s'était fait recaler quatre fois au baccalauréat. Sur quoi Marie-Anne l'accusa d'avoir flatté bassement son professeur de français, lequel était notoirement communiste. Pierre, en effet, dans sa dissertation, à côté du maréchal et du général, avait introduit Marcel Cachin sous les traits du vieil Horace, sans autre nécessité apparente que celle de tirer à la ligne.

Témoin de la dispute, Archambaud, lui aussi, soupçonnait son fils de n'avoir pas été tout à fait désintéressé dans cette réincarnation du vieil Horace. En sa qualité de père et d'éducateur, il lui incombait de dénoncer la flatterie en général comme une pratique des plus détestables, mais au moment d'ouvrir la bouche, il fut retenu par la pensée qu'il n'avait aucune raison d'ordre pratique sur laquelle appuyer sa condamnation et, lorsqu'il se ressaisit, il avait laissé passer le temps utile.

Le ton de la dispute était devenu très vif et les jeunes gens échangeaient des paroles blessantes. Le regard de Marie-Anne était animé, mais celui du garçon avait un éclat douloureux et haineux. Comme elle lui en faisait la remarque et en tirait des conclusions quant à son caractère, Pierre, furieux, prit à deux mains la tête de sa sœur et lui ébouriffa les cheveux. Marie-Anne lui ayant appliqué une gifle, il se jeta sur elle et l'empoigna à bras-le-corps.

« Attention, bon Dieu, fit le père. Vous allez casser la vaisselle. »

Pierre poussa sa sœur sur le lit où ils roulèrent l'un sur l'autre. Plus jeune qu'elle et plus petit, il était pourtant le plus fort. Toutefois, elle se débattait avec vigueur et ne s'avouait pas vaincue. Le père, qui s'était poussé prudemment vers le traversin, n'en reçut pas moins une claque sur l'oreille. Cependant, on frappait à la porte du couloir.

« Allons, restez tranquille, voilà le professeur. »

Archambaud mit pied à terre et les enfants, rouges, les yeux encore animés, se levèrent à leur tour. Un homme grand et mince, aux cheveux argentés, entra dans la salle à manger. C'était le professeur Watrin, qui enseignait les mathématiques dans les grandes classes du collège de Blémont. Sinistré, il était lui aussi logé dans l'appartement des Archambaud. Il y occu-

pait la plus petite pièce, celle où l'on ne pouvait accéder qu'en passant par la salle à manger
et, grâce à sa discrétion et à sa courtoisie, cette
servitude n'avait rien de pesant. Il s'arrêta
auprès d'Archambaud et sourit aux jeunes gens.

« Ces animaux-là étaient en train de se battre
sur le lit, dit le père. J'ai même encaissé un coup
sur l'oreille. »

Watrin eut un rire jeune, au timbre frais.
Même lorsqu'il était sérieux, son visage maigre,
ses yeux pâles avaient toujours une expression
d'étonnement joyeux, d'honnêteté un peu cré-
dule. Avec émerveillement, il regarda les enfants,
la table mise et, par la porte-fenêtre, un rectangle de ciel bleu où noircissait un nuage.

« Quelle journée! dit-il. J'aurai passé mon
après-midi dans les champs. J'ai corrigé un paquet
de copies, couché dans l'herbe. »

Il eut un rire heureux, gagna la porte de sa
chambre et, l'ayant poussée, s'effaça pour laisser
le passage à Archambaud. C'était un usage établi
qu'au retour de l'usine, l'ingénieur allât le
retrouver dans sa chambre ou attendît le moment de l'y accompagner. Il aimait la société
de Watrin, l'étrange indépendance de son esprit
qui semblait ne tenir à rien en s'intéressant
néanmoins à tout avec une ferveur presque
troublante, et la bonne grâce avec laquelle il
accueillait ses confidences ou ses inquiétudes.
Ni dans son bureau de l'usine, ni dans sa famille,
ni ailleurs, il n'éprouvait la sensation de détente

et de liberté, qu'il goûtait dans cette petite
chambre où le lit-cage, l'armoire de pensionnaire,
la table de travail, la table de toilette et le poêle
de fonte ne laissaient pas quatre pieds carrés
de parquet à découvert.

Abandonnant la chaise à Archambaud, le professeur s'était assis sur le lit. Avec tendresse, il
parla de ses déambulations dans la campagne,
de l'odeur de l'herbe dans les prairies du bord
de l'eau, de l'ombre d'un pommier criblée de
taches de soleil.

Archambaud, qui n'écoutait pas, le coupa au
milieu d'une phrase.

« Watrin, il faut que je vous raconte quelque
chose. Figurez-vous qu'à l'usine, cet après-midi,
nous avions conférence... »

Il dit l'intervention de Leroi, l'obséquiosité
du patron, le consentement silencieux des ingénieurs et chefs de service et leurs regards honteux.

« Mais non, s'écria-t-il en réponse à une question du professeur. Ils n'ont pas été compromis.
Simplement, ils ont été maréchalistes pour la
plupart et, du reste, sans tapage. Maréchalistes,
ce n'est même pas le mot. Sans avoir fait œuvre
de collaborateur, ils ont cru à l'utilité de la
collaboration et du gouvernement de Vichy et
je suis persuadé qu'ils y croient encore. Leurs
raisons, vous les connaissez, ce sont les miennes.

— Vous me les avez encore exposées hier soir,
dit Watrin. Elles me paraissent valables.

— Valables ou non, peu importe. Le fait est qu'ils y croient ou qu'ils y ont cru. Faut-il penser qu'ils se sentent une mauvaise conscience et qu'ils ont peur de Leroi? Le personnage est bien inoffensif. Est-ce qu'ils auraient honte devant lui? Alors, quoi, honte de leurs convictions? Mais moi qui crois encore dur comme fer à ce que j'ai cru sous l'occupation, je n'en ai pas honte... Et pourtant... Ecoutez, Watrin, en toute honnêteté, je dois reconnaître qu'en face de Leroi et d'autres, je ne me sens pas non plus tout à fait dans mon assiette. Mais je n'ai ni peur ni honte. Comment expliquez-vous ça?

— Ce doit être simplement un peu d'hypocrisie de votre part, répondit Watrin.

— Hypocrite? Je serais un hypocrite?

— Je ne dis pas que vous soyez un hypocrite, mais il y a des époques où le meurtre devient un devoir, d'autres qui commandent l'hypocrisie. Le monde est très bien fait. L'homme a en lui des dons qui ne risquent pas de se perdre. »

Watrin parlait ainsi sans ombre d'ironie. Le ton était d'une gravité un peu attendrie.

« Vous êtes un homme mystérieux, dit Archambaud. Il y a des gens indifférents à tout, qui voient du même regard le meilleur et le pire. Mais vous, on dirait que c'est avec les yeux de l'amour et de l'admiration que vous voyez tout. Entre parenthèses, ce doit être bien agréable.

— C'est un grand bonheur, murmura Watrin.

— Vous devriez me passer votre recette. Je ne sais pas ce que j'ai, mais depuis un temps, ça brinqueballe dans ma cervelle.

— J'essaierai de vous la passer. »

Le jour baissait dans la petite chambre qu'éclairait une fenêtre étroite donnant sur les ruines et sur la campagne. Marie-Anne ouvrit la porte et vint déposer sur la table du professeur une assiette de soupe. Il s'était levé et s'empressait de faire place nette, rejetant livres et cahiers sur le lit, si bien qu'il ne resta plus sur la table qu'un globe terrestre aux couleurs vives, monté sur un pied de bois. Autant par paresse que par discrétion, Watrin s'abstenait d'utiliser la cuisine dont il avait, lui aussi, la jouissance. Il se contentait d'improviser des repas froids, acceptant toutefois, sur les instances de Mme Archambaud, qu'on lui servît une soupe chaude au déjeuner et au dîner.

« Vous m'ouvrez des horizons, dit Archambaud en se levant. Je vais peut-être y voir un peu plus clair. »

A la table familiale, le père ne se mêla guère à la conversation. Méditant les paroles du professeur, il oubliait Leroi et découvrait un aspect nouveau de la vie quotidienne à Blémont. A son esprit surgissaient des images de la ville, une rue, un carrefour, un coin des ruines, la gare, la poste, l'intérieur d'une boutique, le comptoir d'un café. Dans chacun de ces décors, un groupe de Blémontois s'entretenait du prix de la viande,

de la guerre au Japon, des bons de textile, de la
rareté du savon, de la reconstruction, ou de
tout autre objet tenant à l'actualité. Quel que
fût le groupe et selon son importance, Archambaud y distinguait toujours un ou deux individus ou davantage, remarquables par leurs
regards faux, leurs sourires complaisants, et qui
paraissaient heureux d'être tolérés par les autres.
Parfois, il se voyait lui-même attentif à ne pas
laisser deviner ses vraies pensées et se tirant
d'affaires par un silence, un hochement de tête
ou un sourire donnant à entendre, sans équivoque pour l'interlocuteur, qu'il se rangeait à
son avis.

Les jeunes gens parlèrent de Gary Cooper, de
Micheline Presle, puis de Jean Marais. Mme Archambaud aimait beaucoup Jean Marais. Marie-
Anne fit à son sujet des réserves sévères. Appelé
à donner son opinion, le père déclara qu'il trouvait l'acteur excellent, mais on ne tarda pas à
s'apercevoir qu'il prenait Jules Berry pour Jean
Marais. La nuit était tombée. On avait donné la
lumière. Après le repas, selon son habitude,
Archambaud enfila sa veste et alla prendre l'air
dans la rue.

III

La nuit était noire, sans lune, et pendant le dîner, le ciel s'était couvert de nuages bas qui cachaient les étoiles. En face de l'immeuble, Archambaud vit des lumières aller et venir parmi les ruines et n'y prêta pas autrement attention. Déjà il avait repris le fil de sa méditation. Il songeait à tous ces hypocrites, au nombre desquels il se comptait lui-même, et que rien n'obligeait à taire leurs convictions ni à feindre d'en avoir d'autres. Franchissant les frontières de Blémont, il considéra la question à l'échelle du département, puis de la nation tout entière. Les hypocrites se chiffraient maintenant par millions. Dans toutes les provinces de France, dans tous les villages, dans les grandes villes et dans les petites, il voyait grouiller ces gens à double visage, reconnaissables à une attitude un peu gênée et composée, au ton doucereux de leurs propos, à l'art d'utiliser les silences dans la conversation, à leurs sourires conciliants et légère-

ment serviles, comme s'ils étaient des inférieurs.
Ces millions de citoyens, songeait-il, et c'était un
peu leur excuse, étaient appelés à choisir entre
des partis politiques qui condamnaient avec horreur ce qu'ils avaient cru et croyaient encore
vrai et raisonnable. Mais l'aspect politique du
problème ne l'intéressait que médiocrement. Il
était plus attentif aux inconvénients que pouvait
comporter pareille situation dans la vie quotidienne et aux déviations morales ou psycholo-
giques qui en résultaient.

Chaussé d'espadrilles, Archambaud cheminait
sans bruit. Bien qu'absorbé dans ses réflexions,
il avait vaguement conscience qu'il se passait
dans la ville quelque chose d'inhabituel à cette
heure du soir. En traversant le grand carrefour,
il entendit un bruit de pas, des appels et, soudain, se trouva pris dans un faisceau lumineux
qui s'éteignit après s'être attardé sur lui un
temps appréciable. L'itinéraire de ses prome-
nades du soir était invariable. Il s'engagea dans
l'avenue Aristide-Briand qui descendait à la
rivière entre deux rangées de décombres. Là
aussi, des lumières circulaient parmi les ruines,
tandis que des hommes s'interpellaient dans
l'obscurité. Cette agitation était au moins insolite, mais il ne songea pas à s'en étonner. Nombre
de familles habitaient les caves de certaines maisons détruites et, après tout, il n'était pas extraor-
dinaire qu'à dix heures du soir la nuit fût
encore animée. Archambaud reprit le cours de

ses réflexions. Cette vague d'hypocrisie, qu'il croyait voir déferler sur la France, prenait maintenant à ses yeux des proportions grandioses. Que la presse entière feignît d'ignorer qu'il existait des millions d'individus tenant pour telle opinion ou en réduisît le nombre à quelques dizaines de milliers d'imbéciles et de vendus, il y avait là, songeait-il, un mensonge colossal. Il en arriva ainsi à conclure qu'une partie de la France manœuvrait à donner le change sur ses convictions, l'autre partie affectant de croire que certaines façons de penser n'avaient d'existence ni dans le présent ni dans le passé.

Ayant atteint le pont, but de sa promenade, il s'accouda au parapet pour sentir sur son visage la fraîcheur de la rivière. Il entendait le bruit d'eau vive du courant qui se brisait sur les piles de pierre, mais la nuit était si noire qu'il ne voyait rien. Un éclair, suivi d'un grondement encore lointain, illumina le ciel et la surface de l'eau. De plus en plus excité, il remuait des pensées et des mots amers : hypocrisie nationale, tartuferie, cancer, mensonge, cafarderie. Soudain, une voix vibrante déchira le silence, tandis qu'il sentait deux canons de fusil appuyer sur ses reins.

« Les mains en l'air, salaud, ou tu es mort. »

Il leva les mains et, pendant quelques secondes il eut l'impression d'être pris en flagrant délit, comme si ses mauvaises pensées avaient pu attirer l'attention de très loin. Puis il voulut

parler, mais l'un de ses agresseurs lui coupa la
parole.

« Ta gueule... Louis, allume ta lampe. Toi, ne
bouge pas. Un mouvement, je te tue... Tu as
ta lampe?

— Elle est détraquée.

— Appelons les autres... Ohé! Par ici! On le
tient! Ohé!... »

Les agresseurs avaient des voix jeunes. Archambaud pensa qu'il avait affaire à deux
F. F. I. et, flairant quelque méprise, n'eut pas
trop d'alarme. Toutefois, ces jeunes gens mani-
festaient une extrême nervosité et lui poussaient
si fort leurs canons de fusil dans les reins qu'il
en était meurtri. « Pourvu que ces idiots-là
n'appuient pas sur la détente », pensa-t-il. A
leurs appels répondaient d'autres appels, on entendit un bruit de pas, et des lumières brillèrent
à l'entrée du pont. Les nouveaux venus bra-
quèrent leurs lampes sur le groupe.

« Il y a erreur, dit une voix. C'est Archambaud, l'ingénieur de l'usine.

— Oui, c'est Archambaud », confirmèrent
d'autres voix.

Les deux F. F. I. maintenaient leurs canons
sur le dos de l'ingénieur qui avait laissé retomber ses mains.

« Qu'est-ce qu'il vient faire sur le pont à
cette heure-ci? demanda l'un d'eux avec un accent de hargne soupçonneuse.

— Je me promène comme je fais tous les soirs

après dîner. On n'a plus le droit de se promener, maintenant? Qu'est-ce qui se passe?

— Ce n'est pas vos oignons.

— Alors quoi? vous m'arrêtez ou vous me
laissez aller? Il faudrait savoir.

— Ne faites pas le malin. Ça pourrait vous
coûter cher. »

Un grand éclair embrasa une moitié du ciel.
Archambaud put voir l'un des F. F. I., garçon
de seize à dix-sept ans, et les cinq hommes venus
à la rescousse, parmi lesquels un gendarme. Le
bruit du tonnerre couvrit un moment celui des
voix. Un vent frais souffla sur le pont. Le gendarme, sortant de l'ombre, entra dans la lumière des lampes et s'adressa aux F. F. I. d'une
voix douce et précautionneuse dont les inflexions presque caressantes trahissaient son
souci de ne pas froisser leur susceptibilité.

« Si vous voulez mon avis, on n'a pas intérêt à retenir cet homme-là plus longtemps.
C'est la vérité qu'il fait tous les soirs sa promenade par ici. Voyez-vous, mon idée, c'est qu'on
a mieux à faire que de s'occuper de lui. Je
crois aussi qu'arrêter M. Archambaud qui est
connu de toute la ville, ça n'aurait peut-être pas
l'air bien sérieux non plus. C'est votre opinion
aussi? »

La question du gendarme demeura sans réponse, mais les F. F. I. abaissèrent leurs armes.
Soulagé, M. Archambaud se tourna vers ses deux
gardes. Ils restaient silencieux et ne se déci-

daient pas à lui signifier son éloignement.
«Allez, rentrez chez vous », dit le gendarme.

Les lampes s'éteignirent, Archambaud s'éloigna, laissant derrière lui le bruit d'une conversation soudain animée. Il marchait rapidement,
afin de n'être pas surpris par l'orage, mais
aussi dans la crainte d'être de nouveau arrêté.
A intervalles réguliers, les éclairs illuminaient les
ruines et la chaussée. Il s'attendait chaque fois
à être interpellé et rejoint par des hommes ar-
més. La pesée des canons de fusil lui laissait
dans la région des reins une légère courbature.
Il pensait avec colère à l'attitude des deux F. F. I.,
qu'il traitait tout bas de voyous. Ces deux gamins, qui semblaient participer à une opération
de police contre quelque collaborateur, savaient
sûrement à quoi s'en tenir sur sa personne. Pourtant, son identité dûment établie, ni l'un ni
l'autre ne pouvaient se résigner à le laisser
libre, trop heureux qu'ils étaient, les salauds, de
tenir un homme au bout de leurs fusils et appelant de leurs vœux l'incident qui leur don-
nerait prétexte à lâcher un coup de feu dans une
viande vivante. Racaille. Ceux-là n'étaient pas
des hypocrites. Ils laissaient paraître leurs ins-
tincts. On en avait su quelque chose au moment
de la Libération et personne ne s'était élevé
contre les exécutions sommaires et les rapines.
Tous les Archambauds de la ville, tous les nobles
cœurs et les belles consciences avaient assisté, le
cœur un peu mou, mais le menton approbateur,

à la mort de cet autre petit salaud de Laignel,
un dénonciateur, celui-là, que les F. F. I. avaient
collé au mur en présence de ses père et mère,
après lui avoir crevé les yeux et fait faire à
genoux le tour de Blémont. Belle époque.

Archambaud perdait de vue ses deux F. F. I. et
faisait le procès de la Résistance tout entière. Il
entamait celui du général de Gaulle lorsque, traversant le grand carrefour, il entendit le pas d'un
homme qui s'approcha de lui et l'enveloppa dans
la clarté de sa lampe électrique. Après examen et
sans souffler mot, l'inconnu éteignit sa lampe.
Conscient de n'avoir rien à craindre, l'ingénieur
éprouva pourtant l'impression désagréable d'être
un gibier. « En somme, se dit-il, on est revenu
au temps du couvre-feu. Tant pis, je ne sortirai
plus le soir. Après tout, la Résistance a raison.
Un homme qui arpente les rues après dîner
sous prétexte de prendre le frais, c'est suspect.
On en a flanqué en prison pour moins que ça. »
En s'engageant dans le couloir obscur de sa
maison, il eut honte de s'être délecté à de telles
réflexions à propos d'un incident qui prêtait
plutôt à sourire. Dans son entourage, il avait
la réputation d'un homme exemplairement calme
et si la réalité secrète restait en deçà des apparences, il n'était pas non plus l'homme des jugements emportés et des conclusions hâtives.

En arrivant au bout du couloir, il pressa le
bouton de la minuterie. Sous le toit de zinc en
saillie, qui abritait une partie de la cour de

l'immeuble, les locataires rangeaient les bicyclettes, les lessiveuses, les voitures d'enfants et les caisses vides. Comme il se dirigeait vers l'escalier, Archambaud vit un homme sortir d'entre les lessiveuses et, non sans hésitation, reconnut Maxime Loin, autrefois employé à l'usine et devenu, sous l'occupation, directeur d'un quotidien du chef-lieu. Le visage pâle et creusé, les yeux hagards et ses vêtements fatigués flottant sur son corps amaigri, on lui eût donné quarante-cinq ans et il n'en avait pas trente-cinq. Ses chaussures à la main, il s'avança en boitillant et dit à voix basse :

« Monsieur Archambaud, sauvez-moi. »

Archambaud fut violemment ému par cette figure d'homme traqué et, encore sous le coup des impressions désagréables qu'il venait d'éprouver lui-même, se représenta vivement les transes par lesquelles le fugitif avait dû passer. Aussitôt, il essaya de se ressaisir et se raidit contre la tentation de céder à un mouvement de pitié. Sans être très au fait des activités de Maxime Loin, il se souvenait d'avoir lu quelques-uns de ses articles, en particulier une apologie du régime hitlérien. Il ne se sentait à aucun degré solidaire de cet homme et lui en voulait d'avoir vu dans la collaboration un moyen de soumettre la France, alors que pour lui, Archambaud, elle était un moyen de défense.

« Sauvez-moi, répéta Loin à voix basse en le regardant avec des yeux ardents.

— Moi, murmura l'ingénieur, je ne peux que vous donner un conseil. C'est d'aller vous constituer prisonnier. »

Animé jusque-là par l'espoir et la prière, le visage de l'homme se figea. Il baissa les yeux avec résignation. L'ingénieur avait la gorge serrée.

« Pendant l'occupation, dit Loin à haute voix et sans le regarder, si vous m'aviez vu me noyer dans la rivière, vous m'auriez tendu la main. »

Archambaud ne répondit pas. Il ne se sentait pas le cœur d'exposer à un condamné à mort les griefs qu'il nourrissait contre lui. Quelques secondes, ils restèrent silencieux, l'un en face de l'autre. Ils entendirent la porte s'ouvrir au fond du couloir, sans doute par un locataire qui rentrait. Ils l'entendirent se refermer. Loin n'avait pas bougé. Archambaud le prit par le bras et lui dit tout bas : « Montez. » L'un en espadrilles, l'autre marchant sur ses chaussettes, ils gravissaient sans bruit l'escalier. Ils étaient déjà au premier étage lorsque le pas du locataire sonna dans le vestibule et ce fut lui qui ralluma la minuterie qui venait de s'éteindre. Blessé par une chute dans les décombres, Loin montait avec effort, mais rapidement. « Si les Gaigneux nous voient, pensa Archambaud, je suis perdu. » En entrant dans le couloir de l'appartement, il vit la cuisine éclairée. Comme toujours, la porte était grande ouverte et il fallait traverser un rectangle de lumière vive. A cette heure-là,

d'ordinaire. il n'y avait plus dans la cuisine que
Mme Archambaud. mais la prudence commandait de manœuvrer comme si Maria Gaigneux
eût été là. Il fit marcher Loin à sa gauche, de
façon à le masquer et, réglant son pas sur le
sien. il traversa la zone de lumière sans tourner
la tête. Il paraissait très peu probable que la
présence d'un homme à son côté eût été remar-
quée, mais dans le cas contraire, elle ne pouvait
manquer d'être suspecte. Ouvrant la porte de
la salle à manger, il poussa le fugitif devant
lui et vit sa femme cousant sous la lampe. Marie-
Anne se coupait les ongles.

IV

Le professeur Watrin sauta du lit à sept heures moins le quart, resta cinq minutes en chemise devant la fenêtre à regarder la campagne dans le soleil du matin et, enfilé son caleçon, alla à la table de toilette. Lavé, il vit un gros bourdon bourdonnant qui se cognait aux murs et aux meubles. Il se mit à sa poursuite en riant et en lui prodiguant des conseils, jusqu'à ce que l'insecte eût retrouvé la fenêtre et bondi dans l'espace. Watrin mit son pantalon, se chaussa et vint encore une fois contempler le paysage. Comme distraitement, il prit le globe terrestre posé sur un coin de la table et, lorsque Archambaud entra après avoir frappé, il le tenait dans ses bras, on aurait dit maternellement.

« Bonjour, Watrin. Excusez-moi...

— Bonjour. Il fait aussi beau qu'hier. »

Mais Archambaud ne semblait guère se soucier du beau temps. Watrin montra les ruines toutes blondes dans la clarté du matin.

« Regardez. Je suis sûr que là-dedans, c'est plein de petits lézards.

— Ça ne m'étonnerait pas. Dites-moi, est-ce que vous m'accordez cinq minutes? J'ai quelque chose à vous demander.

— A votre service. Asseyez-vous. »

Au lieu de s'asseoir, Archambaud se rapprocha du professeur et lui parla à l'oreille.

« Vous avez peut-être connu avant la guerre un nommé Maxime Loin? Il était employé dans les bureaux de l'usine. Un type qui publiait des plaquettes de vers. Il a fait aussi des conférences à la salle des fêtes. Il avait fondé un cercle des amis de je ne sais plus qui.

— De Proudhon. Oui, oui, je me souviens. Mais c'est bien lui, sous l'occupation, qui a dirigé ce journal...

— Parfaitement. La justice le recherche pour le juger et le fusiller. A la Libération ou un peu après, il est venu se cacher ici, chez des gens qui habitent une cave au milieu des ruines. Il y a vécu pendant huit mois, ne sortant que la nuit pour prendre l'air. A-t-il été vu ou dénoncé, on ne sait pas. Toujours est-il qu'hier soir, on est venu l'arrêter chez les gens qui l'hébergeaient. Il a réussi à s'échapper par un soupirail et comme il faisait nuit noire, je crois qu'avec un peu plus de sang-froid, il aurait pu gagner la campagne. Il est vrai que les F. F. I., la gendarmerie et la police étaient sur pied, sans compter de nombreux auxiliaires bénévoles. Avec ça,

il s'est esquinté la cheville en dégringolant d'un
tas de pierres. Bref, hier soir, quand je suis allé
me promener, il était planqué dans l'encoignure
de la quincaillerie. La nuit était noire, mais il
m'a entendu sortir et, comme j'avais laissé
la porte entrebâillée, il s'est glissé dans le
couloir. En rentrant, je l'ai trouvé dans le vestibule.

— Alors? demanda Watrin excité.

— Alors, je me suis trouvé très embarrassé. Je
pouvais le livrer aux gendarmes, comme aurait
fait un vrai patriote. Je pouvais le laisser se
débrouiller tout seul et c'était peut-être la sagesse. Ou alors lui sauver la mise. C'est ce
que j'ai fait. Il est là, chez moi. Il couche dans
la chambre des jeunes gens. Pierre partage son
lit avec lui. Je ne sais pas combien de temps il
va nous rester sur les bras...

— On ne peut pas le laisser partir avant de
lui avoir trouvé une retraite sûre », émit Watrin
en enfilant sa veste.

Il vit s'assombrir le visage de l'ingénieur et
fut déçu de constater qu'il n'accueillait pas
l'aventure avec plus d'allégresse.

« C'est qu'il est terriblement embarrassant,
murmura Archambaud. Je ne parle pas de l'in-
commodité qui en résulte pour nous, mais de la
difficulté de le tenir caché dans ces deux pièces.
Vous n'imaginez pas tous les petits problèmes
que pose sa présence. Une imprudence, une dis-
traction, et tout est perdu. Et le voisinage des

Gaigneux n'arrange rien. C'est même là qu'est le
plus gros danger.

— Si je peux vous être utile...

— Justement. Il y a des circonstances où on
a besoin de l'escamoter. Des gens à dîner, des
visites. Tenez, le problème se pose déjà ce matin. La femme de ménage vient à neuf heures
et, naturellement, elle circule dans les deux
pièces. Si vous acceptiez que notre homme vienne
se réfugier chez vous jusqu'à midi...

— Mais naturellement. Ça va de soi. Qu'il
vienne chez moi quand il voudra, que j'y sois
ou non.

— Merci, Watrin. Vous me rendez un très
grand service.

— N'ayez pas d'inquiétude, tout se passera
très bien, dit Watrin qui ajouta en riant :
Surtout soyez de bonne humeur. Pensez aux satisfactions que vous allez trouver maintenant
dans l'hypocrisie. »

Archambaud rit aussi, mais le cœur n'y était
pas et il quitta la chambre avec un visage soucieux. Watrin consacra cinq minutes à faire
son lit et son ménage et sortit à son tour, emportant un paquet de copies corrigées qui dépas-
sait de la poche de sa veste.

La seule partie de Blémont épargnée par les
bombes formait un îlot d'une douzaine de rues.
La densité de la population y ayant presque
triplé, l'animation était beaucoup plus grande
qu'autrefois et à l'heure du matin où les Blé-

montois se rendaient au travail, la rumeur d'une
foule pressée emplissait le quartier. Watrin gagna la place Saint-Euloge et se dirigea vers le
café du Progrès, un établissement de médiocre
apparence, dont la façade fraîchement repeinte
en marron sentait l'humidité et le bois ver-
moulu. L'intérieur, où régnait une odeur de
moisi, était propre et assez bien éclairé. Au
milieu de la salle, une grosse poutre étayait
le plafond qui avait longtemps menacé de s'ef-
fondrer sur les tables. Derrière le zinc, Léopold,
le patron, assisté de sa femme, servait les clients
du matin qui venaient avaler un marc ou un
café national. Ancien lutteur de foire, Léopold
avait une carrure presque monstrueuse et, en-
foncée entre les épaules, une énorme tête chauve,
écarlate et comme tuméfiée par l'alcool. Avant
la guerre, sa force était renommée dans tout le
canton et, pour divertir ses clients, lorsqu'il
était d'humeur un peu enjouée, il lui arrivait
encore d'écraser le goulot d'une bouteille de
champagne entre ses dents. Watrin s'accouda au
zinc à côté d'un garçon coiffeur prénommé Alfred
que trois autres consommateurs venaient de
prendre à partie. L'un d'eux, parlant pour tous
avec un accent de haine passionnée, déclara :

« Charogne, on te buttera. Tu m'entends, on
te buttera.

— Allons, allons », dit Léopold.

Alfred, le garçon coiffeur, un grand blond
lymphatique à l'air abruti, aux épaules en goulot

de bouteille, restait silencieux, les yeux baissés.

« Maxime Loin, tu sais peut-être où il est, toi. Les Boches, tu étais assez content de leur couper les cheveux et de leur envoyer des sourires. Fumier, on l'aura, ta peau.

— Allons, allons, dit Léopold.

— Une ordure qui voudrait jouer au mâle avec les filles. Je vas t'aider, moi, bouge pas. A coups de talon dans la gueule que je veux que tu sois butté.

— Allons, allons... »

Alfred restait muet. La patronne, une petite femme usée et ridée, aux cheveux blancs, lui servit un café national. Il voulut prendre le verre, mais sa main tremblait si fort qu'il y renonça. Watrin lui frappa cordialement l'épaule.

« Ne vous tracassez pas, mon vieux. Tout ça, c'était pour rire. Monsieur ne pense pas un mot de ce qu'il vient de vous dire. »

Alfred eût un pâle sourire, mais l'adversaire prit mal l'intervention de Watrin.

« Vous, le grand sifflet, lui dit-il, commencez par la boucler. Je n'admets pas... »

Il n'eut pas le loisir de poursuivre. Léopold s'était penché sur le zinc, l'avait saisit par le revers du veston et, le tenant suspendu à bout de bras, s'écriait :

« Qu'est-ce que j'entends? Tu oses traiter M. Watrin de grand sifflet? Tu oses manquer de respect à un professeur du collège de Blémont? Fais-moi le plaisir de payer ton verre et de me foutre le camp d'ici en courant! »

Suffoquant sous la poigne du cafetier, l'homme roulait des yeux furieux et se secouait pour essayer de reprendre pied sur le parquet. Ses deux compagnons tentèrent en sa faveur une intervention humble et prudente. Le professeur lui-même prononça des paroles conciliantes.

« Rien du tout! Je n'admettrai pas qu'on manque à M. Watrin! Et d'abord, vous autres, vous devriez être honteux de vous porter à trois contre un pauvre idiot sans défense comme Alfred. Mais minute. Si j'apprends qu'on a seulement touché à un cheveu de sa tête, j'en fais mon affaire personnelle. Mettez-vous ça sous la casquette. Allons, règle ton verre, toi. »

Toujours suspendu à bout de bras, l'homme prit douze francs dans sa poche et les posa sur le zinc. Il se retrouva aussitôt d'aplomb sur ses pieds. Pâle de rage et d'humiliation, il reprenait haleine en fixant sur le patron un regard meurtrier. D'une voix rauque, encore essoufflée, il articula :

« Rappelle-toi de ce que je te dis...

— Hors de mon établissement, alcoolique! » tonna Léopold en montrant la porte du doigt.

Sentant passer encore un coup le vent de la colère, l'autre n'hésita qu'une seconde et tourna les talons. Léopod se versa un grand verre de vin blanc qu'il avala d'un trait. Il était un peu plus de huit heures moins le quart. Les derniers clients ne tardèrent pas à partir et lorsque Watrin resta seul au zinc, la patronne lui apporta un bol de vrai café et une tartine de beurre.

« Mais enfin, demanda le professeur, pourquoi en veulent-ils à ce malheureux?

— Des histoires de femmes, répondit le patron. A les entendre, on croirait facilement qu'Alfred était le bras droit d'Hitler, mais la vérité, c'est qu'avec sa gueule d'ahuri et sa mine de papier mâché, il est la coqueluche des femmes et naturellement qu'il y a des jaloux. »

M. Didier, un collègue de Watrin, venait d'entrer dans l'établissement et le rejoignait au zinc. Accueilli avec une sympathie déférente, il eut droit, lui aussi, au vrai café et à la tartine de beurre.

« Voyez par exemple Rochard, celui que j'ai failli corriger tout à l'heure. Il louchait sur la veuve d'un contremaître. Mais elle, justement, elle n'aime pas le genre ouvrier. Ce qui lui plaît, c'est le métier joli, la délicatesse, et Alfred, il a pour lui l'ondulation, la permanente à domicile et les mains de velours. Pas besoin de vous en dire plus long. »

Cependant, de jeunes garçons de treize à quinze ans, portant sous le bras livres et cahiers, entraient au café du Progrès où ils s'asseyaient devant les tables de bois après avoir salué les professeurs et les patrons. Le collège de Blé-

mont étant détruit, la municipalité avait réquisitionné certains cafés pour les mettre à la
disposition des élèves, le matin de huit à onze
heures et l'après-midi de deux à quatre. Pour
les cafetiers, ce n'étaient que des heures creuses
et leurs affaires ne pâtissaient pas. Néanmoins,
Léopold avait vu de très mauvais œil qu'on
disposât ainsi de son établissement et la
place Saint-Euloge avait alors retenti du tonnerre
de ses imprécations. Le jour où pour la première fois les élèves étaient venus s'asseoir au
café du Progrès, il n'avait pas bougé de son
zinc, le regard soupçonneux, et affectant de croire
qu'on en voulait à ses bouteilles. Mais sa curiosité, trompant sa rancune, s'était rapidement
éveillée et Léopold était devenu le plus attentif
des élèves. Tout l'intéressait, même ce qu'il ne
comprenait pas. Il écoutait avec recueillement
et admiration les paroles qui tombaient de la
bouche du professeur. A vrai dire, les leçons
de mathématiques n'étaient rien de plus pour
lui qu'un sujet d'étonnement et le peu qu'il
retînt des cours d'histoire formait dans son esprit une bouillie confuse. Il n'en était pas de
même des cours de français, car Léopold, s'il
lui arrivait de s'égarer dans les commentaires,
trouvait de solides points d'appui dans les textes
des auteurs.

« Je me sauve, dit Watrin. Mes élèves de
mathélème m'attendent au café de la Pomme
d'Or.

— On vous verra quand même tout à l'heure? s'informa Léopold.

— Oui, j'ai mes élèves de première à dix heures. »

Watrin sorti, le professeur Didier resta seul devant le zinc à boire son café. C'était un vieil homme, triste et fatigué, qui avait repris du service au début des hostilités. Il ne croyait plus à la valeur de son enseignement et disait parfois à ses collègues que pour faire des officiers de réserve et des électeurs, il n'y avait pas besoin de tant de simagrées. Il avait beau s'efforcer de lire dans les événements, dans les cœurs et dans les consciences, il n'y voyait ni le latin ni les classiques qu'il avait prodigués pendant quarante ans.

« Alors, monsieur Didier, c'est vous qui commencez, ce matin?

— Oui, je suis en français avec la troisième.

— *Andromaque,* hein? murmura Léopold en souriant. C'est beau, *Andromaque.* Dites, monsieur Didier? »

Le professeur, derrière ses lunettes de fer, leva son regard usé sur l'énorme face rubiconde et boursouflée du cafetier. Il n'osa pas lui dire qu'à force de les rabâcher, Racine et les autres classiques n'étaient plus pour lui que des sujets de devoir de français.

« Vous avez raison, monsieur Léopold, *Andromaque,* c'est très beau. Allons, je crois qu'il est l'heure. »

Léopold s'assura que la troisième était au complet. Ils étaient douze élèves, quatre filles et huit garçons, qui tournaient le dos au comptoir. Tandis que le professeur gagnait sa place au fond de la salle, le patron alla retirer le bec de cane à la porte d'entrée afin de s'assurer contre toute intrusion. Revenu à son zinc, il but encore un coup de vin blanc et s'assit sur un tabouret. En face de lui, le professeur Didier s'était installé à sa table sous une réclame d'apéritif accrochée au mur. Il ouvrit un cahier, jeta un coup d'œil sur la classe de troisième et dit :

« Hautemain, récitez. »

Léopold se pencha sur son siège pour voir l'élève Hautemain que lui dissimulait la poutre étayant le plafond. La voix un peu hésitante, Hautemain commença :

Seigneur, que faites-vous, et que dira la Grèce?
Faut-il qu'un si grand cœur montre tant de faiblesse?

« Asseyez-vous, dit le professeur lorsque Hautemain eut fini. Quinze. »

Il notait avec indulgence. Estimant que la plupart de ces enfants vivaient et travaillaient dans des conditions pénibles, il voulait les encourager et souhaitait que l'école, autant que possible, leur offrît les sourires que leur refusait trop souvent une existence troublée.

A son zinc, Léopold suivait la récitation des écoliers en remuant les lèvres et avalait anxieu-

sement sa salive lorsqu'il sentait hésiter ou trébucher la mémoire du récitant. Son grand regret, qu'il n'oserait jamais confier à M. Didier,
était de ne participer à ces exercices qu'en
simple témoin. Léopold eût aimé réciter, lui
aussi :

> *Captive, toujours triste, importune à moi-même,*
> *Pouvez-vous souhaiter qu'Andromaque vous aime?*

Malgré la timidité et le respect que lui inspirait Andromaque, il lui semblait qu'il eût
trouvé les accents propres à émouvoir le jeune
guerrier. Il se plaisait à imaginer sa voix, tout
amenuisée par la mélancolie et s'échappant du
zinc comme une vapeur de deuil et de tendresse.

« Les cahiers de préparation », dit le professeur Didier.

Les élèves ayant étalé leurs cahiers, il alla de
table en table s'assurer qu'ils avaient exécuté le
travail portant sur un autre passage d'*Andromaque*. Pendant qu'il regagnait sa place, Léopold se versa un verre de blanc.

« Mademoiselle Odette Lepreux, lisez le
texte. »

Odette Lepreux, une mince jeune fille de qua-
torze ans, toussa pour s'éclaircir la gorge. Léopold,
qui la voyait de dos, considérait avec une tendresse
paternelle sa taille frêle et le flot de ses cheveux
châtains bouclant sur les épaules. Une fois de
plus, il se sentit fier de réunir dans son établis-

sement toute une jeunesse savante et appli-
quée. Odette se mit à lire d'une voix claire,
encore enfantine, où tremblaient des perles d'eau
fraîche :

> *Où fuyez-vous, Madame?*
> *N'est-ce point à vos yeux un spectacle assez doux*
> *Que la veuve d'Hector pleurante à vos genoux?*

Sur ces paroles d'Andromaque, la patronne,
venant de sa cuisine, pénétra discrètement dans
l'enceinte du zinc. Comme elle s'approchait du
cafetier, elle eut la stupéfaction de voir les
larmes ruisseler sur ses joues cramoisies et interrogea :

« Qu'est-ce que t'as?

— Laisse-moi, murmura Léopold. Tu peux
pas comprendre.

— Enfin, dis-moi ce que t'as.

— Ne m'emmerde pas, je te dis. »

Odette Lepreux poursuivait la lecture :

> *Par une main cruelle hélas! j'ai vu percer*
> *Le seul où mes regards prétendaient s'adresser.*

La patronne considérait cet homme étrange,
son mari, auquel ses reproches et ses prières
n'avaient jamais réussi, en trente ans de vie
commune, à tirer seulement une larme. Ne revenant pas de son étonnement, elle oublia une
minute ce qu'elle était venue lui dire. Enfin,
elle se ressaisit et se pencha sur lui.

« Léopold, les gendarmes sont là. Ils viennent
perquisitionner. »

V

Les gendarmes se tenaient dans le réduit humide qui servait de cuisine et où l'ampoule électrique était allumée du matin au soir.

« Ordre de perquisition, dit le brigadier d'une voix sèche en montrant un papier.

— Allez-y. »

Les gendarmes firent ouvrir un placard mural au fond de la cuisine et un grand buffet, mais sans s'attarder à en inventorier le contenu, au grand soulagement de Léopold qui tenait cachés, au fond d'une soupière, quelques rouleaux d'or. Dans la chambre à coucher, ils se contentèrent également de faire ouvrir l'armoire et de regarder sous le lit. Léopold comprit qu'ils cherchaient un homme.

« Vous avez une cave? un grenier?

— Une cave, oui. Le grenier a été réquisitionné pour des sinistrés. »

Dans la cave, les gendarmes se dégelèrent et,

sur question du cafetier, laissèrent entendre
qu'ils cherchaient Maxime Loin. La perquisition se termina dans la cuisine autour d'une
bouteille de vin blanc.

« Vous m'en faites des drôles, dit Léopold.
Venir chercher un collaborateur chez un résistant comme moi, vous avouerez... »

Les gendarmes s'esclaffèrent :

« Vous, Léopold, résistant? Première nouvelle!

— Oh! je ne suis pas l'homme à me vanter,
mais si je voulais raconter tout ce que j'ai fait
pour le pays, j'en étonnerais sûrement plus d'un.
En tout cas, ce que tout le monde sait bien à
Blémont, c'est que jusqu'à la Libération, j'ai
eu un Juif comme garçon de café. Un homme
qui m'a coûté les yeux de la tête. Vous pensez,
dans mon petit établissement de rien, comme
j'avais besoin d'un garçon de café...

— Dites donc, le petit établissement, il ne
marchait pas si mal. Les Boches connaissaient
bien l'endroit.

— Il fallait bien les supporter, mais vous
pouvez me croire, ce n'est pas ce qu'ils m'ont
fait gagner. Surtout si on veut faire le compte
de tous les dégâts qu'ils m'ont fait. C'est comme
mon Juif. Ce cochon-là, il n'arrêtait pas de me
casser des verres. Bien souvent que je me suis
retenu de le vider d'ici à coups de botte. Mais
quand l'envie m'en démangeait, je me disais
comme ça : « Non, Léopold, tu n'as pas le droit.

« Un Juif par les temps qui courent, c'est
« sacré. »

Léopold pencha la tête et baissa les yeux avec
un air de modestie. Le brigadier sourit et eut
un clin d'œil à l'adresse de son compagnon.

« C'est beau ce que vous avez fait là. Mais
j'y pense, votre Juif, il n'était pas si Juif que
ça. C'était quand même votre neveu? »

Léopold regarda le gendarme d'un œil rusé
et se mit à rire bruyamment. Ayant rempli les
verres, il dit en trinquant :

« A la gendarmerie, on n'est quand même pas
gentil avec moi. Même plus le droit d'avoir un
neveu juif, à présent.

— Farceur, va.

— Ah! oui, vous lui en voulez, à ce pauvre
Léopold. Suffit que le premier venu me dénonce et vous n'en demandez pas plus long.
Pourtant, l'homme qui m'a dénoncé, vous savez
ce qu'il vaut. Seulement, vous avez peur de
lui. »

Le brigadier cambra le torse et son visage se
renfrogna. Il était froissé.

« La preuve, c'est qu'il a pu vider les Jaclin
de leur logement et s'installer à leur place. Vous
l'avez laissé faire tranquillement.

— Personne n'avait porté plainte. La gendarmerie n'avait pas à intervenir. »

Après le départ des enquêteurs, Léopold
alla prendre l'air d'Andromaque, mais la colère qui s'amassait en lui l'empêchait de prendre

plaisir à la leçon. Abandonnant la salle de café, il alla mettre son veston et sa casquette.

« Je rentrerai vers onze heures et demie », dit-il à sa femme.

Chez les chapeliers de Blémont, il n'existait pas de couvre-chef à la mesure de sa tête. Coincée sur son occiput, sa casquette couvrait à peine la moitié de sa calvitie. Dans la rue, les passants regardaient avec sympathie son imposante silhouette qui rappelait à la fois celle du gorille et celle du robot. Dans la ville, Léopold était une figure plutôt populaire. Ce matin-là, il ne voyait personne et ne répondait à aucun des saluts qui lui étaient adressés. Toute son attention se concentrait sur l'étrange conduite de Rochard dont la perfidie venait de lui être confirmée par les gendarmes. Peut-être le dénonciateur s'était-il laissé aller à un mouvement de rage, qu'il savait devoir être sans conséquences. Peut-être aussi avait-il escompté que les gendarmes, en allant chez lui appréhender Maxime Loin, mettraient le nez dans quelque pot aux roses du marché noir et, à vrai dire, le calcul se fût trouvé juste si la perquisition avait eu lieu, par exemple, la veille ou deux jours plus tard. Ce Rochard était bien capable d'avoir flairé quelque chose.

Tout en marchant, Léopold se laissa distraire de sa colère par le souvenir d'Andromaque. Ces gens qui tournaient autour de la veuve d'Hector, ce n'était pas du monde bien intéressant non

plus. Des rancuniers qui ne pensaient qu'à
leurs histoires de coucheries. Comme disait la
veuve : « Faut-il qu'un si grand cœur montre
tant de faiblesse? » Quand on a affaire à une
femme si bien, songeait-il, on ne va pas penser
à la bagatelle. Lui, Léopold, il aurait eu honte,
surtout que les femmes, quand on a un peu
d'argent de côté, ce n'est pas ce qui manque.
Il se plut à imaginer une évasion dont il était
le héros désintéressé. Arrivant un soir au palais de Pyrrhus, il achetait la complicité du
portier et, la nuit venue, s'introduisait dans la
chambre d'Andromaque. La veuve était justement dans les larmes, à cause de Pyrrhus qui lui
avait encore cassé les pieds pour le mariage.
Léopold l'assurait de son dévouement respec-
tueux, promettant qu'elle serait bientôt libre
sans qu'il lui en coûte seulement un sou et
finissant par lui dire : « Passez-moi Astyanax,
on va filer en douce. » Ces paroles, il les répéta
plusieurs fois et y prit un plaisir étrange, un
peu troublant. « Passez-moi Astyanax, on va
filer en douce. » Il lui semblait voir poindre
comme une lueur à l'horizon de sa pensée. Soudain, il s'arrêta au milieu de la rue, son cœur
se mit à battre avec violence, et il récita lentement :

Passez-moi Astyanax, on va filer en douce

Incontestablement, c'était un vers, un vrai
vers de douze pieds. Et quelle cadence. Quel

majestueux balancement « Passez-moi Astyanax...» Léopold, ébloui, ne se lassait pas de répéter son alexandrin et s'enivrait de sa musique.
Cependant, la rue n'avait pas changé d'aspect.
Le soleil continuait à briller, les ménagères vaquaient à leur marché et la vie suivait son
cours habituel comme s'il ne s'était rien passé.
Léopold prenait conscience de la solitude de
l'esprit en face de l'agitation mondaine, mais
au lieu de s'en attrister, il se sentait fier et
joyeux.

En arrivant à proximité de la gare, il reprit
pied dans la réalité et ne pensa plus qu'à son
expédition. La gare, qui se trouvait à cheval sur
la ligne de partage entre les ruines et la ville
debout, n'avait pas été touchée par les bombes.
Pour les pétainistes, c'était le sujet de réflexions
ironiques, car les bombardiers n'avaient touché
aucun de leurs objectifs, lesquels ne pouvaient
être que la gare, le pont et l'usine. Si la natio-
nalité de ces bombardiers restait à établir, personne à Blémont ne doutait qu'ils fussent anglais
ou américains, mais tout le monde affectait de
croire qu'ils étaient allemands. Dans les tout premiers mois qui avaient suivi la catastrophe, on
pouvait même reconnaître les tendances d'un
individu à sa façon de l'évoquer. Les Résistants
et les ralliés évitaient autant que possible toute
allusion précise sur ce point d'histoire. Au
contraire, les mauvais patriotes parlaient trop
volontiers de la sauvagerie des Boches ou de

leur maladresse, avec un humour pesant et une
manière de prononcer le mot Boche comme entre
guillemets. Ils n'avaient d'ailleurs par tardé à
se rendre compte qu'à jouer ainsi sur les mots,
ils trahissaient leurs vrais sentiments et ils
s'étaient résignés à n'ironiser plus que dans
une étroite intimité. Les discours officiels, entre
autres celui du préfet venu inaugurer le premier
baraquement en bois, imputaient les ruines de
Blémont à la barbarie nazie. Toutefois, depuis
une quinzaine de jours, on entendait certains
communistes dire ouvertement que le désastre
était l'œuvre des Américains et comme si la
chose eût été reconnue de tout temps.

Léopold savait exactement où travaillait Rochard. L'important était d'arriver jusqu'à la
gare et de traverser les voies sans qu'il en fût
averti. Place de la gare, il eut une inspiration
et entra au café des Voyageurs. Rochard y était
justement attablé avec deux autres employés
du chemin de fer.

« Viens avec moi, lui dit Léopold, j'ai une
commission à te faire. »

En même temps, il passait son bras sous le
sien, puis l'entraînait au-dehors.

« Qu'est-ce que tu me veux? demanda Rochard d'une voix rogue, mais qui ne parvenait
pas à cacher son angoisse.

— Viens par-là, on sera plus tranquille. »

Toujours bras-dessus bras-dessous, ils ga-
gnèrent une sorte de jardin d'agrément situé

derrière le café des Voyageurs. Léopold poussa
son homme dans une tonnelle et y entra derrière lui. L'endroit était frais, sombre et suffisamment retiré pour qu'on pût y parler sans
attirer l'attention de personne. Sur la table de
fer peinte en vert, qui en occupait le centre, une
boîte à outils voisinait avec un vieux siphon
dont la monture était rongée par la rouille.
Léopold fit asseoir Rochard sur une chaise de
jardin et s'assit en face de lui.

« Je t'écoute », dit-il.

Rochard, tout en paraissant réfléchir à ce qu'il
allait lui dire, essayait de porter la main à la
poche arrière de son pantalon sans attirer l'attention.

« Pose tes mains sur tes genoux. »

Rochard obéit, mais resta silencieux. Dans la
boîte à outils qui se trouvait sur la table, Léopold prit ostensiblement un marteau et un
grand clou de charpentier, de la longueur d'une
main. Passant alors derrière Rochard, il lui
posa le clou sur la tête et appuya légèrement de
façon à ce qu'il en sentît la pointe à travers
l'étoffe de sa casquette.

« Si tu ne te décides pas tout de suite, je
te l'enfonce dans la tête d'un seul coup de
marteau, aussi vrai que je m'appelle Léopold.

— C'est moi qui ai dit aux gendarmes que
le journaliste était chez toi.

— Raconte.

— Je croyais que c'était vrai.

— Non, tu ne le croyais pas. Raconte ce que tu as dit aux gendarmes.

— J'ai dit qu'hier soir, vers dix heures, j'avais cru voir le journaliste rôder place Saint-Euloge au moment où il passait dans la lumière de ton café et qu'il avait disparu tout d'un coup. C'était vrai. J'avais bien cru...

— Tu mens. Si tu l'avais vu, tu n'aurais pas attendu ce matin pour prévenir les gendarmes. Continue.

— J'ai dit aussi que tout à l'heure, quand j'étais chez toi en train de boire un marc, j'ai aperçu un homme dans ta cuisine, le même que j'avais vu la veille rôder sur la place.

— Dis-le que tu leur as menti d'un bout à l'autre.

— Bien sûr que je me suis trompé.

— Dis-le mieux que ça. Dis : « Je n'ai pas « vu le journaliste hier soir sur la place, ni per- « sonne qui lui ressemble et ce matin, je n'ai « vu personne dans ta cuisine. »

Rochard se montrait rétif. Léopold appuya sur le clou et leva son marteau. Le dénoncia-teur convint qu'il avait tout inventé.

« Qu'est-ce que tu espérais en me dénonçant?

— Rien. J'ai fait ça dans un coup de co-lère. »

Léopold replaça le clou et le marteau dans la boîte à outils et, bras-dessus bras-dessous, les deux hommes regagnèrent le café des Voyageurs. Les employés de chemin de fer étaient encore

là et des camionneurs buvaient à une autre
table. Léopold entraîna son prisonnier au comptoir.

« Un vin blanc, commanda-t-il à la servante.

— Tout de suite. Et pour M. Rochard?

— Rien », répondit Léopold.

Il but son verre de blanc, paya et, sans lâcher
Rochard, se tourna aux employés de chemin de
fer.

« J'aime autant vous prévenir que vous avez
un drôle de collègue, leur dit-il. Ce matin, à
mon zinc, il commence par menacer un homme
de lui faire la peau et il insulte un professeur de
collège. Moi, bien entendu, je ne peux pas to-
lérer qu'un individu vienne faire la loi chez
moi. Je le secoue un bon coup, mais sans l'abî-
mer. Alors, lui, pour se venger, il file à la gendarmerie et il me dénonce comme quoi je cachais chez moi le nommé Maxime Loin, vous
savez, le collaborateur. Soi-disant qu'hier soir, il
l'avait vu rôder devant chez moi et que ce
matin, il l'avait vu dans ma cuisine. Ce qu'il
avait en tête, le collègue Rochard, c'est que les
flics, en venant chez moi chercher le journaliste,
tombent sur un gros lot de marché noir. Seulement, là aussi, il a été refait, parce que Léopold
et le marché noir, j'aime mieux vous le dire,
ça ne va pas ensemble. Enfin, il a tout avoué,
tout. Et maintenant, on va finir de s'expliquer
à la gendarmerie. Qu'est-ce que vous en dites? »

Il se mit à rire et, voyant que les chemins de

fer et les camionneurs, gênés, n'avaient pas réagi
en présence de Rochard, il entraîna celui-ci au-
dehors. Mais au lieu de s'éloigner, il resta sur
la terrasse avec son prisonnier, à côté de la porte
ouverte et, après une minute d'attente, tous
deux purent entendre de grands rires s'élever
dans la salle.

« Ça fait plaisir d'entendre un peu de gaîté,
dit Léopold. On n'a plus souvent l'occasion. »

Rochard se révolta et se mit à invectiver,
mais inutilement.

« Gueule, mon garçon, plus fort si tu veux.
Ça te fait du bien et moi ça ne me gêne pas. »

Il dut emboîter le pas au cafetier. Un moment,
il fut sur le point de pleurer. Encore ne soup-
çonnait-il pas le sens de la conduite de Léopold.
Celui-ci ne visait à rien moins qu'à le faire
exclure du parti communiste. Rochard, croyait-il,
commençait à y être mal vu à cause de sa violence brouillonne et de ses initiatives indis-
crètes. C'était lui qui avait crevé les yeux du
milicien Laignel. Sur le moment, l'idée avait
paru plutôt jolie. Par la suite, le souvenir en
était devenu pesant et, sans lui en faire grief,
on considérait le tortionnaire avec méfiance et
mépris. Gaigneux, par exemple, ne lui serrait
pas la main. Depuis ce premier incident, Rochard s'était constamment signalé par des attitudes de forcené, des violences de langage, des
menaces de mort, des voies de fait, tout cela n'engageant apparemment que lui-même et s'accom-

plissant en fait sous le couvert d'une apparte-
nance politique qui lui donnait l'audace d'agir
et l'assurance d'une quasi-impunité. Son dernier
exploit avait sérieusement indisposé le parti. Assisté de deux de ses amis dont l'un était également communiste, il avait expulsé la famille
Jaclin de son logement et en avait pris possession après avoir jeté les meubles sur le trottoir. Les Jaclin, petits employés de commerce et,
comme tels, imbus de l'esprit petit-bourgeois,
n'étaient pas des gens très intéressants, mais leur
expulsion avait fait du bruit dans la ville et l'on
n'avait pas manqué de dire tout bas que les communistes, au mépris de tout droit, venaient de
mettre sur le pavé une famille de malheureux.

Par quelques conversations surprises à son
zinc, Léopold était assez bien informé des dispositions qui régnaient dans la section communiste à l'endroit de Rochard. Il était en droit
d'escompter que l'histoire de la perquisition,
par ses soins répandue, ferait déborder le vase.
Il y aurait d'abord la ridicule aventure du communiste Rochard, promené de force à travers
la ville et désigné aux passants comme l'auteur
d'une dénonciation volontairement calomnieuse.
Mais le plus grave pour lui et qui serait en
tout cas un prétexte à sanction, c'était le caractère politique de la dénonciation. Un militant
n'avait pas le droit de monter de toutes pièces,
sans en référer au parti, une machine accusant

quelqu'un du crime de collaboration. Pas d'erreur possible, pas d'excuse non plus. Dans une petite ville comme Blémont, et s'agissant d'un homme connu, presque populaire, il avait engagé la responsabilité du parti. Léopold voyait l'affaire dans le sac. Il agissait non seulement par vengeance, mais dans un souci de sécurité personnelle, sachant qu'une fois exclu et réduit à lui-même, Rochard ne serait plus qu'un modeste braillard et sans doute un peu moins.

Sur le chemin de la gendarmerie, le cafetier s'arrêta une dizaine de fois pour montrer son dénonciateur à des connaissances et raconter son histoire. A deux reprises, il réussit même à provoquer un rassemblement. A la gendarmerie, où il arriva vers la fin de la matinée, il fut accueilli par le brigadier qui avait perquisitionné chez lui. Voyant Rochard solidement amarré à son bras, le gendarme comprit à peu près la situation et adopta tout de suite une attitude réservée, presque revêche.

« Voilà l'homme qui m'a dénoncé. Vous voyez, on est devenu des amis. Il ne veut plus me lâcher et il a tenu à venir déclarer ici que tout ce qu'il vous a raconté de Maxime Loin qu'il aurait vu chez moi et devant chez moi, c'était des inventions.

— Pardon, dit Rochard qui reprenait du poil, ce n'est pas ça du tout.

— Il a tout avoué! coupa Léopold.

— Tout ça, dit le brigadier, c'est des histoires entre vous, qui ne regardent pas la gendarmerie. M. Rochard a pu se tromper. Ça n'a jamais été un délit. »

La main de Léopold, glissant sur l'échine de Rochard, atteignit la poche fessière de son pantalon et y prit un revolver qu'il jeta sur la table.

« Et ça, c'est un délit? Ce cochon-là a voulu s'en servir contre moi. »

Le brigadier, qui ne se souciait pas de confisquer le revolver d'un communiste, repoussait l'arme du dos de la main et, du regard, semblait inviter son propriétaire à en reprendre possession.

« Ecoutez, dit-il, votre histoire n'est pas bien claire. Je n'ai pas à entrer dans vos affaires personnelles. »

Il était un peu embarrassé. Léopold, éloignant Rochard à bout de bras, souffla à l'oreille du gendarme :

« Il est exclu du parti. »

Le brigadier fit quelques pas dans la pièce, toussa un peu, et revenant à ses deux clients, déclara :

« Comme je vous le disais, je n'ai pas à intervenir dans votre affaire. Mais par exemple, vous, je voudrais bien savoir ce que vous foutez d'un revolver dans la poche. Vous avez un permis? Non, bien sûr. Pas besoin de se gêner, n'est-ce pas? La gendarmerie, on s'en moque! »

Ramassant le revolver, il le rangea dans le tiroir de la table et poursuivit :

« Vous savez, Rochard, vous commencez à nous emmerder. Depuis un bout de temps, on entend un peu trop parler de vous. Il va falloir que ça change. Et d'abord, qu'est-ce que ça signifie de venir déranger les gendarmes pour des inventions de votre invention? Vous savez que c'est grave, ce que vous avez fait là? Vous savez que vous vous êtes rendu coupable d'injure à agent de l'autorité et que ça pourrait vous mener très loin? »

Pendant tout le temps du trajet de la gare à la gendarmerie, c'est la rage au cœur et sans cesser de rêver à la vengeance que Rochard avait subi la contrainte de Léopold. Il ne s'agissait alors que d'un mauvais moment à passer. Mais l'attitude du brigadier le bouleversait. Quelque chose était en train de se détraquer dans son univers et il sentait peser sur lui une inconnue redoutable.

« Je n'ai pas cru que c'était si grave, dit-il avec humilité.

— Vous n'avez pas cru? Et moi, j'ai bien envie de vous fout' dedans.

— Je suis sûr qu'au fond, il regrette, intervint Léopold avec bonhomie. Il a été plus bête qu'autre chose et il se trouve suffisamment puni.

— C'est bon, Rochard, je passe l'éponge encore une fois, mais n'y revenez pas. »

Léopold ne lâcha son prisonnier qu'après avoir

franchi la porte de la gendarmerie, car il tenait
beaucoup à ce qu'on les vît sortir ensemble.
Comme il était tout près de midi, les rues
commençaient à s'emplir de monde et l'animation y avait déjà ce caractère d'euphorie, particulier au samedi, quand arrivait l'heure de la
semaine anglaise. Ayant retrouvé la liberté de
ses mouvements, Rochard ne paraissait pas
disposé à en profiter et collait sagement à
Léopold.

« Tu peux t'en aller », dit le cafetier.

Rochard, l'air désemparé, le regarda comme
s'il eût senti tout d'un coup lui manquer un
appui.

« Ah! bon, dit-il. Alors, je m'en vais. Au
revoir.

— Salut. »

Au café du Progrès, les buveurs d'apéritif
avaient remplacé les élèves autour des tables et
personne n'y parlait de Racine. Une lourde
grappe de clients se pressait autour du zinc et
la patronne ne savait où donner de la tête. Sans
prendre le temps de ceindre son tablier, Léopold para au plus pressé, mais ne se hâta pas de
servir Gaigneux qui attendait au zinc en compagnie de Jourdan, un jeune professeur de lettres,
communiste, nommé au collège de Blémont au
début de l'année scolaire. Enfin, lorsque leur
tour fut venu, il se campa auprès d'eux et,
comme s'il s'adressait aux autres buveurs, commença son récit :

« Dites donc, il m'en arrive une belle. Figurez-vous que Rochard, vous savez, Rochard, le chemin de fer, qui est chef d'équipe à la gare... »

Au nom de Rochard, Gaigneux commençait à dresser l'oreille et avertissait le jeune professeur Jourdan qu'il eût à écouter, lui aussi.

VI

IL avait été convenu que pendant les repas, seuls moments de la journée où il se tînt dans la salle à manger, Maxime Loin garderait le silence. La pièce n'étant séparée du couloir que par l'épaisseur d'une porte, on pouvait craindre que l'un des Gaigneux, en passant, n'entendît le son d'une voix étrangère. Ce pouvait être le départ d'un soupçon. L'obligation où il se trouvait de rester muet n'était pas faite pour le rapprocher de ses hôtes. Ainsi retranché de la conversation, sa qualité d'intrus ressortait avec une évidence des plus gênantes. Il l'éprouva péniblement au cours de ce premier déjeuner, qui était aussi son premier repas à la table des Archambaud. N'ayant pas encore eu le temps de l'examiner à loisir, les Archambaud étudiaient son visage, ses attitudes, et il ne pouvait lever les yeux sans rencontrer des regards dont il n'aurait su dire s'ils étaient ou non malveillants. A vrai dire,

l'impression restait incertaine, même à la fin
du repas. Devant ce visage encore jeune, singu-
lièrement menu, qui paraissait dur et volontaire,
ou au contraire mou et insignifiant, selon l'inci-
dence sous laquelle il se présentait, Marie-Anne
et sa mère n'arrivaient pas à fixer une certaine
valeur de mâle, qui eût servi d'assise à un
jugement. Les yeux noirs, au regard vif et mobile, d'une profondeur humide, avaient parfois
une expression décevante, un peu animale. Toutefois, la compassion des femmes les disposait
en sa faveur.

Pierre voyait d'un mauvais œil l'étranger avec
lequel il lui fallait partager son lit. Le contact
de cet homme maigre, si peu sportif d'allures et
de visage, le dégoûtait. Il ne sentait aucune jeunesse chez cet être plein de ruminations, mais
flairait en lui des dispositions de pédagogue qui
n'étaient pas pour l'attirer. Le côté romanesque
de la situation ne l'excitait pas beaucoup non
plus, le cas de Maxime Loin lui paraissant tout à
fait banal. D'ailleurs, le jour où l'on avait fusillé
une fournée de collabos, il était au premier
rang des spectateurs et bien sûr que la présence
réelle des condamnés rendait l'exécution émou-
vante, mais c'était quand même de l'ordre du
cinéma. Et la mort d'un homme, il l'avait bien
compris, ce n'était rien de plus important qu'un
épisode de cinéma. Le spectacle fini, on en faisait quelques commentaires, on épuisait le frisson et puis personne n'y pensait plus. Enfin,

Pierre était patriote et ne se sentait aucune indulgence pour une catégorie d'individus dont le cinéma, la radio, les journaux et les romans s'accordaient à dénoncer la lâcheté, le ridicule et l'ignominie. Au cours du déjeuner, il dit en s'adressant à son père :

« Il paraît qu'on a commencé à perquisitionner chez les particuliers pour retrouver le collaborateur qui s'est enfui hier soir. »

Loin leva la tête. Son visage se crispa, ses prunelles vacillèrent. Il réussit à se dominer et dit à voix basse en regardant Pierre :

« N'ayez pas peur. Je partirai cette nuit. »

Cette réponse, qu'il n'avait pas appelée, remplit Pierre de confusion. Mécontent de lui-même, il n'en voulut pas moins à l'homme traqué qui venait de s'offrir la satisfaction de le rassurer. Archambaud fut tenté de saisir l'occasion qui se présentait de se débarrasser de l'intrus. Les scrupules l'emportèrent.

« Ce n'est pas ça du tout. Ce matin, les gendarmes sont allés perquisitionner au café du Progrès sur dénonciation de Rochard qui venait d'avoir des démêlés avec Léopold. »

Il n'était pas obligé de conclure. Après un temps d'hésitation, il ajouta en s'adressant à Loin :

« Il n'est donc pas question de ce que vous dites. »

Loin le remercia d'un regard et l'incident fut clos. Pour cet homme qu'il connaissait depuis

longtemps, Archambaud n'éprouvait aucune anti-
pathie de peau, mais pas de sympathie non plus.
Pendant neuf ans, il l'avait vu plusieurs fois
par jour dans les bureaux de l'usine, échangeant
avec lui quelques mots à propos du travail et
sans jamais s'intéresser à l'individu. C'était un
employé exact, consciencieux et capable d'occuper un poste plus important que celui où il
végétait. On savait qu'il écrivait des vers, qu'il
correspondait avec de petites revues politiques
et qu'il lisait les maîtres de la pensée socialiste.
Jusqu'à la guerre, il avait porté des lavallières
et des chapeaux de feutre noir à grands bords.
Au cours de l'année 1938, ses méditations et
ses lectures l'avaient incliné vers le fascisme
sans qu'il en fît ouvertement profession. Prisonnier en 40, il était rentré au bout de quelques mois comme sanitaire et avait repris son
poste au bureau pour le quitter presque aussitôt, appelé au chef-lieu par un ancien camarade de stalag, qui prenait la direction d'un
quotidien. Archambaud s'était souvent intéressé
à des employés ou à des ouvriers qui voulaient
s'instruire et les avait aidés et conseillés. Mais
les lavallières de Loin, ses penchants mêlés pour
la poésie et la politique lui avaient toujours
paru manquer de sérieux. A son avis, un petit
employé intelligent avait mieux à faire que
d'écrire des vers et rêver à la société future
sous un chapeau d'artiste. On ne s'évade de sa
condition, pensait-il alors, qu'en se hissant à

une autre. Aujourd'hui, face à Loin, il était
en train de changer d'opinion. A regarder ce
visage sensible aux traits un peu efféminés, il
comprenait que l'homme n'eût pas trouvé
l'apaisement à son inquiétude dans un changement de situation qui lui aurait rapporté cinq
cents ou mille francs de plus par mois. Archambaud comprenait même comment le petit employé de bureau était devenu fasciste. Révolté
contre un monde bourgeois qui l'écrasait, il
s'était tourné vers le socialisme et en avait
cherché la réalité dans un contact humain avec
les organisations ouvrières. Il s'était heurté à
des gens rudes auxquels sa lavallière, ses façons polies, sa distinction un peu féminine
avaient déplu. Dans une petite ville comme
Blémont, avant la guerre, un employé qui ne
consentait pas à être un petit bourgeois était
presque toujours un déclassé, voué à la solitude. Loin s'était réfugié dans un socialisme
intellectuel, vagabond, où il se trouvait à la
merci d'une lecture ou d'une rencontre.

Le déjeuner terminé, Marie-Anne entra chez
Watrin prendre son assiette et son couvert,
qu'on lui évitait de laver lui-même. Archambaud fit signe à Loin de l'accompagner dans
la chambre du professeur auquel il tenait à le
présenter.

— Vous pouvez parler à mi-voix, lui dit-il.
Les murs sont épais. »

Loin s'excusa de se réfugier dans la chambre

du professeur et le remercia de lui donner
asile, ajoutant qu'il était toujours ému de rencontrer un homme prêt à croire qu'un hors-
la-loi n'est pas forcément un criminel. Watrin
protesta du peu et dit tout ce qui se pouvait
d'accueillant et de cordial. Loin se sentit tout
de suite à l'aise avec lui.

« Nous n'allons pas vous tenir là plus longtemps, dit Archambaud. Vous avez peut-être
à sortir.

— Non, regardez. Il commence à pleuvoir. »
Watrin montra, derrière les ruines, les prés
et les champs à peine voilés par la pluie.

« Quelle fraîcheur. La campagne nous fond
sur la langue. J'aime les temps de pluie. Autant que j'aime le soleil.

— Pour moi, dit Loin, c'est un bonheur de
voir la campagne, sous le soleil comme sous
la pluie. Je peux dire que pendant plus de sept
mois, je n'ai pas vu la lumière du jour une
seule fois. »

Le professeur fit asseoir ses hôtes et interrogea le journaliste sur sa réclusion. Loin avait
trouvé asile chez son ancienne logeuse, Mme Séguin, la vieille mercière de la rue des Cardeuses. Il pouvait dire son nom, les gendarmes
ne l'ignoraient plus, bien qu'il n'eût laissé
aucune preuve de son passage dans la cave
qu'il partageait avec la vieille femme.

« Elle aurait pu nier, mais elle a sûrement fait des aveux. Son rêve était d'aller en

prison. Logée dans une cave et n'ayant presque
plus de moyens d'existence, la prison représentait pour elle une espèce de paradis. C'était
le pain assuré et, derrière les barreaux, le droit
à la lumière du jour. Elle me disait souvent :
« Autrefois, on n'aurait pas osé penser à ça,
« mais maintenant qu'on a vu arrêter telle-
« ment de personnes bien, on n'aurait plus
« honte. » Je ne sais pas ce qu'ils vont faire
d'elle.

— Il paraît que les gendarmes l'ont gardée »,
dit Archambaud qui ajouta : « Je ne voudrais
pas être indiscret, mais je suis curieux de
savoir comment vous êtes devenu fasciste. »

Loin n'eut pas besoin de rassembler ses
idées. Tout était prêt dans sa tête. Sa conver-
sion au fascisme ne devait rien qu'à la réflexion,
à l'examen. Les raisons qui s'étaient présentées
à son esprit entre les années 36 et 39 formaient
une chaîne solide. Les hasards de la vie et les
variations barométriques n'entraient naturellement pas en compte. Archambaud s'était attendu à une réponse de ce genre-là. On est
l'homme d'un milieu, d'un métier, d'une
femme, d'une ville, d'une rue, d'une lavallière, on est porté, balayé, chassé, on ne
sait plus ni nord ni sud et quand la vague
vous dépose, on a des raisons pour tout expliquer. Ce pauvre cornichon de journaliste tenait
à ses raisons comme à ses prunelles et en vérité,
ce serait son seul bien le jour où il marcherait

au poteau d'exécution. Pour l'instant, il s'en
saoulait : « Je voyais l'Europe coincée entre
le communisme et la mer... » Il était si plein
de son sujet que l'ingénieur entrait dans le
jeu malgré lui et se laissait aller à la discussion.

« Je veux bien. Mais votre fascisme n'était
tout de même pas un fascisme français.

— Il ne pouvait pas y avoir de fascisme
français, répliqua Loin.

— Je ne vous le fais pas dire. En somme,
vous étiez plus Allemand que Français.

— Oui. Pour moi, l'Allemagne passait avant
la France. Je n'aurais pas osé me l'avouer à
moi-même avant la Libération, mais maintenant que je suis condamné à vivre en dehors de
la société, je n'ai plus besoin d'être hypocrite.
Donc, Allemagne d'abord. Je vous scandalise,
monsieur Archambaud. Pourtant, vous trouvez
bon qu'aux yeux d'un communiste français, la
vraie patrie soit celle du marxisme, la Russie.
Avant longtemps, vous aurez compris qu'entre
1940 et 1944 la vraie patrie de l'anti-commu-
nisme était l'Allemagne. Pour l'instant, vous
croyez qu'on peut encore s'accrocher à des
nuances. Ce salaud de Pétain le croyait aussi
et c'est pourquoi j'espère qu'on le fusillera.
Sans cette vieille ganache qui a constamment
manœuvré pour la France — autant dire pour
Louis XIV —, l'Allemagne serait en train de
gagner la guerre et le communisme ne serait

plus qu'un fossile. Je vous scandalise encore, monsieur Archambaud, parce que vous avez l'habitude de penser à ce que vous souhaitez et jamais à ce que vous pouvez vouloir. Ce que vous souhaitez, c'est un provisoire qui dure jusqu'au bout de votre vie. Quant à ce que vous pourriez vouloir, il est déjà trop tard. La casserole est sur le feu. Bientôt la France cuira dans la sauce tartare. Hitler était sa seule chance et quelle chance! Mais le vieux l'a dédaignée. Tant pis pour nous. »

Archambaud souriait avec l'ironie aimable qu'il eût accordée à un poème de Valéry. Loin se tourna vers Watrin comme pour le prendre à témoin.

« Vous avez entièrement raison, dit le professeur. Hitler pourrait bien avoir été cette chance dont vous parlez.

— Cette fois, Watrin, je vous y prends! s'écria Archambaud. L'autre jour, au zinc de Léopold, vous étiez communiste avec votre collègue Jourdan.

— Je n'étais pas plus communiste que je ne suis hitlérien aujourd'hui.

— C'est vrai, plaisanta l'ingénieur, j'oubliais votre indifférence bienveillante... Non, disons plutôt votre amateurisme enthousiaste. A propos, je vous rappelle la promesse que vous m'avez faite hier de me passer une recette de bonheur. »

Même au repos, ou lorsqu'il se trouvait seul,

Watrin était toujours légèrement souriant. Son
visage paraissait pétri d'une essence de sourire, vague et secret, un peu comme celui qu'on
voit si souvent aux visages des morts. Dans le
silence qui suivit les paroles d'Archambaud,
cette lumière ordinairement répandue sur les
traits du professeur s'évanouit tout à coup. Sa
physionomie s'altéra et ses yeux clairs, perdant
leur lucidité rêveuse, se fermèrent à demi sur
un regard angoissé.

« Ce n'est pas une recette qu'on puisse utiliser facilement dit-il. Peut-être qu'elle peut
servir tout de même. »

Watrin montra du doigt un bouquet d'arbres
parmi les ruines.

« Regardez. Les quatre tilleuls de la place
d'Agut. J'habitais là, au deuxième étage d'une
maison d'angle. L'arrivée des Américains n'était
plus qu'une question de jours. L'Allemagne
était bien fichue. Encore quelques mois et
j'allais voir revenir mon fils prisonnier, avoir
des nouvelles de l'aîné, le déserteur, parti pour
le Mexique à la veille de la guerre. Ah!
ces journées d'août, quelle joie. Ma femme
continuait à me tromper avec le receveur des
postes et j'étais bien content. Thérèse m'agaçait
à tel point que sa simple présence m'était pénible, et je bénissais les hommes qui voulaient
bien l'accaparer. Le soir du bombardement,
elle était chez le receveur, rue Thierry-de-Baure
et c'est là qu'ils devaient être tués tous les

deux, dans les bras l'un de l'autre. Pour moi,
j'étais couché dans mon lit et j'attendais le
sommeil en feuilletant un ouvrage de vulgari-
sation traitant d'astronomie. L'alerte donnée,
j'avais grandement le temps de m'habiller et
de descendre à la cave, mais comme beaucoup
de gens, je ne croyais pas au bombardement.
Les Allemands avaient plié bagage au début
de l'après-midi et on pouvait supposer que les
alliés en étaient déjà informés. L'alerte ne
m'avait donc pas dérangé. J'en étais à Uranus
et je me rappelle mot pour mot les dernières
phrases que j'ai lues : « Malheureuse planète!
« Astre sombre roulant aux marches de l'infini,
« ton destin n'est plus une promesse et tient
« en quelques formules de mathématiques. A
« ton firmament froid, le soleil n'est qu'un
« point et jamais sa lueur ne dissipe les té-
« nèbres où tu poursuis ta course de géant
« aveugle. Uranus, ton nom est trompeur, car
« tu ne connais pas la douceur d'un ciel.
« Tu ne connais pas non plus la joie d'une
« eau vive, le mystère d'une eau profonde et
« ta solitude obscure ne se reflète pas au mi-
« roir de la vie. Tout l'amour de la terre ne
« peut rien pour toi, pas même imaginer ce
« monstrueux poids de mort naviguant avec
« elle dans l'espace interplanétaire. » J'étais
au bout de cette dernière phrase quand la
dernière vague est arrivée. Au fracas des explo-
sions qui encadrent la maison, les murs va-

cillent, les carreaux de la fenêtre tombent, la
lumière s'éteint. Je me cache sous les couvertures et aussitôt, c'est une explosion plus proche,
plus violente, qui arrache la maison, qui dé-
chire les murs de ma chambre. Je sens pleuvoir sur mes couvertures les pierres et les
gravats. Pendant que le bombardement continue, je reste caché, recroquevillé, les mains
agrippées au bord du matelas. La vague passée,
comme je n'entendais plus que les hurlements
des blessés, je me rassure un peu et je passe
la tête hors des couvertures. Au-dessus de moi,
il y avait le ciel, un beau ciel profond, plein
d'étoiles. J'ai dû m'endormir peu après ou m'évanouir. Je ne garde qu'un souvenir confus de la
deuxième vague. A l'aube, des gens m'ont
aperçu dans mon lit, au deuxième étage, sur
un morceau de plancher qui avait résisté à
l'explosion.

— J'ai assisté à votre sauvetage, dit Archambaud. Ça n'a pas été une petite affaire.

— Je ne me suis rendu compte de rien.
Transporté à la salle des fêtes, j'ai dormi sur
un matelas tout un jour et toute une nuit. Un
matin, je me suis éveillé, un peu abruti, mais
en bon état, et j'ai pu me lever, aller et venir
dans la ville et dans les ruines où les équipes
de sauveteurs cherchaient toujours des cadavres.
Ceux de ma femme et du receveur, dont les
débris avaient été identifiés, étaient déjà enter-
rés. Le soir, de bonne heure, je suis retourné

me coucher sur mon matelas de la salle des
fêtes, mais le sommeil ne venait pas. Les yeux
grands ouverts, je regardais les étoiles derrière
les carreaux brisés d'une fenêtre en écoutant
le souffle des deux ou trois cents sinistrés en-
dormis autour de moi. Et c'est à onze heures
et quart que la chose s'est produite. Je venais
d'entendre sonner l'horloge de la mairie. »

Le visage de Watrin s'assombrit et sa voix
parut s'assombrir aussi.

« Vous vous rappelez, onze heures et quart,
c'est l'heure à laquelle le bombardement avait
commencé. Tout à coup, le souvenir de ma
lecture de l'avant-veille, qui s'était enfui de ma
mémoire, est venu m'assaillir : « Malheureuse
« planète! Astre sombre roulant aux marches
« de l'infini... » En même temps, j'ai été pris
d'un affreux vertige. Dans ma tête alourdie,
les mots se figeaient en nombres monstrueux
qui, peu à peu, revêtaient eux-mêmes une
forme et une substance. Je sentais peser en moi
la présence réelle d'Uranus. J'embrassais l'im-
mensité de la planète obscure, je touchais sa
solitude. Comment pouvez-vous me croire si je
vous dis simplement que j'en éprouvais les dimensions et la pesanteur? Et même si vous
l'admettez, vous ne parviendrez pas à imaginer
ma souffrance. L'astre sombre et glacé qui
pesait ainsi sur tous les points de mon être,
ne laissait plus subsister en moi qu'une infime
lueur d'esprit et c'est cette lueur-là qui luttait

sans répit pour faire contre-poids à la masse
écrasante de noir, de négatif, de désolation,
de désespoir, d'abandon. Mais je sens bien
que mes paroles ne contiennent pour vous aucune réalité. Quand je parle de « la masse
écrasante de noir, de négatif », vous n'admettez pas que chaque mot désigne une chose.
Accès de lyrisme, expression symbolique, et
vous en cherchez l'équivalent convenable dans
l'ordre des sensations normales. Et cette lutte
de l'esprit réduit à un point vacillant, que peut-
elle représenter pour vous? Un mauvais rêve?
Pourtant, quelle réalité! et combien fidèle, ponc-
tuelle! Chaque soir, à onze heures et quart, le
combat recommence et se poursuit toute la nuit
à travers mon sommeil. Jusqu'au réveil, à la
délivrance du matin. »

Watrin regarda l'humble mobilier de la petite
chambre, la pluie, les ruines et les champs sous
la pluie.

« Comment le souvenir de tant de merveilles
peut-il m'abandonner toutes les nuits? Le matin, en ouvrant les yeux, je retrouve enfin la
Terre, je reviens dans la patrie des fleurs, des
rivières et des hommes. Qu'elle est belle, la
Terre, avec ses ciels changeants, ses océans
bleus, ses continents, ses îles, ses promontoires,
et toute la vie, toute la sève, qui frémit dans
sa ceinture, qui monte dans l'air et dans la
lumière. Cher Archambaud, je vous vois sourire. Ces splendeurs, trop heureux, vous n'y

pensez plus guère. Mais moi, quand mon réveil
me délivre, je suis comme le premier homme
au matin du monde dans le premier jardin.
Mon cœur est gonflé d'admiration, de joie, de
reconnaissance. Je pense aux forêts, aux bêtes,
aux corolles, aux éléphants (bons éléphants),
aux hommes, aux bruyères, au ciel, aux harengs, aux villes, aux étables, aux trésors qui
nous sont donnés à foison et il me semble que
la journée va être bien courte pour jouir de
ces faveurs. J'ai toujours envie de rire et de
chanter et si je pleure, c'est d'amour. Ah! que
j'aime la Terre et tout ce qui est d'elle, la
vie et la mort. Et les hommes. On ne peut
rien penser de plus beau, de plus doux que les
hommes. Non, Archambaud, ne dites rien, je
sais. Mais leurs guerres, leurs camps de concen-
tration, leurs œuvres de justice, je les vois
comme des espiègleries et des turbulences. Est-
ce qu'ils n'ont pas des chansons pour la douleur? Ne me parlez pas d'égoïsme, d'hypocrisie.
L'égoïsme d'un homme est aussi adorable que
celui du papillon ou de l'écureuil. Rien n'est
mauvais en nous, rien. Il n'y a que le bon et
le meilleur et l'habitude d'appeler mauvais ce
qui est simplement bon. Et c'est encore
un enchantement de penser qu'il y a tant
d'hommes pour souhaiter le meilleur. Croyez-
moi, la vie est toujours merveilleuse partout.
Hier, Didier me disait qu'elle ne valait pas
d'être vécue. Je crois qu'il était surtout mé-

content de ses élèves qui n'avaient pas compris leur version latine. Pauvre cher Didier, j'ai eu envie de l'embrasser. Vous pensez comme la vie ne vaut pas d'être vécue! La terre, les arbres, les éléphants, les lampes... Mais quand un homme ne viendrait au monde que pour voir une seule fois une seule marguerite des champs, je pense qu'il n'aurait pas perdu son temps. Et je vous répète qu'il y a les bois, les éléphants, les communistes... »

Watrin s'interrompit et alla à la porte qu'il entrebâilla sans bruit. Dans la salle à manger, Marie-Anne jouait au piano une sonate de Mozart. Elle jouait sans brio, avec des hésitations et des reprises qui rendaient la musique plus touchante. Le professeur s'était assis sur le lit et écoutait en regardant ses deux hôtes comme pour les prendre à témoin que Mozart lui donnait raison.

VII

Le morceau terminé, Marie-Anne ferma le piano et jeta un coup d'œil du côté de la fenêtre. Le temps ne s'arrangeait pas. Il pleuvait. Ce serait un bon prétexte pour ne pas aller au rendez-vous de cinq heures. Le père avait raison, ce Michel Monglat était très vulgaire. Et encore, le père n'avait rien vu. L'avant-veille, au bois des Larmes, en desserrant son étreinte, la face rouge et l'air d'avoir trop mangé, le garçon avait dit : « Ça fait du bien » et ajouté : « Encore un que les Boches n'auront pas » et ri. Après, il avait pissé contre un arbre, à trois pas de là, sans cesser de lui parler par-dessus l'épaule. Marie-Anne avait eu l'estomac serré et s'était sentie très mal à l'aise. Pourtant, l'idée qu'il pût être vulgaire ne s'était pas présentée à son esprit et il avait fallu les paroles du père pour éclairer ses souvenirs. Restait à décider s'il fallait ou non en finir avec une aventure qui durait à peine depuis quinze

jours et n'avait abouti que l'avant-veille. Re-
noncer était, à certains égards, humiliant. On
avait l'air d'avoir essayé un type comme on
essaie un ustensile et on avait laissé paraître
trop de timidité, trop de scrupules, pour jouer
avec avantage les femmes désinvoltes. Il avait
beau être vulgaire, on ne pouvait s'empêcher
de compter avec son opinion, même si on devait
ne pas le revoir. La sensation de lui appartenir
n'était pas seulement une illusion engendrée
par un mot conventionnel. Le fait d'être obligée de cacher leur aventure la mettait vis-à-vis
de Michel dans une situation d'infériorité. Et
il y avait bien autre chose impossible à expliquer et qui était l'essentiel : bref, la sensation
de lui appartenir.

Marie-Anne rêvait encore à ses amours lorsqu'elle entendit frapper à la porte du couloir.
Songeant à Maxime Loin, elle fut prise d'un
léger accès de panique, qui s'aggrava au moment même où elle ouvrait, car il lui souvint
que la porte de Watrin était restée entrebâillée.
Elle se trouva en face de Jourdan, le jeune
professeur de lettres communiste.

« Bonjour, mademoiselle. Je viens voir
M. Watrin.

— M. Watrin n'est pas là », répondit Marie-
Anne en rougissant.

On entendit alors distinctement la voix de
Watrin qui disait : « Tout un jour d'amour. »
Jourdan, par-dessus l'épaule de la jeune fille,

vit la porte de la chambre de son collègue en-trouverte.

« C'est sans importance, dit-il aimablement. J'étais venu lui dire bonjour en passant. S'il rentre bientôt, il pourra d'ailleurs me trouver chez Gaigneux. Pardonnez-moi de vous avoir dérangée. »

Marie-Anne, visiblement troublée, balbutia une parole de politesse et ferma la porte. Jourdan avait encore un sourire de gaieté lorsqu'il entra chez Gaigneux. Celui-ci l'accueillit dans la chambre bleue qui tirait son nom de la couleur du papier de tenture. C'était une pièce claire, spacieuse, donnant sur une large impasse plantée d'arbres. Un chromo accroché au mur représentait Staline en uniforme de maréchal. Les seuls meubles de la chambre bleue étaient un lit en bois, rustique, une chaise de paille, deux caisses recouvertes d'un morceau d'une étoffe rouge et, faisant office de table, une planche de bois blanc posée sur deux caisses. Lorsque les Gaigneux étaient venus prendre possession de leurs deux pièces, Archambaud souhaitait leur laisser l'usage du mobilier qui s'y trouvait, mais sa femme s'y était opposée fermement, et il avait obtenu à grand-peine qu'on leur abandonnât deux lits.

Jourdan retira son imperméable mouillé et s'assit sur la chaise. De la pièce voisine parvint alors aux deux hommes un bruit de galopade et de dispute qui monta aux hurlements.

Gaigneux ouvrit la porte de communication et jeta d'une voix irritée :

« Vous avez fini de faire du potin? Si je vous entends encore, je vous fais coucher. Vous ne pouvez pas vous amuser gentiment, non? »

Le tumulte s'apaisa aussitôt et lorsqu'il eut refermé la porte, les enfants recommencèrent à se chamailler, mais moins bruyamment.

« Leur mère n'est pas là, ils en profitent. Quand il pleut, on est obligé de les tenir à la maison.

— Bien sûr, approuva Jourdan qui se mit à rire sans raison apparente.

— Qu'est-ce qui te fait rire?

— Des bêtises. Oh! je peux bien te le dire, mais garde-le pour toi. Je ris en pensant que Watrin, avec ses airs de pêcheur de lune, s'envoie la petite Archambaud en cachette. Je trouve ça d'un comique!

— Tu es fou, dit Gaigneux en fronçant les sourcils. Qu'est-ce que c'est que ces inventions?

— Il ne s'agit pas d'inventions. Figure-toi qu'avant d'entrer chez toi, j'avais un mot à dire à Watrin. Je frappe chez Archambaud et c'est la petite qui vient m'ouvrir, rouge comme une pivoine et l'air effaré. Elle me dit que Watrin n'est pas là et pendant qu'elle parlait, je m'aperçois que la porte de la chambre de Watrin était entrebâillée. Mais attends, ce n'est pas le plus beau. Elle venait tout juste de me répondre qu'il n'était pas là quand j'entends

la voix de Watrin soupirer : « Tout un jour
« d'amour. » Je n'invente rien. Ce sont les paroles mêmes qu'il a prononcées. La pauvre
gosse ne savait plus où se fourrer. »

Gaigneux fit quelques pas dans la chambre.
Il paraissait calme, mais ses sourcils restaient
froncés.

« Drôle de type que Watrin, conclut Jourdan. Il faut peut-être s'en méfier. Quand on
parle avec lui, on a toujours l'impression qu'il
est un peu des nôtres et qu'il voit les choses
avec les mêmes yeux que nous. Sur le terrain
de la politique, ses arguments ou ses critiques
restent ceux d'un sympathisant, mais au fond, le
diable sait ce qu'il a en tête. En tout cas, les
Archambaud le croient bien inoffensif.

— Tout ça ne tient pas debout, dit Gaigneux.

— Qu'est-ce qui ne tient pas debout? Qu'une
petite de dix-huit ans se donne à un homme
qui en a trente-cinq de plus qu'elle? Attention.
Pas de sentimentalité. Watrin n'est pas un
jeune premier? d'accord, mais il est là. Il a
pour lui le facteur proximité. Les sexes s'at-
tirent en raison directe de leur proximité. C'est
une évidence que je ne m'attarderai pas à démontrer. Deuxièmement, Watrin a pour lui
le facteur commodité. Pas besoin de se déranger. A certaines heures de l'après-midi, ils sont
seuls dans l'appartement. La petite Archambaud évite ainsi l'inconvénient, si pénible pour

une femme, de s'introduire dans une maison
étrangère. Troisièmement, facteur sécurité. Les
cheveux gris. L'homme d'expérience. Et si les
parents viennent à savoir, c'est Watrin le vrai
responsable. Quatrièmement, facteur autorité.
Qui dit professeur dit un peu éducateur et si
le professeur Watrin propose de se conjuguer,
c'est qu'il n'y a pas de mal à ça. Cinquième-
ment...

— Ça va, passe la main », coupa Gaigneux
avec humeur.

Jourdan fut un peu décontenancé par la rudesse du ton. Lui tournant le dos à demi, Gaigneux le regardait de côté, l'air dur et méfiant.
Le jeune professeur de lettres crut percevoir
dans ce regard une sorte de malveillance fon-
cière dont le soupçon l'avait parfois effleuré.
Devinant cette impression, Gaigneux tempéra
son regard et ébaucha même un sourire. A
vrai dire, il ne nourrissait aucun sentiment de
malveillance à l'égard de son hôte. Il admirait
sa science, ses lectures, son dévouement à la
cause, et se sentait plutôt flatté de l'amitié
confiante que lui témoignait le jeune homme.
Toutefois, il n'arrivait pas à combler certaines
distances qui les séparaient encore et sa sympathie était loin d'être sans mélange. Il sentait
chez le jeune professeur, venu au communisme
par les livres, quelque chose qui l'éloignerait
toujours et qu'il appelait, faute de mieux, le
genre étudiant. Ce garçon de vingt-sept ans,

ce fils de petits boutiquiers parisiens qui avait
dû passer son adolescence en culottes de golf,
on ne pouvait douter qu'il fût sincère et désintéressé, mais on avait trop souvent l'impression que le communisme restait pour lui un
jeu sérieux, une espèce de mécano à l'usage
des personnes instruites. Son aisance à une certaine gymnastique des idées et son érudition
marxiste, que son camarade lui enviait, ne semblaient pas coïncider avec des réalités senties.
Gaigneux l'éprouvait péniblement lorsque Jourdan s'animait en parlant des travailleurs dans
un style fleurant la revue littéraire et le patro-
nage. A l'entendre, la classe ouvrière devenait
une divinité mille-pattes apparaissant à la fois
comme une théorie de martyrs extatiques, une
armée haillonneuse de paladins assoiffés d'héroïsme et une procession d'archanges à culs roses.
Dans ces moments-là, Gaigneux, de dégoût, l'aurait giflé.

« Tu parais contrarié, fit observer Jourdan.

— Moi? Pourquoi veux-tu que je sois contrarié? Les histoires qui se passent chez Archambaud ne me regardent pas. Tout de même, je
trouve que tu vas un peu vite quand tu viens
me dire que Watrin couche avec la fille. Ce
n'est qu'une supposition.

— Bien sûr, je ne les ai pas vus accouplés,
mais enfin, il y a des signes qui ne trompent
pas. D'ailleurs, je te le répète, logiquement...

— Oui, je sais, interrompit Gaigneux d'un

ton impatient. Premièrement, deuxièmement, troisièmement. Mais la fille, tu la connais? tu l'as déjà regardée?

— Je connais surtout son frère qui est dans ma classe. Elle, je la connais moins, mais je l'ai regardée. Et alors?

— Le gosse, lui, est un âne, mais sa sœur, il suffit de la regarder... Elle a quelque chose... Elle a... »

Gaigneux eut un geste de la main et resta court.

« Je vois ce que tu veux dire, fit Jourdan. La sœur n'a pas une tête à coucher avec Watrin. Pour parler comme les gens bien, elle aurait une âme, une jolie petite âme qui s'imprimerait sur sa figure. Eh bien, moi, je ne marche pas. Premièrement, ni toi ni moi ne croyons à l'existence de l'âme. Deuxièmement...

— Arrête, arrête. Ne parlons plus de cette histoire-là. J'en ai plein le dos. »

Gaigneux s'était mis à marcher dans la chambre. Passant auprès d'une des caisses qui servaient de sièges, il y donna un coup de pied.

« Ce que tu es nerveux, dit Jourdan. Toi si calme d'habitude.

— C'est vrai, je me sens énervé. Je crois que c'est l'histoire de Rochard qui m'a mis en boule. Parlons plutôt de ça, tiens. Il va falloir prendre une décision. Après déjeuner, j'ai fait un saut jusqu'à la gendarmerie. Tout

ce que nous a raconté Léopold est bien vrai
et moi, je trouve que ce que Rochard a fait là
est très grave. Jusqu'à maintenant, il s'était
contenté d'exagérer. Cette fois, il a franchement
dépassé la mesure. Tu ne trouves pas?

— C'est possible, oui.

— Rochard n'est pas un type en qui on peut
avoir confiance. C'est même un drôle de type,
Rochard. Tu es bien de mon avis?

— Je ne le connais pas assez pour avoir un
avis, je n'ai guère fait que l'apercevoir. »

Gaigneux instruisit le jeune professeur des
principaux méfaits perpétrés par Rochard
grâce à la crainte qu'inspirait sa qualité de
communiste, et propres à discréditer le parti
dans l'opinion blémontoise. Parlant de l'homme
lui-même, qui lui inspirait une vive répulsion,
il le dépeignit sous les traits d'un coureur de
filles, vaniteux, avide, dépourvu de conscience
de classe, ayant le goût de la violence et de la
malfaisance. Jourdan écoutait avec intérêt, mais
contrairement à l'attente de Gaigneux, il ne
semblait pas partager sa réprobation. L'air
amusé, il avait souri aux exploits de l'employé
de chemin de fer et marqué une sorte de con-
tentement.

« Franchement, dit-il, je trouve qu'il n'est
pas si mal, ce Rochard. Je le trouve même
pas mal du tout.

— Tu ne vas tout de même pas me dire
que tu approuves ses saloperies?

— Saloperies... saloperies... Notre point de vue n'est pas celui du notaire ou du commissaire de police. En admettant que Rochard ait été un peu excessif, nous sommes justement, toi et moi, l'espèce d'hommes capables de le comprendre.

— Comprendre quoi? demanda Gaigneux agacé.

— Eh bien, lui, sa violence, ce que tu appelles ses saloperies, enfin, tout! répliqua Jourdan en s'animant. Alors, quoi, j'irais me scandaliser d'un homme qui veut secouer son joug, qui a pris conscience de l'ignominie de sa condition d'exploité? Un homme qui a souffert, qui a saigné, un travailleur humilié qui a enfin compris la sainteté et le devoir de la vengeance, un tirailleur de la révolution, qui lutte pour faire rendre à l'égoïsme de ses oppresseurs la monnaie de ses souffrances?

— Qu'est-ce que tu baves? Rochard n'a jamais souffert.

— Comment, il n'a jamais souffert?

— Je ne vois pas pourquoi il aurait souffert. Ses parents sont des cultivateurs des environs. Lui, il a trouvé la terre trop basse, il est entré aux chemins de fer. Il n'a jamais été malheureux. Même pendant l'occupation, il n'a manqué de rien. Ses parents le ravitaillaient.

— C'est quand même un prolétaire », répliqua Jourdan froissé.

Gaigneux devint rouge et dut prendre sur

soi pour ne pas le traiter d'imbécile et de nom
de Dieu d'étudiant. Comme il méditait une riposte mesurée, sa pensée s'échappa soudain vers
le fond de l'appartement. Il aurait voulu croire
qu'il n'y avait rien entre Marie-Anne et Watrin,
mais Jourdan, dont les commentaires lui paraissaient d'ailleurs insignifiants, avait reçu un accueil au moins singulier. Pourquoi avait-elle dit
que Watrin n'était pas là et comment pouvait-on
expliquer ce mensonge? La jeune fille n'avait
pas pris sur elle d'éconduire le visiteur, il fallait
que Watrin lui eût donné la consigne, à moins
que la situation, justement, n'imposât la réponse.
Gaigneux se souvint qu'à son retour de la gendarmerie, vers deux heures, il avait rencontré
Mme Archambaud dans la rue. Archambaud
lui-même, le samedi après-midi, allait très souvent passer une heure ou deux à l'usine, il
le savait par le fils du concierge, qui était du
parti. Le frère de Marie-Anne ne devait pas
être à la maison non plus. Elle restait donc
seule avec Watrin. Enfin, il y avait les paroles
étranges, surprises par Jourdan : « Tout un
jour d'amour. » Le vieux avait sans doute voulu
dire tout un après-midi. Pourtant, Gaigneux doutait encore. Il se demanda en quoi cette affaire
pouvait bien lui importer. Il n'était pas amoureux. Il trouvait Marie-Anne jolie, saine, il aimait son air franc, honnête, sa façon d'être,
simple, avenante, et il avait plaisir à la rencontrer. Pas amoureux et pourtant, il lui arri-

vait d'être troublé en pensant à elle. Son élégance, son maintien, l'idée surtout qu'elle était la fille de l'ingénieur principal, qu'elle jouait du piano, qu'elle vivait retranchée dans son milieu social, lui inspiraient un sentiment confus d'irritation, de tendresse, de regret; ou même une impatience de rompre certaine barrière et d'y trouver sa récompense.

« Laisse le sentiment de côté, dit-il. Dans l'histoire de Rochard, il n'a rien à faire. »

L'exorde déplut à Jourdan. S'adressant à un militant aussi scrupuleux qu'il l'était sur le choix de ses raisons et de ses expressions, l'insinuation lui paraissait injurieuse. On avait tout de même le droit d'exalter le prolétariat dans l'un de ses membres, quel qu'il fût, sans encourir le reproche de sentimentalité. Du reste, une certaine sentimentalité peut, au même titre qu'un certain romantisme, être considérée comme un excellent matériau révolutionnaire.

« Je ne retire rien de ce que j'ai dit, déclarat-il sèchement.

— Comme tu voudras. Puisque ça te plaît de voir le prolétaire comme un veau à cinq pattes, c'est ton affaire. »

Avant de poursuivre, Gaigneux se donna le temps de jouir de la tête de Jourdan. C'était agréable de voir ses yeux briller de colère et son nez renifler d'inquiétude.

« En somme, reprit-il, l'affaire de Rochard n'est pas compliquée. Pour régler un compte

personnel et sans consulter personne, il monte
une machine avec les gendarmes. Donc, il
manque à la discipline. Mais le plus grave, c'est
que Léopold a été dénoncé par un communiste,
autant dire par le parti, et qu'il n'a pas été
arrêté. Résultat, tout le monde se marre à Blémont. Pas besoin de te dire que les socialistes
vont monter l'affaire en épingle. Encore deux
ou trois réussites du même genre et le communisme est cuit à Blémont. Et si on lui en laisse
les moyens, Rochard ne s'en tiendra pas là, je
le connais. Tiens, pour te donner une idée du
mal qu'il vient de nous faire, voilà un détail
qui en dit long : Tout à l'heure, le brigadier
qui m'a reçu à la gendarmerie m'a raconté qu'il
avait lavé la tête à Rochard. Hein? C'est
quand même nouveau. Un brigadier de gendarmerie qui se flatte, devant moi, d'avoir en-
gueulé un des nôtres, tu te rends compte? »

Avant de répondre, Jourdan s'accorda un
temps de réflexion. Il entendait juger le cas en
toute objectivité, sans obéir à d'autres considérations que celle de l'intérêt du parti, mais
en nourrissant l'espoir que son opinion serait
désagréable à Gaigneux.

« Il est certain, dit-il, que Rochard a commis une faute. D'autre part, on ne peut pas
lui reprocher d'avoir manœuvré intentionnel-
lement contre le parti. Peut-être même a-t-il
cru vraiment le servir.

— Ça va. On n'est pas des curés. Tu dis

toi-même que le dedans des âmes n'est pas notre affaire.

— D'accord. Mais faut pas se gourer...

— Faut pas quoi? » demanda Gaigneux en feignant de n'avoir pas compris, car il supportait mal que Jourdan s'exprimât en argot ou même dans un langage un peu peuple. Il est vrai que le jeune professeur, lorsqu'il s'efforçait ainsi de communier plus étroitement avec le prolétariat, avait l'air d'un colonel qui goûte la soupe des simples soldats. L'ironie de la question posée par Gaigneux lui fut sensible et ne manqua pas de le peiner. Abandonnant l'argot, il reprit d'un ton sec, agressif :

« C'est évident, Rochard a commis une faute. Mais ce qui plaide en sa faveur, c'est sa conduite passée, ce que tu appelles, toi, des excès ou des saloperies et que moi je considère comme des états de service. Rochard a fait la preuve qu'il appartient à cette espèce d'hommes sur laquelle le parti pourra s'appuyer quand le moment viendra d'organiser la terreur. Des gens comme toi et moi ne sommes capables que d'envoyer des fournées d'ennemis au poteau. Ce sont les Rochard qui créeront le véritable climat d'horreur indispensable à la réussite.

— Pardon! s'écria Gaigneux avec violence. La terreur, on en recausera plus tard! Pour le moment, la consigne est de recruter des électeurs communistes et j'estime qu'en restant au parti un jour de plus, Rochard lui fera perdre des centaines de voix à Blémont. Ce qui compte, c'est qu'un individu comme celui-là travaille contre le parti et qu'il a toujours travaillé contre.

— Pardon à mon tour. Si les communistes ont barre sur la municipalité, sur la gendarmerie, sur les juges et si les Blémontois en ont peur, veux-tu me dire à qui on le doit? Pour ta part, combien as-tu dénoncé de gens? Tu ne réponds pas, naturellement. Tu n'as dénoncé personne? Combien as-tu de morts à ton actif, combien de vexations, d'abus, de spoliations? Tu ne réponds pas non plus. Mais Rochard, lui, a dénoncé à tour de bras et sans demander avis à personne, ce qui est à retenir. Il a crevé les yeux d'un traître. Il était du peloton d'exécution. Et depuis la Libération, il n'a pas cessé d'empoisonner la vie des Blémontois. Grâce à quoi tu peux aujourd'hui aller à la gendarmerie exiger que le brigadier te fasse son rapport. Prends garde, Rochard est dans le sens de la révolution. Il est l'esprit même de la révolution et, au fond, c'est justement ce qui te gêne. Toi, tu trouverais commode d'oublier que la révolution est davantage dans l'avenir que dans le présent, tu voudrais pouvoir l'immobiliser dans un fichier. Et les Rochard qui vont de l'avant, tu les vomis parce qu'ils te dérangent. Ce qu'il te faudrait, en fait de communistes, ce seraient des employés de commerce à faux col et des gens de maison,

bien repassés, avec le sourire accroché au coin
de la bouche. »

Il s'était levé de sa chaise et, dressé tout
contre Gaigneux, le regardait au fond des yeux.
Mieux que s'ils se l'étaient dit, les deux hommes
comprenaient maintenant qu'ils se haïssaient. Ils
figuraient l'un pour l'autre une catégorie exé-
crable d'individus, l'ouvrier, les hommes lucides
et courts qui ramènent tout à leur propre
échelle, le professeur, les brillants écervelés sans
cœur qui cherchent le frisson dans les idées
et jouent du piano sur la lutte des classes.
Chaque seconde de silence aggravait encore ces
appréciations.

« Tu te crois en train de faire une conférence devant des étudiants, gronda Gaigneux.
Facile, n'est-ce pas? On est contre la discipline,
on est pour la poésie de la révolution et pour
les éclairs de génie. En face d'un public de
petits crâneurs, c'est gagné. Mais moi, je ne
suis pas étudiant, ça me ferait mal, et je vais
te dire ce que tu as dans le ventre, Jourdan.
Tu es un gosse de bourgeois pas riches, mais
bourgeois quand même et qui étaient fiers
de leur fils unique. A la maison, je vois ça
d'ici, tu étais le jeune homme instruit qu'on
écoutait comme un oracle. Le malheur, c'est
que tu n'aimais rien, ni les femmes, ni l'amitié,
ni rien de la vie. Sorti de chez toi, tu avais
beau causer comme un oracle, y avait pas de
réponse nulle part et c'était le grand vide.

Alors, tu t'es accroché au communisme. Tu t'es
dit que là, au moins, il n'y a pas besoin d'aimer
la vie pour trouver un écho qui réponde, et
d'un sens, tu as eu raison. N'empêche que tu
t'es trompé, Jourdan. Aujourd'hui, quand tu
parles révolution, tu trouves toujours quelqu'un
pour te renvoyer la balle, mais au fond, tu
n'es pas des nôtres. Et même si tu prends du
galon chez nous, comme c'est probable, même
si tu deviens un oracle galonné jusqu'aux
épaules, tu ne seras jamais des nôtres, ah! bon
Dieu non. Mais à ce moment-là, tu t'en foutras
pas mal, hein? »

Jourdan s'était senti touché plusieurs fois par
les paroles de Gaigneux, mais il s'efforça de ne
pas laisser deviner son irritation. Il répondit
d'une voix calme, avec le sourire d'un confé-
rencier courtois, mais conscient de disposer facilement de son adversaire :

— Tu me flanques à la figure un mélange
d'impressions et de suppositions gratuites, qui
a peut-être la prétention de constituer un jugement. C'est un petit jeu facile auquel les
femmes adorent se livrer dans leurs papotages
et tu es bien libre d'y prendre plaisir. Ce que
je retiens de ton laïus, c'est l'intention et, surtout, cette aigreur que jusqu'à maintenant, tu
avais réussi à cacher plus ou moins. Je comprends du reste ton hostilité à mon égard.
Pour toi qui es avant tout un Blémontois, qui
t'es fait communiste contre Durand et Dupont,

et qui considères le communisme comme un
aspect préférable de ta petite ville natale, je
représente l'élément étranger, l'homme qui apporte de l'extérieur des vues plus vastes, plus
générales, qui se trouvent servir les grands intérêts du parti parce que toute espèce de par-
ticularisme en est justement absent. Ton communisme de clocher s'irrite...

— Ta gueule, » dit Gaigneux.

Les dents serrées, il regardait Jourdan avec
de dangereuses tentations dans les mains. Le
professeur faisait très jeune homme, mince et
étiré, les épaules fuyantes, le torse maigre, malgré les vacances à la montagne et les velléités
sportives de son adolescence. Gaigneux, dur
et râblé, était sûr de l'étendre d'une claque.
Tout en se raidissant contre la tentation, il
visait un coin de mâchoire. Ne s'étant jamais battu de sa vie et ne soupçonnant même
pas son infériorité physique, Jourdan n'avait
aucune conscience du péril et se sentait en
bonne position.

« Ton communisme de clocher, reprit-il avec
un sourire bienveillant, s'irrite nécessairement
d'une intrusion qui vient menacer de chères
petites habitudes. »

Gaigneux se balança comme un ours et, ar-
rachant son regard de celui de Jourdan, alla
prendre l'air à la fenêtre. A droite, en se penchant, il apercevait les ruines et la campagne,
à gauche, au fond de l'impasse, la maison cos-

sue de Monglat, le marchand de vins en gros,
avec sa pelouse et son jet d'eau. Cette maison
était pour lui un habituel sujet de rêverie.
Un commandant en retraite, sinistré, y occupait deux pièces au rez-de-chaussée, les Monglat gardant pour eux-mêmes la disposition des
dix autres pièces. Ayant attiré l'attention du
parti sur cet état de choses, Gaigneux s'était
entendu répondre que l'injustice locale se trouvait compensée en d'autres lieux par d'importants avantages accordés au parti. Depuis ce
jour et bien qu'il sût à quoi s'en tenir sur les
nécessités tortueuses qu'imposait l'action politique, il ne pouvait voir la maison des Monglat sans ressentir une certaine inquiétude. Au
fond, il admettait à contre-cœur que l'injustice pût être un moyen de la justice. Dans le
cas de Rochard, il ne l'admettait pas.

« Allons, dit-il, d'une voix calme en se tournant à Jourdan, ce n'est pas de se fâcher qui
mène à grand-chose. Réfléchis à Rochard posément, comme si ce n'était pas moi qui t'en
parle. Je reconnais qu'après la Libération, il
a pu nous être utile, mais tu reconnais bien
qu'à présent, il ne s'agit plus de faire peur,
qu'au contraire, il faut rassurer les gens.

— C'est entendu, il s'agit d'obtenir le plus
de voix possible. Je n'ai jamais dit autre
chose.

— Bon. Le communiste Rochard a dénoncé
Léopold sans raison. Tout le monde a pu voir

Léopold le traîner à la gendarmerie. Tout le
monde le méprise et se moque de lui. Bon.
Pour lui, c'est une défaite et si on ne le li-
quide pas, c'en est une pour le parti. Au
lieu de nous amener des électeurs, une défaite
nous en enlèvera. Ce n'est tout de même pas
ce que tu veux?

— Il y a une façon plus juste de voir les
choses, répliqua Jourdan. Qui est-ce qui en
veut à Rochard et qui se moque de lui?
Les bourgeois, les réactionnaires. Ce n'est pas
chez eux que nous pouvons compter recruter
des électeurs. Les gens qui viendront à nous
seront des gens du peuple ayant un sentiment
exigeant de la solidarité. En conservant Rochard, le parti leur démontrera qu'il sait soutenir les siens, même lorsqu'ils sont en difficulté. Voilà mon point de vue. »

Gaigneux faillit répondre et s'abstint. Il se
rendait compte que dans cette tête qui fonc-
tionnait si facilement, les idées naissaient de
tous les prétextes qu'on lui offrait. Prolonger
la discussion, c'était le munir d'arguments pour
le débat qui s'ouvrirait le soir à la réunion du
comité.

« N'en parlons plus, dit-il. Je vois que tu
en fais une affaire d'amour-propre.

— Tu n'as jamais rien dit d'aussi juste. En
effet, je mets mon amour-propre à trouver la
vérité. »

Sur ces mots, Jourdan fit valoir un nouvel

argument pour l'absolution de Rochard. Gaigneux n'y ayant pas répondu, il prit son chapeau et s'excusa presque cérémonieusement
d'être resté aussi longtemps chez lui. Néanmoins, ils échangèrent une poignée de main.

Adossé à la porte qu'il venait de refermer
sur le visiteur, Gaigneux regarda tomber la
pluie. Dans la pièce voisine, les enfants jouaient
bruyamment et Arlette, la dernière née, qui
était encore au berceau, se mit à pousser des
cris aigus. Il aurait dû aller y jeter un coup
d'œil. Sa femme était sortie en comptant sur
sa surveillance. Mais il restait cloué à la porte,
la tête vague, pris à l'enchantement de la pluie
et oubliant la voix d'Arlette pour suivre la
modulation d'une gouttière giclant sur le trottoir de l'impasse. Il s'éveilla en entendant un
pas de femme sonner sur le parquet du couloir,
puis sur le carrelage de la cuisine. L'idée lui
vint qu'il avait soif.

Marie-Anne avait une robe jaune froncée à
la taille, les bras nus, les jambes nues. Gaigneux pensa aux distances sociales qui, seules,
à ce qui lui sembla, l'empêchaient de poser
sa tête sur l'épaule de la jeune fille, là où s'épar-
pillait une grosse boucle de cheveux.

« Laissons couler une minute, dit-elle. L'eau
des tuyaux est chaude. »

Elle aussi venait boire un verre d'eau.
Sans le vouloir, il regarda dans son corsage
pendant qu'elle réglait le jet du robinet. Ils

étaient très près l'un de l'autre. Gaigneux détourna les yeux, mais s'approcha encore. La manche de sa chemise touchait le bras de Marie-Anne. Elle restait penchée, la main sur le robinet, la tête tournée vers lui et les yeux baissés. Leur silence et leur immobilité, en se prolongeant, établissaient entre eux une sourde connivence. Le bruit de la pluie sur le toit de zinc de la cour se composait avec l'odeur fade de l'évier. Quand elle se redressa, il la prit aux hanches et l'attira contre lui. Marie-Anne se laissa aller. Il sentit sa gorge s'abandonner et peser sur son torse et ce fut elle qui posa sa tête sur l'épaule de l'homme. Il n'osait plus bouger.

« Lâchez-moi », dit-elle tout bas en relevant la tête.

Il la lâcha et fit un pas en arrière.

« Je crois que l'eau est fraîche », dit-elle à mi-voix.

Elle emplit deux verres et lui tendit le plus grand qu'il avala d'un trait. Buvant à petits coups, elle levait les yeux sur lui chaque fois qu'elle prenait respiration. Il essaya de prononcer son nom, mais il n'avait presque pas de voix. Ayant reposé son verre, elle lui prit la main entre les siennes, y appuya son visage et, longuement, s'y caressa la joue. Sur sa main dure, il sentait la caresse de la chair et le frôlement soyeux des boucles de cheveux qui pendaient de chaque côté de la tête penchée.

Il voyait la nuque blanche et ronde où les
cheveux se partageaient. Un duvet blond, en-
fantin, brillait dans la coulée des omoplates.
Elle se redressa, essuya les larmes qui coulaient
sur son visage et quitta la cuisine après lui
avoir souri.

VIII

D'habitude, le dimanche matin, Léopold flâ-
nait par la ville jusqu'à onze heures. Ce di-
manche-là il arpentait la salle vide du Progrès,
les mains dans les poches, son énorme tête en-
traînée en avant comme si un fardeau de pensées lui pesait sur la nuque. Son front de robot
était barré par un pli profond ayant presque
l'importance d'une ornière. Parfois, il venait
s'encadrer dans le chambranle de la porte, qui
était juste à la dimension de ses épaules et,
le nez à la vitre, regardait le mouvement de
la place Saint-Euloge, tandis que ses mains
s'agitaient dans ses poches. Il était au milieu
de la salle, près de la poutre d'étai, lorsqu'il
s'arrêta brusquement et, clignant un œil, toute
la face contractée, se mit à compter sur ses
doigts. Sa femme apparut derrière le zinc avec
un panier de pommes de terre qu'elle se préparait à éplucher.

« Tiens, dit-elle, tu ne sors pas, ce matin?

— Non! gueula Léopold.

— Fais donc comme tu veux. Depuis hier, je ne sais pas ce que tu as. On ne peut seulement plus t'adresser la parole. »

Le regard noir, Léopold marcha vers le zinc en grondant :

« Tu veux le savoir ce que j'ai? Tu tiens à le savoir? Eh bien, je vais te le dire. Ce que j'ai, c'est que je suis poète! Parfaitement, poète! Et s'il y en a que ça dérange, ils n'ont qu'à venir me le dire! « Passez-moi Astyanax, on va filer en douce. » Bien sûr, tu n'y comprends rien, mais ça, c'est un vers. Et quand j'aurai trouvé le deuxième, j'en aurai deux. Et quand j'en aurai trente, quand j'en aurai cinquante... alors, là... »

Son visage s'illumina. Il se pencha sur le zinc, attrapa une bouteille et se versa un double blanc. Ayant bu, il devint rêveur.

« La façon que les choses s'emmanchent, il y a de quoi penser. Dire qu'il a fallu qu'on se mette dans la limonade en 28, que la guerre éclate en 39 et que Blémont soit bombardé en 44 pour que moi, je devienne poète. Dis donc, Andréa, celui qui nous aurait dit ça, il y a seulement vingt ans, quand on s'en allait sur les routes derrière la jument. Vingt ans, à bien réfléchir, ce n'est pas grand-chose, et pourtant! Dans ce temps-là, moi, je ne pensais guère d'être un jour poète. Et toi, bien sûr non plus, tu ne pensais pas à la pauvre gueule de vieille

que tu as maintenant. Quand je te vois toute
moche, toute ratatinée, que je te revois au
temps où on courait les foires, en maillot rose
pour la parade... »

Léopold mit ses mains en porte-voix et beugla
en se penchant de droite et de gauche :

« Mesdames et messieurs, vous allez avoir la
chance et l'avantage d'assister au travail de la
plus belle troupe de lutteurs qui ait jamais été
rassemblée pour le plaisir des connaisseurs.
Mesdames et messieurs, vous avez devant vous
le fameux Raoul de Bordeaux, champion du
Sud-Ouest, cent trente-cinq centimètres de tour
de poitrine. Remarquez, mesdames et messieurs, la puissance de l'encolure. Et voici maintenant le terrible Ali ben Youssouf, le tom-
beur de l'Afrique du Nord, le seul homme au
monde qui ait osé se mesurer avec un gorille.
Et n'oublions pas, mesdames et messieurs, votre
serviteur, Léopold de Cambrai. Mon nom a
fait trop de bruit en France et en Europe pour
que j'aie besoin de me présenter autrement.
Et enfin, mesdames et messieurs, notre fameuse
championne, Mme Andréa, qui exécutera tout
à l'heure, pour votre émerveillement, une dé-
monstration de jiu-jitsu. Venez voir les lutteurs! Venez voir... »

La voix lui manqua. Il reprit haleine, essuya
son front en sueur et reprit sur le ton du
simple commentaire :

« Toi, tu étais là, sur l'estrade, bien en chair,

bien roulée, d'aplomb. Et laisse-moi te dire que
tes cuisses en disaient plus long que tous mes
boniments. C'est comme ta poitrine. Tous les
hommes avaient l'œil dessus. Et au bout de
vingt ans, plus de poitrine, c'est la vie. Plus
question de cuisses, plus question de rien. Raoul
de Bordeaux? Il est mort. Mme Andréa? une
petite vieille, un vieux sac d'os. »

Derrière son zinc, la patronne essuya ses
larmes au coin de son tablier. Léopold
lui posa la main sur l'épaule et dit avec
douceur :

« Ne pleure pas. Je te dis ça parce que c'est
la vérité. Ce n'est pas pour te faire de la peine.
Au fond, tu n'es pas si à plaindre. Ta chance,
c'est que je sois toujours d'attaque. Pas un rhu-
matisme. Pas une maladie, rien. Solide comme
un chêne. Alors, quoi? pas de raison de pleurer.
Si tu étais comme Andromaque...

— Qui?

— Andromaque, une personne... Si j'avais été
tué à la guerre, que le café ait brûlé, que tu te
trouves sans un entre les mains d'un étranger
qui voudrait te faire son ménage, alors là, tu
pourrais pleurer. Mais ce n'est pas le cas. Je
suis bien en vie. »

Léopold se versa encore un coup de blanc
et murmura pour lui-même :

« Il faudra que je demande à M. Didier ce
qu'il buvait, Racine, quand il travaillait. »

Tournant le dos à sa femme, il se remit à

la poursuite de l'inspiration. Bien qu'il n'eût
pas réussi encore à accoucher de son deuxième
vers, le cafetier n'avait aucune inquiétude. Il
n'avait qu'à se recueillir un instant pour sentir en lui une présence obscure et frémissante.
Tantôt dans la tête, tantôt dans la poitrine,
c'était une force qui travaillait sourdement à
la recherche d'une échappée. Parfois, il avait
si vivement l'impression qu'elle allait jaillir en
une source d'harmonie qu'il faisait un pas en avant
comme pour la rattraper, mais la chose restait à
l'intérieur. Léopold n'en était d'ailleurs nullement découragé, au contraire. Cette poussée
s'exerçant du dedans et qui venait lui battre
aux tempes et à la gorge était à elle seule un
plaisir. Dans l'attente exaltante du jaillissement,
il remuait des idées et des images. Tous les personnages étaient en place. Mince et flexible
dans sa robe de deuil, Andromaque levait sur
son sauveur des yeux remplis d'une douceur humide. Au-dessus du berceau de l'enfant endormi, une photo d'Hector était accrochée au
mur avec un rameau de buis. Dehors, il faisait
clair de lune. Pyrrhus prenait le frais dans
la cour du palais, qui ressemblait exactement à
la cour du Palais de Justice de Blémont, détruit par le bombardement. Moulée dans un
costume de dompteuse, avec des bottines de cuir
rouge lacées jusqu'aux jarrets, Hermione se cachait derrière un tilleul et regardait son fiancé
en grinçant des dents. Oreste, caché lui-même

derrière un autre tilleul, la dévorait du regard
et il y avait un peu de fumée qui lui sortait des yeux et des narines. Léopold comprenait assez bien la passion d'Oreste. Pour sa
part, bien qu'il réservât toute sa sympathie et
son estime à la veuve d'Hector, il se sentait
très attiré par Hermione qui avait le privilège
de lui mettre le sang en mouvement. Il comptait même la rencontrer au bout d'une centaine de vers et s'avouait déjà qu'avec elle,
il en irait autrement qu'avec Andromaque. Il
y pensait un peu en s'approchant de la porte
vitrée, lorsqu'il aperçut Rochard, arrêté de
l'autre côté de la place Saint-Euloge, en compagnie du jeune professeur Jourdan. La conversation paraissait des plus cordiales et il croyait
en saisir le sens dans les attitudes et les gestes
des deux interlocuteurs. Jourdan avait l'air de
rassurer son compagnon et lui parlait avec un
visage rieur. Rien, chez Rochard, ne trahissait
l'anxiété ou seulement l'inquiétude. Il hochait
la tête en souriant, comme s'il opposait une pro-
testation modeste à une avalanche de compliments. Enfin, comme Jourdan lui donnait une
claque sur l'épaule, ils se mirent à rire tous
les deux et se séparèrent sur une poignée de
main.

Léopold était devenu soucieux. L'accueil que
Rochard venait de rencontrer auprès du professeur lui semblait significatif. A n'en pas douter, il venait de recevoir la promesse d'être ab-

sous par le parti ou même la nouvelle qu'il l'était déjà. Cette dernière supposition paraissait d'ailleurs la plus probable, le cas du délinquant ayant fait trop de bruit à Blémont pour n'avoir pas été examiné aussitôt.

Cet imprévisible retournement de la situation ne pouvait manquer de comporter pour Léopold des suites fâcheuses qu'il commençait à entrevoir. En absolvant Rochard, non seulement les communistes approuvaient sa conduite, mais ils prenaient à leur compte ses déboires de la veille et se chargeaient sans doute de prendre une revanche. Or, la seule réplique possible du parti, la seule qui s'imposât logiquement était l'arrestation de Léopold. Dans la mesure où le parti s'était trouvé compromis par l'aventure de Rochard, il n'y avait pas d'autre moyen de sauver la face. En creusant le problème, le cafetier songea que la riposte des communistes porterait d'autant mieux qu'elle serait prompte. Le danger était donc imminent. On pouvait venir l'arrêter d'un moment à l'autre et quant au motif, il était trop facile de forger une quelconque présomption : deux ou trois lettres de dénonciation y suffisaient. Au besoin, on pouvait s'en passer. Les communistes n'avaient probablement pas l'intention de le perdre. L'important, pour eux, était qu'on l'arrêtât et qu'on le mintînt quelque temps en prison. L'affaire ne viendrait même pas au tribunal et il rentrerait chez lui avec un non-lieu, après cinq ou six mois de détention ou plus.

« Andréa, dit-il en s'approchant du zinc, va prendre les rouleaux d'or dans le placard et cache-les sous le tas de pommes de terre.

— Tout de suite? Qu'est-ce qui se passe?

— Je sens venir la perquisition. Tu m'apporteras ma casquette. »

Lorsque Andréa eut quitté le zinc, Léopold se demanda s'il n'avait pas été trop prompt à s'alarmer. Les raisons qui lui semblaient, la veille, devoir motiver l'exclusion de Rochard, restaient valables. En vérité, l'employé des chemins de fer était très mal vu au parti, principalement des chefs qui devaient être trop contents de le liquider à l'occasion de son équipée à la gendarmerie. S'il n'avait été sûrement informé de ces dispositions, Léopold ne se fût d'ailleurs pas risqué à jouer un tel jeu. Il était difficile de croire que quelqu'un ou quelque chose avait pu plaider en faveur de Rochard. Toutefois, en pareil cas, il fallait réserver la part de l'inconnu, et le cafetier se reprochait justement d'y penser trop tard.

« Ça y est, dit la patronne en apportant la casquette. Qu'est-ce que c'est que cette perquisition?

— Je t'expliquerai plus tard. »

Léopold posa la casquette sur sa tête et alla aux informations. Le plus simple comme le plus sûr lui paraissait d'interroger Rochard lui-même. Il croyait avoir des chances de le trouver dans l'un des deux cafés du bord de la rivière. Il le rencontra rue du Moulin, une vieille rue longue et étroite, autrefois peu importante, dont le bombardement avait fait l'artère principale de la ville. Rochard, en complet du dimanche, un chapeau de feutre sur l'œil, arpentait la chaussée en compagnie d'un jeune homme. Ne voulant pas lui parler à la vue des nombreux Blémontois qui déambulaient dans la rue, Léopold lui fit signe de le suivre et, prenant une rue latérale qui débouchait sur les ruines, entra sous une porte cochère. Pas une seule fois il ne s'était retourné pour s'assurer que son ennemi de la veille obéissait à son injonction. Rochard entra sur ses talons et vint se placer devant lui, l'air empressé. Il regardait le cafetier avec des yeux de chien fidèle épiant le caprice de son maître.

— Alors? demanda Léopold.

— Tu m'as vu causer tout à l'heure devant chez toi avec le professeur? Il me disait que le comité s'était réuni hier soir et que je n'étais pas exclu du parti. Si j'ai bien compris, il a eu l'air de dire que c'était surtout grâce à lui. »

Après un silence, il ajouta d'une voix humble, avec l'accent d'un regret sincère :

« Ce n'est pas de ma faute. Je n'ai rien demandé à personne. Puisque c'était ton idée, je ne demandais pas mieux que d'être exclu.

— Qu'est-ce qu'il a encore dit?

— Que j'étais un bon communiste. Que j'avais fait beaucoup pour le parti et que je pouvais faire encore beaucoup. Tu penses si je m'en foutais pas mal. »

Le front soucieux, Léopold regardait le bout de ses souliers. L'autre lui toucha le bras timidement.

« Ecoute, Léopold, je crois que tu ferais bien de te méfier. Je ne sais rien, je ne peux rien dire de sûr, mais tout à l'heure, Jourdan est venu à parler de toi et voilà ce qu'il a dit, je te répète textuel : « Pour Léopold, « sois sans inquiétude, on pense à lui. » Et il s'est mis à rire. J'ai essayé de le faire causer, mais il ne m'en a pas dit plus long. Je me suis demandé si, des fois, ils n'auraient pas dans l'idée de t'arrêter. »

Le cafetier ricana, sûr de ce qui l'attendait, puis laissa éclater sa colère.

« Tu vois où ça mène, tes imbécillités? Sacré nom de Dieu d'andouille d'abruti! Tu mériterais... tiens! »

Rochard vit venir la gifle sans chercher à l'esquiver. La lourde patte ne fit d'ailleurs qu'effleurer le haut de sa tête. Il ramassa son chapeau qui avait roulé sur le pavé et, du bout des doigts, en épousseta la poussière. L'air profondément heureux, il regardait son maître avec

des yeux brillants et humides de reconnaissance.

« Charogne! je devrais t'écraser la gueule,
mais tu peux encore m'être utile. Tu vas filer
aux renseignements. Tâche de savoir quand
on m'arrêtera et si tu apprends quelque chose,
viens me le dire au Progrès en passant par le
couloir. Je serai de retour dans une demi-
heure. »

IX

Léopold quitta l'abri de la porte cochère et gagna la rue Principale, en bordure des ruines. Passant devant l'immeuble où demeurait Archambaud, il tourna dans l'impasse Ernestine qu'il suivit jusqu'au bout. La maison de Monglat, que Gaigneux voyait de ses fenêtres, était une lourde villa carrée à deux étages, assise au milieu d'un jardin. En franchissant la grille, Léopold aperçut Michel, le fils de Monglat, dans l'ancienne écurie aménagée en garage où il lavait une voiture avec un jet d'eau. Pour l'éviter, il prit l'allée qui contournait la pelouse par le côté opposé et, passant derrière la maison, alla frapper au bureau du père sans se faire annoncer. L'accueil du distillateur fut plutôt maussade, mais l'homme était naturellement maussade, un visage mou, fatigué, des yeux troubles, un regard fuyant, et la chemise pas propre, la peau non plus. Son aspect correspondait plutôt à sa situation d'autrefois qu'à celle qu'il s'était faite pendant l'occupation. Succédant à son père en 1918, il avait laissé péricliter une affaire solide et, pendant des années, côtoyé la faillite. Devenu l'un des hommes les plus riches de la contrée, la destruction de sa distillerie et de son entrepôt, écrasés par le bombardement, n'avait entamé ni sa fortune ni sa puissance.

« Salut, dit Léopold. J'espère que je ne vous dérange pas trop? »

Monglat, sans se lever, lui tendit une main molle et lui montra un fauteuil de cuir, sale, dont le rembourrage s'échappait par une déchirure. Le bureau, une pièce poussiéreuse, meublé en Barbès jaune clair et où régnait un désordre sordide de dossiers entassés et de paperasse croulante, rappelait la mauvaise époque.

« Qu'est-ce qui vous arrive?

— Une histoire embêtante. Vous savez ce qui s'est passé avec Rochard? Je m'étais figuré qu'ils allaient l'exclure du parti. Eh bien, pas du tout, Rochard reste au parti et la conséquence, c'est moi qui vais être arrêté. Vous le saviez?

— Moi? protesta Monglat, comment voulez-vous? Et vous êtes sûr que...

— C'est Rochard lui-même qui me l'a dit tout à l'heure. Remarquez que c'est logique. Pour eux, c'est une question de prestige. A

part ça, vous me voyez partir entre deux gendarmes? »

Monglat souleva ses deux mains posées à
plat sur le bureau et les laissa retomber, comme
s'il acceptait la fatalité.

« Ça m'ennuie pour vous, mon vieux, dit-il
d'une voix molle.

— Monglat, si vous voulez, vous pouvez me
tirer de là. C'est pourquoi je suis venu vous
trouver.

— Vous déraillez, dit Monglat, en détour-
nant son regard. Qu'est-ce que vous vous figurez? que je suis le bon Dieu? J'ai déjà assez
de mal à me tirer d'affaire moi-même et je
suis loin d'être sauvé. Si vous saviez tous les
tracas qu'ils me font... J'ai beau me défendre
et me retourner, je crois qu'ils finiront par
m'avoir. »

Léopold se leva et alla fermer la fenêtre du
bureau, qui donnait sur le jardin. Cette précaution amena un léger sourire sur les lèvres
du distillateur.

« Ecoutez, Monglat, dit Léopold en se ras-
seyant, c'est votre intérêt que je ne sois pas
arrêté. Ils vont essayer de me faire parler et vous
savez ce que c'est que les prisons de maintenant. Si on me brutalise, je parlerai peut-être
malgré moi. »

Monglat considéra la caboche de Léopold et
ses énormes épaules comme s'il évaluait leur
capacité de résistance à des voies de fait.

« Le physique est souvent trompeur, reprit le cafetier. J'ai du coffre, c'est entendu, mais pour la souffrance, plus personne. Une vraie fillette, je suis.

— Dans ce cas-là, n'attendez pas qu'on tape trop fort. Racontez tout ce que vous savez. Ça ne nuira à personne et on pourra vous savoir gré d'être sincère. D'ailleurs, j'estime que dans la vie, la sincérité est toujours un bon calcul. Sans compter les satisfactions morales, naturellement. »

Léopold goûta un peu amèrement l'humour de cette belle sagesse et comprit que sa tentative d'intimidation tombait à plat. Connaissant la genèse de la fortune de Monglat et plus particulièrement, pour en avoir lui-même profité, les premières étapes de la réussite, il s'était flatté que le distillateur tiendrait à s'assurer de son silence. Il sentait tout à coup combien inactuelle et désuète était l'idée d'un pareil marchandage. Humilié d'avoir laissé paraître une si grande naïveté, il quitta son siège et, penché sur le bureau de Monglat, laissa échapper dans un mouvement de colère :

« Vous avez tort de rigoler, Monglat, c'est moi qui vous le dis. La justice, vous couchez avec. Les journaux, il n'y en a pas un en France qui mettrait noir sur blanc ce que je pourrais dire sur votre compte. D'abord, à quoi ça servirait? Il y a tant de saloperies dans le monde que tout le monde se fout du scandale à présent. Qu'est-ce que ça peut vous faire que les voisins soient au courant de vos histoires avec le major Eckmann? Ils n'ont pas besoin de ça pour savoir ce que vous êtes. Le chantage, ça n'existe plus. C'est d'accord, Monglat, mais attention. On raconte que vous avez fabriqué un ministre. Moi, ça m'étonnerait. Vous n'êtes quand même qu'un petit bonhomme. Vous avez des copains ministres ou n'importe quoi et vous entretenez l'amitié avec des petits cadeaux et vous vous croyez malin. Vous vous marrez quand on envoie au poteau une fournée de miteux qui se sont mouillé le bout de l'orteil avec les Fritz...

— Léopold, vous commencez à exagérer.

— Fermez ça, et écoutez-moi. Je vais vous dire ce que vous ne savez pas. Vos copains qui vous protègent, ils sont bien loin d'imaginer la vérité. Ils vous prennent pour un trafiquant comme il y en a des centaines de mille. Un petit marchand de vins à Blémont, ils se disent, avec son air bête, qu'est-ce qu'il a bien pu mettre à gauche? dans les trente ou quarante millions. Les coups de chance que vous avez eus, ils ne s'en doutent pas. Mais le jour où ils apprendront que vous avez gagné dans les six à huit cents millions, ce jour-là, Monglat, je vous en souhaite! Les copains, ils auront tôt fait de vous piquer le pognon et quand il n'en restera plus, ils vous feront coffrer. Ça non plus, c'est une chose que vous ne saviez pas.

Aujourd'hui, quand on a des remords, on les fait fourrer en prison. Et vous y passerez, pas d'erreur. Salut, Monglat! »

Léopold tourna les talons après un regard de mépris et se dirigea vers la porte. Il n'avait fait que décharger son cœur et ses paroles n'exprimaient aucune menace consciente. Monglat s'agita sur son siège et, des deux mains, eut un geste de noyé.

« Léopold! Voyons, ne partez pas comme ça, mon vieux. »

A l'intonation, Léopold sentit l'homme effrayé et il s'arrêta à la porte.

« Je ne suis pas venu en visite de jour de l'an, dit-il. Si vous n'avez que des politesses à m'offrir, ce n'est pas la peine de perdre du temps.

— Mais moi, je ne demande qu'à vous rendre service, vous le savez bien. Allons, venez vous asseoir. »

Léopold revint sur ses pas et resta debout devant le bureau.

« Quand est-ce qu'on doit vous arrêter? demanda Monglat.

— Je ne sais pas. Peut-être aujourd'hui, peut-être demain, mais j'ai dans l'idée que c'est pour aujourd'hui.

— Alors, écoutez-moi et ne vous fâchez pas. Si ça doit se passer aujourd'hui ou demain, je ne peux pas l'empêcher. Ne vous fâchez pas, je vous dis. Ce que je peux faire, c'est aller

à Paris pour essayer d'obtenir que vous soyez
libéré dans le courant de la semaine.

— Vous ne me ferez pas croire qu'à Blémont,
vous ne pouvez pas intervenir.

— Non, Léopold, je ne peux pas. Vous ne
vous figurez tout de même pas que je donne
des ordres au lieutenant de gendarmerie, au
procureur et aux communistes?

— Alors, Monglat, c'est que vous n'êtes pas
malin. Si j'avais votre argent... »

Monglat eut un gros rire qui sonnait faux,
tandis que son regard trouble et inquiet surveillait à la dérobée celui du cafetier.

« C'est justement là où vous vous trompez,
mon vieux. Bien sûr que j'ai gagné de l'argent,
mais qu'est-ce que vous imaginez? Vous êtes
comme tous les gens d'ici, vous coupez dans
des histoires de bonne femme. Le vin, j'en
vendais autant que j'en avais, c'est d'accord. Et
après? Un commerce de vins n'est quand même
qu'un commerce de vins. Ce n'est pas le Pérou.
Pour gagner les sommes que vous supposez,
il faudrait avoir eu sous ses ordres une armée
de travailleurs et pas des feignants. Savez-vous
combien, moi, j'avais d'employés sous l'occupation? Jamais plus de cinq. Et ça, vous pouvez le vérifier, c'est facile. »

Cette fois, ce fut Léopold qui se mit à rire
et Monglat perdit encore de son assurance.

« A quoi bon venir me raconter des salades,
Monglat? Vos affaires, je les connais comme

si j'avais eu le nez dedans. Vos combines avec
Eckmann, je les connais par cœur. Vous me
dites que le vin s'est bien vendu, et le reste,
vous n'en parlez pas. C'est vrai que vous n'avez
pas eu beaucoup de mal. Autant dire que vous
avez fait fortune en croisant les bras. Le major Eckmann achetait tout, il emmagasinait, il
expédiait, il vendait. Vous, Monglat, vous n'aviez
que la peine de recopier les factures sur votre
papier à en-tête pour qu'il les transmette à
l'Intendance allemande, et aussi la peine de
partager les bénéfices avec lui. Vous étiez
comme qui dirait la raison sociale du major.
Quand il est parti en Russie, vous avez continué
le truc avec son successeur, tranquillement.

— C'est entendu, j'ai vendu du vin par l'in-
termédiaire du major, mais ça n'a jamais fait
des sommes astronomiques.

— Oui, oui, du vin. Et le reste. Tout ce qu'il
fallait pour le mur de l'Atlantique, depuis le
ciment jusqu'aux saucissons en passant par le
fil électrique et les brosses à dents. Tout à
l'heure, je parlais de six à huit cents millions
parce qu'on n'ose pas dire un milliard...

— Je vous assure, protesta Monglat d'une
voix étranglée, vous vous faites des idées. Vous
pensez, des centaines de millions, comme c'est
vraisemblable...

— Non, ça n'est pas vraisemblable et personne ne s'en serait douté si vous n'aviez pas
fait du zèle. Mais au lieu de laisser Eckmann

se débrouiller tout seul, vous avez voulu mettre
la main à la pâte et acheter vous-même des
bricoles, histoire de montrer de la bonne volonté. Vous croyez que c'était malin de me
demander de vous faire avoir telles marchandises quand Eckmann venait me dire qu'il
était sur l'article? Fallait pas être bien rusé
pour deviner où ça allait.

— Je vous ai fait gagner de l'argent, Léopold, soyez juste.

— Si j'ai gagné cinq cents billets, c'est le
bout du monde. J'en aurais gagné cent fois
plus, si j'avais voulu me mettre en cheville avec
le major. Je n'ai pas voulu. Mes apéritifs, mon
petit marché noir sans me fouler, ça suffisait
à mon bonheur. Vous auriez pu en prendre de
la graine, Monglat, mais vous avez tout manqué et d'abord le plaisir de remettre d'aplomb
une affaire qui s'en allait vers la faillite. Vous
nagiez dans la grosse galette et la vraie maison Monglat, père et fils, ne représentait plus
rien pour vous. Quand le bombardement l'a
foutue en l'air, vous ne vous en êtes pas seulement aperçu. »

Monglat poussa un grand soupir et posant
ses bras dans le tas de paperasses qui encombraient son bureau, se laissa aller en avant,
le buste mou et la tête pendante entre les
épaules. De ses yeux troubles comme les yeux
d'un veau nouveau-né, il regardait le vide à
travers les papiers bruissant sous ses mains.

« Vous avez raison, Léopold, je suis malheureux à crever, je voudrais crever et je me noie dans tout cet argent sans pouvoir crever. Je n'ai pas les épaules de ça. Rien ne m'intéresse plus. Quand je pense à n'importe quoi, à la guerre, aux femmes, à la mort, je vois tout à travers cette masse de galette, comme dans un brouillard, je ne suis jamais gai, je ne suis pas triste non plus. Je ne suis rien. Ce n'est pas croyable, mais il y a des fois, je me sens devenu comme un point qui ne serait plus que le centre de tous ces millions. La nuit, il m'arrive de rêver que je suis un des huit ou neuf zéros tels qu'on les écrirait pour compter ma fortune. Zéro la nuit, rien la journée, un joli total, hein ?

— Vous exagérez, Monglat. Vous n'êtes pas vieux. Vous avez encore des envies, de l'ambition.

— Zéro. Dans mes meilleurs moments, j'ai encore des regrets. Souvent, il m'arrive de penser à Aubert, un de mes employés. Je le revois avec son tablier de cuir en train de rouler un tonneau dans la cour de la distillerie, ou dans l'atelier à réparer un fût, ou à l'alambic ou dans la remise. Il savait tout faire, cet animal-là. Au froid, au chaud, toujours content, ne faisant qu'un avec le travail. Content aussi quand il partait le soir, et content le matin quand il arrivait. Dans le travail, il était partout chez lui, comme jamais je ne me suis

senti chez moi, même quand je pouvais croire
que j'étais encore quelqu'un... Etre cet homme-
là, être un homme qui se reconnaisse dans son
travail... »

Monglat interrompit son propos. Michel, son
fils, venait d'entrer et serrait la main à Léopold. C'était un grand et solide garçon, au
visage empâté, au menton lourd, au front largement dégarni par un début de calvitie. Ses
yeux bruns avaient un regard plein d'assurance,
mais sur ses traits lourds et réguliers, em-
preints d'une cordialité un peu vulgaire, pesait
déjà une lassitude qui faisait paraître une ressemblance entre le père et le fils.

« Qu'est-ce que tu veux? demanda Monglat
sans aménité.

— Lonjumier est là. Je l'ai fait entrer au
salon. Il a quinze Renoirs, deux Cézannes,
sept Utrillos, un Courbet, trois Derains, deux
Manets, un Lautrec, trois Picassos et une dizaine d'autres, je ne me rappelle plus quoi.

— Il les a là?

— Non, à Paris.

— Chers?

— Je n'ai pas eu le temps de bien me rendre
compte. Il faut d'abord voir les dimensions. En
tout cas, si on prend tout, il fera des prix. Je
crois qu'il n'y a pas à hésiter. Naturellement,
je ne me suis pas avancé, au contraire. Moins
on aura l'air d'y tenir... »

Monglat se passa la main sur le front et eut

un soupir de fatigue en pensant aux quatre
caisses pleines de toiles, qu'il avait déjà au
grenier. Tous ces barbouillages le confirmaient
dans le sentiment de ce néant éreintant où
l'enlisait son énorme fortune. Léopold, pour qui
les noms de Renoir, Derain ou Lautrec ne repré-
sentaient rien, sentit néanmoins qu'il s'agissait
d'un brassage d'argent et prit congé.

« Alors, tâchez de penser à moi, dit-il à Monglat en lui serrant la main.

— Soyez tranquille. Je pars pour Paris tout à
l'heure. »

Sur le chemin du retour, Léopold éprouva
lui-même le poids de cette lassitude qui op-
pressait Monglat. En songeant aux confidences
du distillateur, il revisait l'idée qu'il s'était
faite de sa puissance. Il revoyait le désordre
triste et poussiéreux du bureau, l'homme aux
yeux troubles, affalé sur ses paperasses et cou-
vant encore, malgré son désespoir, l'illusion
de son importance. Rue Principale, comme il
laissait son regard errer sur les décombres, la
monstrueuse fortune bloquée entre les mains
de cet incapable lui apparut confusément
comme un aspect nouveau des ruines de Blémont. Il percevait là une symétrie à laquelle
sa pensée s'arrêta un instant sans pouvoir lui
donner un sens précis.

Andréa avait déjà servi une dizaine d'apéritifs, mais ce n'était pas encore le coup de
feu de midi. Elle arrêta sur lui un regard in-

quiet. Lorsqu'il fut derrière le zinc, elle l'informa à voix basse que Rochard l'attendait dans la cuisine. Le cafetier prit le temps d'avaler un double blanc et alla rejoindre son homme.

« J'ai vu Ledieu, dit Rochard en se levant, et j'ai réussi à le faire causer un peu. »

Son regard se voila de tristesse tandis qu'il ajoutait :

« C'est sûrement pour aujourd'hui.

— A quelle heure? »

Rochard eut un geste d'ignorance. Léopold le saisit au revers du veston et se mit à le secouer en le traitant de bon à rien, d'abruti et de crapule. L'employé des chemins de fer, loin de se révolter, semblait consentir à un juste châtiment. Son regard n'exprimait que la contrition et le regret de n'avoir pas mieux fait. Une bourrade le projeta contre un placard mural dont la clé lui meurtrit douloureusement le dos. Il revint de lui-même auprès de Léopold et lui dit doucement :

« Je vais essayer de savoir. Je reviendrai tout à l'heure.

— C'est bon. J'ai assez vu ta sale gueule aujourd'hui. Mais écoute. Quand je serai là-bas, tu tâcheras de t'informer de tout ce qui pourrait me concerner et ce que tu apprendras, tu viendras le dire à ma femme. Compris?

— Compris.

— Autre chose. Si dans une quinzaine, disons l'autre samedi, je suis encore en prison, tu quitteras ta place aux chemins de fer et tu viendras servir au café. Tu seras nourri et, si tu donnes satisfaction, tu auras un peu d'argent de poche. Allez, fous le camp.

— Alors, au revoir, dit Rochard. Et sois tranquille. Tu peux avoir confiance...

— Ça va. Pas de boniments. »

Léopold regagna le zinc et, tout en servant les clients, donna ses instructions à sa femme. Elle n'apprit pas sans étonnement qu'elle pouvait compter sur le dévouement de Rochard. Léopold, s'il en avait eu le temps, aurait été bien empêché de lui expliquer cet attachement soudain qu'il trouvait du reste normal. Il but presque coup sur coup cinq verres de vin blanc et, à midi moins cinq, lorsque les gendarmes pénétrèrent dans son établissement, il en avala le contenu d'un plein demi de bière. L'heure de l'arrestation était bien choisie. Les fidèles sortaient de la messe et, avant de se disperser, s'attardaient en groupes sur la place Saint-Euloge.

X

Quittant les bords de la rivière où les promeneurs étaient trop nombreux au gré d'Archambaud, les deux compagnons s'enfoncèrent dans la campagne par un chemin voiturier bordé de jeunes arbres. Ils n'avançaient qu'avec lenteur, Watrin courant sans cesse de côté et d'autre pour aller se pencher sur une fleur, suivre les ébats d'un insecte ou pour le seul plaisir de marcher dans l'herbe, et riant, s'exclamant et s'attendrissant. D'abord ému au spectacle de ce ravissement profond où il ne pouvait le suivre, Archambaud finit par être agacé. D'autre part, il avait hâte de commencer un entretien que tous deux avaient trouvé plus commode et plus sûr d'avoir au-dehors.

« Venez voir cette sauterelle! » cria le professeur.

Il était à genoux dans l'herbe haute, les fesses tendues et le buste plongeant. Archambaud se dirigea vers lui, sans beaucoup d'entrain et, ployant les genoux, fit l'effort de se pencher. Une grosse sauterelle verte se tenait immobile au pied d'une tige verte et semblait regarder les deux hommes.

« Quelle bonne fille! Je suis sûr qu'elle comprend très bien que nous ne lui voulons pas de mal.

— Pourquoi pas? » dit Archambaud un peu froidement.

La sauterelle fit un bond et se perdit dans l'herbe haute. Watrin venait de découvrir un autre insecte, mais l'ingénieur, le prenant par le bras, l'obligea à se relever et le ramena sur le chemin de terre.

« Watrin, je voudrais que nous parlions sérieusement. Je m'excuse de vous imposer une conversation à laquelle vous êtes forcément moins intéressé que moi.

— Quelle idée, protesta Watrin. Je vous assure que j'ai cette affaire très à cœur et qu'elle me touche autant qu'elle peut vous toucher.

— Je vous en suis très reconnaissant. Et qu'est-ce que vous pensez de ce garçon-là? Parlez-moi franchement.

— J'ai eu ce matin avec lui une conversation de plus d'une heure. Elle m'a confirmé dans l'excellente impression qu'il m'avait faite hier après-midi. Et vous-même? »

Archambaud hocha la tête, l'air incertain, et resta un moment silencieux à concentrer sa

pensée. Tout en méditant, il regardait leurs
deux ombres que le soleil de quatre heures
projetait devant eux, celle du professeur longue
et fluette, un peu comique, la sienne plus
large du double, plus sérieuse aussi.

« Je vous sais très indulgent, Watrin, très
généreux et tenté de donner votre appui à un
homme malheureux, même à mes dépens. Ne
dites pas non. Justement, je vous demande de
considérer la situation dans laquelle je me trouve
du fait de ce Maxime Loin. Je ne parle pas
du risque couru, qui a aussi son importance.
Il s'agit d'autre chose. Je cache un homme chez
moi et je n'approuve ni sa conduite sous l'occupation, ni les raisons avec lesquelles il la
défend. Je ne suis pas sûr de sa bonne foi non
plus. Tout bien pesé, je ne regretterais pas de
sauver la vie à un homme qui serait à la fois
coupable et victime d'une erreur. Mais se faire
le complice d'une canaille, d'un individu qui
aurait consenti à la trahison pour en retirer
certains avantages, c'est tout de même une
chose très grave. Pensez-y. »

Watrin regarda le visage sérieux d'Archambaud et put voir dans le regard de ses gros yeux
bleus une expression d'honnêteté anxieuse qui
le toucha.

« Vous avez raison, Archambaud, c'est très
grave.

— Maintenant, vous me comprenez. La question qui se pose pour nous est de savoir si ce

garçon-là est honnête. Naturellement, il ne s'agit
pas de faire de la philosophie ou de la politique. On n'apprendrait rien en examinant les
raisons de sa conduite ou en cherchant à y relever des inconséquences. Notre époque l'a oublié et il n'y a plus que les enfants à le savoir
encore, mais dès qu'on s'écarte de deux et deux
font quatre, les raisons ne sont que la façade
des sentiments. C'est bien ce qui nous gêne
dans le cas de Maxime Loin. On ne peut
le juger que sur des impressions. Que doit-on
penser de son regard, du ton de ses paroles,
de ses attitudes, de sa façon d'être? Voilà les
questions qui se posent. Ce sont d'ailleurs les
seules vraies auxquelles nous ayons à répondre
dans nos rapports avec les autres individus.
Tout à l'heure, vous m'avez répondu que Loin
vous a fait une excellente impression. Est-ce
que ce n'est pas un peu une formule toute
faite? Pensez-vous vraiment à ce que vous avez
ressenti en face de lui? »

Le professeur fit attendre si longtemps sa réponse qu'Archambaud le soupçonna de se laisser
distraire par un coin de paysage ou par quelque
papillon, et se pencha un peu en avant pour
voir son visage. Mais Watrin, les paupières baissées, semblait regarder en lui-même et, sur sa
longue figure osseuse, la réflexion tempérait la
gaîté d'un sourire et la joyeuse animation des
traits.

« En toute sincérité, dit-il enfin, je crois que ce

garçon-là est honnête. Il me fait l'effet d'un homme extraordinairement sérieux qui prend très au sérieux les choses, les idées et les gens, à commencer par lui-même. Avec ça, c'est un mélancolique, un timide qui n'a pas de prise sur la vie et, probablement, maladroit en amour et en amitié. Je crois qu'au fond, ce Maxime Loin est le type même du solitaire, condamné à n'avoir pas d'autre société que celle de ses idées. A ce qui me semble, ces gens-là ne sont pas à la merci d'une vulgaire tentation d'argent.

— Peut-être, mais il n'y a pas que l'argent. Il y a le désir de paraître, le désir d'être important, de prendre une revanche sur la vie.

— Alors là, Archambaud, qu'est-ce que ça peut vous faire? Vous ne prétendez tout de même pas qu'un honnête homme, dans ses activités les plus honorables, obéisse à des mobiles parfaitement purs? »

Archambaud répugnait naturellement à s'égarer dans les généralités. Comme il se montrait disposé à écarter la discussion, Watrin s'anima et se mit à parler d'Uranus. Il aurait souhaité que l'ingénieur passât quelques nuits comme les siennes à porter le fardeau de l'astre obscur. Le matin, en s'éveillant aux sourires de la Terre, et l'esprit merveilleusement libre, il verrait enfin ses semblables comme la vie les a faits pour la vie. Tous leurs dons lui paraîtraient également beaux, précieux, nécessaires. Avec joie, il accepterait les prétendus défauts de la nature humaine

comme aussi ses prétendues qualités qui forment
ensemble le réseau d'une grande espérance. En
regardant son propre fils, il penserait avec un
sourire attendri : « Dire qu'il a en lui de quoi
faire un assassin, un voleur, un mouchard, un
traître, un satyre, et qu'il sera très probablement
un brave type comme tout le monde, et peut-
être un héros ou un saint... » Il se garderait
d'éplucher sans fin les intentions et de dresser
des bornes entre des nuances, voyant trop claire-
ment que les bonnes actions sont aussi troubles
que les mauvaises. Il se bornerait à constater :
« Ce pauvre Untel s'est complètement détraqué,
il n'y a plus rien à en tirer » ou bien : « Pour
celui-là, on peut passer l'éponge, il repartira
avec les chances de tout le monde. » Encore ne
s'agissait-il là que de jugements d'ordre pratique, restant bien entendu que les criminels
les plus endurcis sont encore des créatures char-
mantes. Archambaud écoutait patiemment le
professeur et disait oui, oui, bien sûr. De tels
propos ne lui donnaient pas grande envie de
faire connaissance avec Uranus. Si chacun
voyait ses semblables selon l'optique de Watrin,
pensait-il, ce serait un joli gâchis.

« Pour en revenir à Maxime Loin...

— Justement, nous y sommes. Je crois qu'il
est tout à fait vain de se demander s'il a agi
honnêtement. Même si nous étions aussi bien
renseignés que lui sur toute son histoire, nous
aurions beaucoup de mal à conclure. Ce qui

compte, c'est que vous l'avez accueilli chez vous.
Si maintenant vous le mettiez à la porte en prétextant un reproche de votre conscience, vous
sentez très bien que c'est vous qui ne seriez pas
honnête.

— Je ne sens rien du tout, protesta Archambaud. Je ne vois pas pourquoi le fait de lui avoir
sauvé la vie me créerait des obligations envers
lui.

— Pourtant, c'est ainsi, répliqua Watrin. Il y
a des commencements qui obligent. En sauvant
la vie à Loin, vous avez créé une situation de
fait qui pose des problèmes. Si vous l'aviez laissé
fusiller, ces problèmes-là n'existeraient pas.
Vous voyez donc que vous avez des responsabilités. Et puis, dites, vous l'aimez.

— Ma foi non! s'écria Archambaud. En toute
franchise je dirai même : au contraire.

— Mais si, affirma le professeur, vous l'aimez.
Moi qui ne lui suis rien, qui ne lui ai pas sauvé
la vie, je l'aime déjà. Vous voyez bien. »

Archambaud n'osa plus nier et en vérité, il
lui semblait bien éprouver à l'égard de l'homme
traqué un sentiment indécis, de pitié, de rancune et peut-être d'affection. Plus il y pensait,
plus il se sentait disposé à croire à cette affection. Tournant la tête, il considéra Watrin d'un
œil inquiet, presque craintif. Le professeur sur-
prit son regard et lui serra le bras en riant joyeu-
sement. Archambaud rit aussi, sans bien savoir
pourquoi. Il se sentait soudain plus léger. Les

deux hommes avaient quitté le chemin de terre ombragé et, après avoir traversé la route nationale, s'étaient engagés dans un sentier montant en pente douce à travers champs. Ils marchaient à découvert sous un dur soleil et les blés, les seigles, les avoines, encore très verts, les enveloppaient de toutes parts comme une grande nappe tiède. Renonçant à atteindre la forêt dont ils apercevaient déjà les plus hautes frondaisons, ils s'arrêtèrent à mi-côte et s'allongèrent sur un carré d'herbe planté de pommiers, à la limite d'un champ. De part et d'autre de la rivière, ils découvraient à perte de vue la campagne, ses longues et molles ondulations d'un vert lourd et uniforme sur lequel tranchaient, seuls, les seigles pâles aux reflets d'acier, les villages de tuiles sombres et quelques noirs profils de forêts. Ce fut Archambaud qui reprit l'entretien.

« Admettons, dit-il, en souriant avec bonne humeur. Admettons que j'aie un faible pour ce garçon-là. Mais, bon Dieu, qu'est-ce que je vais en faire? Je ne peux pas le garder chez moi très longtemps. Fatalement, il se ferait pincer un jour comme c'est arrivé chez son ancienne logeuse. Alors? Vous avez une idée, vous?

— Il faut lui trouver un asile où il puisse vivre comme tout le monde, mais sous une fausse identité.

— Bien sûr, mais comment? Je ne sais pas si vous y avez déjà réfléchi, mais c'est diablement difficile. A quelle porte frapper? Je ne sais pas

si c'est partout comme à Blémont, mais ici, les
gens ont une telle peur de se compromettre
même à propos des choses les plus insignifiantes
que je n'oserais pas confier le secret de l'affaire
à mes meilleurs amis. Je crois que le seul fait
d'être dans la confidence les ferait trembler et
peut-être qu'ils courraient me dénoncer. C'est
qu'en ce moment, on n'est sûr de personne.

— Je vois deux solutions. Ou l'expédier à la
campagne, dans une autre région, chez des fer-
miers avec lesquels il travaillerait. Ou alors, à
Paris. »

Ces solutions, Archambaud les avait déjà envi-
sagées, mais sans résultat pratique. A la campagne, il n'avait de relations que dans les
environs et en admettant que Maxime Loin pût
trouver là une retraite, ce qui n'était même pas
probable, il n'y serait pas à l'abri d'une rencontre malheureuse. L'ingénieur avait également
songé à son village natal du Haut-Jura, mais à
cause de la proximité de la frontière suisse, la
surveillance y était étroite. Restait Paris. La
seule personne sûre qu'il y connût était sa sœur.
Malheureusement, elle était mariée à un fonc-
tionnaire important, très soucieux de faire
oublier qu'il avait été vichyssois, et trop timoré
pour courir un risque de ce genre. Peut-être
qu'à son insu elle accepterait de chercher un
asile chez des amis. Les chances paraissaient bien
minces. En outre, Maxime Loin n'était pas de
ces hommes à l'abord facile qui inspirent tout

de suite la sympathie et savent mettre à l'aise
ceux qui les obligent. Il manquait de liant,
d'arrondis, et même dans ses moments d'abandon,
il avait l'air de se confier en serrant les dents.
On sentait toujours en lui une réserve, un coin
de solitude retranchée et une insociabilité fon-
cière qui mettait l'interlocuteur mal à l'aise. Un
tel personnage n'était pas facile à caser. Dans
n'importe quel milieu social et dans n'importe
quel métier, il resterait à l'écart des autres, il
serait l'homme seul, ce qui ne manquerait pas
d'attirer l'atention sur lui, et une attention plutôt malveillante.

« Et à vos collègues de l'usine, vous ne pourriez pas en toucher un mot?

— Pas commode. Notez que la plupart ont
été maréchalistes, mais ils sont devenus si crain-
tifs, si recroquevillés. Il y a aussi leurs femmes
et là, c'est l'inconnu. En général, quand il ne
s'agit pas d'êtres chers, les femmes n'ont pas
souvent le cœur sur la main. Comme elles ont le
gouvernement de la maison et des enfants, elles
sont très attachées à tout ce qui est sécurité,
confort.

— Et le patron?

— Ah! oui. J'y ai pensé. Il a tellement gagné
d'argent pendant l'occupation qu'il ne se sent
pas à l'aise non plus. Sans compter qu'il a travaillé pour les Allemands. Je suis d'ailleurs persuadé qu'il ne risque rien. Il a été très adroit
avec ses ouvriers. Mais le fait est qu'il a une

peur bleue. Si je lui demandais de caser notre
homme, je crois qu'il serait terrifié à l'idée que
son ingénieur principal est un individu compro-
mettant. Il serait capable de me liquider.

— Evidemment, ce n'est pas facile. J'y pense,
si vous êtes d'avis, je pourrais en parler à mon
collègue Didier. C'est un très brave homme et
je suis sûr de sa discrétion.

— Si vous voulez, mais Didier a fait presque
toute sa carrière de professeur à Blémont. Je ne
pense pas qu'il ait beaucoup de relations en
dehors du pays.

— C'est à voir tout de même. Il a des fils,
je ne sais plus si c'est deux ou trois, qui vivent
à Paris. De toutes façons, ne vous tourmentez
pas. Je suis sûr qu'un jour ou l'autre, nous
trouverons ce que nous cherchons. Dans ce
genre d'affaires, il est permis de compter sérieusement sur le hasard. »

Dans l'ombre tiède où ils étaient allongés,
une torpeur agréable commençait à les envahir
et Archambaud se sentait assez disposé, pour
l'instant, à tabler sur la faveur d'un hasard.
Watrin contemplait la grande campagne verte
dont les faibles ondulations s'étiraient parallèle-
ment à la rivière. Il n'arrivait pas à s'en rassasier
la vue et l'esprit. Ce grand foisonnement végé-
tal, d'un vert luxuriant, un peu gras, faisait lever
en lui un sentiment de bonheur, de puissance et
d'enthousiasme tranquille. Bien qu'il fût très
satisfait de sa condition d'homme, il éprouva un

moment l'envie d'être un arbre, par exemple
un orme au bord de la rivière. Il avait ses racines
dans la bonne terre humide du rivage. La vapeur
de l'eau tiède montait dans ses feuilles, y dépo-
sant une buée grasse et, portées par la sève, il
sentait dans son corps, dans ses branches et dans
ses rameaux, toute la richesse et toute la bonté
de la terre. Il aimait les pâquerettes et les bou-
tons d'or qui poussaient dans son ombre et,
afin de mieux les abriter du soleil, il s'efforçait
de pousser son feuillage de leur côté, évitant
même de se pencher exagérément sur la rivière,
comme faisaient certains ormes de son entourage.
Il pensa aussi, et avec non moins de plaisir, à
être simplement une grosse touffe d'herbe au
milieu des prés. A vrai dire, il y a des moments
assez durs. On a beau être une bonne touffe
d'herbe, le soleil se pousse entre les brins et sa
chaleur arrive à dessécher la terre où l'on est
enraciné. Toute la journée, on vit avec la grande
espérance de la rosée. Mais on a toujours le
bonheur de sentir grouiller en soi un tas de
petits insectes. Il y a aussi les sauterelles qui
sautent de brin en brin et, quelquefois, pas
souvent, on leur fait le coup de s'amollir et de
se laisser aller sous le choc de l'arrivée. C'est
extrêmement drôle. Archambaud, qui dodelinait
sur son faux col, fut tiré de son demi-sommeil
par un éclat de rire de la touffe d'herbe. Il
bâilla, changea de position, s'étira et, après avoir
considéré la campagne, soupira :

« Je ne sais pas si vous êtes comme moi, mais ces grandes plaines vertes, toutes en épinards, je trouve que ça devient vite lassant à regarder. C'est presque écœurant.

— C'est une sensation que je n'éprouve pas du tout. Je trouve au contraire que c'est très beau, très vivant.

— Ah! tant mieux. Voyez comme la vie est mal faite. Je suis né dans la montagne, je ne me sens bien que dans la montagne. C'est tout de même une chose qui compte de se sentir d'accord avec le sol où on est accroché. J'y pense souvent et pour me dire que c'est peut-être là l'essentiel. Mais dans mon village, j'ai eu le tort d'être un bon écolier consciencieux. Le maître m'a poussé dans l'engrenage des écoles et un beau jour, la machine à fabriquer des ingénieurs m'a déposé dans un bête de pays que je n'aime pas, où je regrette mes montagnes et un autre genre d'existence.

— Allons, Archambaud, ne vous plaignez pas. Vous êtes dans la vie.

— Bien sûr et après? Je n'ai pas choisi de vivre ici. Mon métier non plus, je ne l'ai pas vraiment choisi. Mes études en ont décidé. Quant à ma femme, n'en parlons pas. Nous étions voisins de palier et nos deux balcons se touchaient. Germaine aurait été une petite blonde aux yeux verts, je l'épousais aussi bien.

— Que voulez-vous, on ne peut épouser qu'une femme qu'on a rencontrée. Si au lieu

de connaître la vôtre sur un balcon, vous l'aviez
connue en chemin de fer ou au cinéma, je ne
vois pas quelle sorte de satisfaction vous pourriez
en tirer. Et vous avez tort de prétendre que vous
n'avez pas choisi. Si Mme Archambaud avait été
bossue ou vieille ou idiote, vous ne l'auriez pas
épousée. De même, on peut très bien sortir d'une
école avec un diplôme d'ingénieur et se faire
garçon de café. Vous n'aimez pas la plaine, dites-
vous, mais on trouve des usines dans certains
pays de montagne et même dans le Haut-Jura.
Vous en êtes-vous jamais inquiété? N'empêche
que vous avez raison de vous plaindre de n'avoir
pas choisi. Ça vous fait certainement du bien
et c'est une occasion de rêver. »

Archambaud se mit à rire et convint qu'il
avait été injuste. Watrin eut beaucoup plus de
mal à lui faire admettre que le pays était d'une
grande beauté et douta même d'y être parvenu.
L'ingénieur ne pardonnait pas à la plaine d'être
plate et monotone.

« Monotone, mais d'une étonnante variété,
rectifia Watrin. C'est un paysage qui contient
une infinité de paysages. Voyez, là, cette ligne
de pêchers dans les blés, là-bas, cette luzerne
entre deux avoines, et la haie, le talus, le verger...
On n'en finirait pas. Et chacun de ces paysages
est sensible comme un visage humain. Tout y
est, la grâce, la noblesse, la fierté, la modestie,
la tendresse, tout. Ce ne sont plus seulement
des prés, des champs, des arbres, des haies, ce

sont des sentiments. Du reste, ça va de soi.
Est-ce que toute cette vie, cette opulence, n'ont
pas été façonnées par l'homme, par ses mains et
par son esprit? Ah! les hommes sont quand
même épatants, Archambaud! Dire que tout ce
que vous voyez là et plus loin sur des milliers
de kilomètres, les blés, les avoines, les arbres,
les alignements, les perspectives et jusqu'aux
touffes d'herbe, c'est l'homme, ses pensées, son
cœur, ses bonnes mains! On vient nous parler
de la poésie de la nature. Quelle blague! Il
n'y a que la poésie de l'homme et il est lui-
même toute la poésie. Ah! les hommes! les
hommes! »

Watrin, les bras tendus vers la campagne,
riait d'aise, d'enthousiasme. Archambaud ne put
se retenir de bâiller. Il aimait la joie du professeur, mais quand elle se répandait en paroles, il
la trouvait ennuyeuse et un peu indécente. Le
lyrisme, même sincère, même émouvant, lui
paraissait toujours ridicule et principalement
dans les conversations, qu'il écoutait alors avec
un sentiment voisin de la honte. Dans son
enfance, pourtant, il avait aimé les descriptions
fleuries, les belles oraisons funèbres, les discours
de quatorze-juillet, l'abondance émue de son
grand-père évoquant la guerre de 70, les exploits
de l'oncle contrebandier, la querelle sanglante
des scieurs de long à l'auberge Variot ou le vêle-
ment mémorable d'une certaine vache nommée
Lunette.

« Si ça ne vous fait rien, Watrin, on va rentrer à la maison. Le dimanche après-midi, Gaigneux reste souvent chez lui et j'ai peur d'une imprudence des enfants ou même de ma femme. »

XI

Ils prirent, en direction de Blémont, un sentier
qui coupait celui de la montée. Profilée sur un
ciel très bleu, la ville commençait à émerger
au-dessus de la cassure du coteau, qui dissimulait les ruines. Elle apparaissait comme une
bande étroite de constructions, étirée entre la
gare et la rivière, et son manque d'épaisseur,
rendu sensible par certaines perspectives de toits,
en faisait une ville absurde, presque cocasse. A
mesure qu'ils avançaient, les immeubles montaient sur la campagne et les ruines les plus
proches de la rivière commençaient à surgir.
Archambaud apercevait sa maison et, lorsque
le deuxième étage vint se poser sur un champ
d'avoine, il regarda ses trois fenêtres de façade
afin de s'assurer qu'aucune d'elles n'encadrait la
silhouette de Maxime Loin. Il put d'ailleurs se
rendre compte que la distance était trop grande
pour que le fugitif, au cas d'une imprudence,
risquât d'être reconnu.

Comme les deux compagnons arrivaient à une cinquantaine de mètres de la cassure, ils virent Gaigneux qui montait la côte sur le petit chemin bordant la falaise. Il n'avait pas l'air d'un promeneur et marchait vite, comme un homme qui sait où il va. La rencontre d'Archambaud et de Watrin parut le surprendre et le contrarier. Il ne put moins faire que de s'arrêter. Après les poignées de main, le professeur parla du soleil, de la campagne, des sauterelles. Gaigneux l'écoutait, tête baissée, levant parfois sur lui un regard furtif et inquisiteur. Ils étaient au bord de la cassure et Archambaud, en jetant de temps à autre un mot dans la conversation, considérait les ruines où circulaient de nombreux promeneurs.

« Je bavarde, dit Watrin en riant. Monsieur Gaigneux, j'ai quelque chose à vous demander. J'ai appris que ce pauvre Léopold a été arrêté et j'en ai de la peine. C'est un excellent homme et un bon ami à moi. Savez-vous pourquoi on l'a arrêté?

— Non, répondit Gaigneux d'un ton sec.

— Je sais qu'hier matin, il a eu des démêlés avec un des vôtres, un nommé Rochard. J'ai pensée que cette histoire-là n'était peut-être pas sans rapport avec l'arrestation.

— Je ne vois pas le rapport.

— Ecoutez, monsieur Gaigneux, vous n'êtes pas obligé de me dire ce que vous savez à propos de cette affaire. Mais enfin, vous connaissez

Léopold depuis longtemps. Vous ne pouvez tout de même pas ne pas regretter qu'un brave homme soit traîné en prison pour avoir tenu tête à un Rochard. Allons, parlons franchement. Vous connaissez Rochard mieux que moi, vous savez ce que vaut l'individu.

— Rochard est un bon patriote. »

Le professeur, à cette réponse, eut un sourire à la fois amusé et découragé. Archambaud, qui connaissait assez peu Léopold, s'était gardé d'intervenir dans la discussion, de crainte de se laisser aller à des paroles imprudentes, mais en entendant faire l'éloge du patriotisme de Rochard, il ne se contint plus.

« Il est frais, le patriote! Un joli monsieur! Et vous, Gaigneux, je ne sais pas si vous parlez sincèrement, mais qu'un homme aussi sérieux que vous puisse encore proclamer son estime pour un salaud pareil, je n'en reviens pas. Votre Rochard, je le considère comme une crapule et une ordure. Si vraiment il est l'incarnation du patriotisme français, alors, il n'y a plus qu'à souhaiter que la France crève. Et laissez-moi vous dire encore que si cette charogne-là est le rempart et le modèle des militants communistes de Blémont, je ne suis pas près de m'inscrire chez vous. Ah! bon Dieu, non. »

Gaigneux n'écoutait pas sans plaisir les propos de l'ingénieur. Il eut même un léger sourire qu'il dédia au jeune professeur Jourdan.

« Surtout, plaisanta Archambaud, n'allez pas

lui répéter mes paroles. Un homme qui peut
faire fourrer en prison les gens qui lui déplaisent,
je n'ai pas envie d'attirer sa colère sur moi. Tout
à l'heure, un socialiste m'a affirmé que Rochard
était la terreur des communistes de Blémont qui
lui obéissaient au doigt et à l'œil. Il vous appelle
les chemises brunes de Rochard. »

Sûr de toucher Gaigneux à un point sensible,
il n'était pas fâché de pouvoir rapporter ce
propos d'un socialiste, qu'il avait effectivement
entendu. De son côté, Gaigneux le trouvait des
plus édifiants et, quelque inquiétude qu'il en
eût, songeait avec satisfaction qu'il lui donnait
raison contre Jourdan.

« Des racontars de socialiste, monsieur Archambaud, je crois que vous êtes bien le seul à
Blémont à y faire attention.

— En tout cas, dit Watrin, si vous pouviez
faire quelque chose pour Léopold, je vous en
serais vraiment reconnaissant.

— Je regrette, mais je ne peux rien faire
pour lui. Allons, je vous laisse continuer votre
promenade. »

Archambaud et Watrin s'engagèrent dans un
raidillon qui descendait aux ruines. Aussitôt
disparus, Gaigneux, qui avait feint de poursuivre
sa promenade, s'assit à l'ombre d'un buisson au
bord du ravin. Il se trouvait d'ailleurs assez
désemparé et honteux, étant venu en ces lieux
avec une mauvaise conscience et comme malgré
lui afin de surveiller la fenêtre de Watrin.

Ayant justement rencontré le professeur, sa surveillance n'avait plus d'objet. Néanmoins et tout
en méprisant ce qu'il jugeait être une faiblesse,
il examina la maison et l'étage des Archambaud
et repéra les trois fenêtres en façade de l'appartement. L'immeuble, beaucoup plus éloigné
qu'il n'avait pensé, se trouvait à plus de cinq
cents mètres du ravin. A cette distance, il n'était
pas possible de reconnaître une figure ou même
une silhouette dans le cadre de l'une des trois
fenêtres. Son attention, qui n'avait plus de sens,
se détourna un moment de l'étage et de la
façade. Lorsque son regard y revint, une silhouette d'homme apparaissait à la fenêtre de
droite. Ce devait être celle de Pierre, le frère
de Marie-Anne. En même temps, il aperçut à
la fenêtre de gauche un autre buste d'homme
qui ne pouvait être ni Watrin ni Archambaud,
lesquels n'étaient pas encore rentrés. Gaigneux
pensa aussitôt à quelque camarade de Pierre,
venu lui rendre visite. Le problème lui parut
d'ailleurs si dépourvu d'intérêt qu'il cessa d'y
penser.

Gaigneux ne se dissimulait plus qu'il était épris.
Depuis la rencontre de la cuisine, le siège de ses
pensées, lui semblait-il, ne se trouvait plus dans
sa tête, mais entre le cœur et la gorge, dans une
région d'une douceur spongieuse, et traversée
et soulevée par des ondes de tendresse. Ces
ondes-là transportaient des reflets de cheveux
blonds, de robe jaune, de sourires, de regards

bleus, de chair rose et dorée, en même temps
que l'odeur enivrante d'une bouche d'évier et le
chant de la pluie sur un toit de zinc. Gaigneux
était sûr de n'avoir rien éprouvé de pareil
lorsqu'il avait connu sa femme, ni même d'approchant. Ce n'était d'ailleurs pas une question de
plus ou de moins. Il reconnaissait à Marie-Anne
une supériorité d'essence sur toutes les femmes
qu'il avait connues. Malgré les reproches de
sa conscience, il n'était pas loin d'attribuer cette
supériorité de la jeune fille à sa condition
sociale. Après tout, la bonne nourriture, les
études, les loisirs, les jeux, le piano, le confort
et l'habitude bourgeoise de considérer certaines
réalités à travers un brouillard pouvaient conférer aux filles des avantages de qualité.

Quant à Watrin, Gaigneux ne parvenait pas
à se rassurer. Malgré ses cheveux blancs et ses
airs de pêcheur de lune, le bonhomme lui paraissait dangereux. En outre, il était difficile de ne
pas prendre en considération les arguments formulés par Jourdan. Celui du facteur proximité,
à de certains moments, devenait irrésistible.
Ces vieux d'entre cinquante et soixante sont souvent très ardents et Watrin était veuf. Dans un
résidu de ville surpeuplée où tous les appartements étaient coupés en trois, où l'on vivait
les uns sur les autres, il n'était pas facile de
mener une aventure hors de chez soi. Tenu à
la discrétion par son veuvage et par la respectabilité de ses fonctions, le professeur n'avait pas

non plus la ressource d'aller chez les filles. La première vague du bombardement avait anéanti le 17 de la rue d'Oisel, tuant la patronne, les sept pensionnaires et les clients au nombre de neuf, parmi lesquels maître Frévière, le notaire, et M. Richemond, le directeur de la Caisse d'Epargne. Seul s'était tiré d'affaire le patron de l'établissement, descendu à la cave chercher d'un vin d'Alsace. La mort de maître Frévière avait un peu égayé la détresse des Blémontois, le bruit ayant couru qu'on avait retrouvé les testicules du notaire sur le plateau du pick-up où sa femme serait allée le lendemain les identifier. Donc, il était croyable que le professeur, empêché, privé, eût pris la hardiesse d'entreprendre dans son entourage immédiat. Et comment Marie-Anne avait-elle accueilli ses avances? Certes, rien ne la disposait aux complaisances. Les jeunes filles de maintenant, sportives, aiment le muscle, les épaules, les fortes mâchoires. Un Gaigneux pouvait plaire à la petite Archambaud, Watrin, non. Mais le vieux avait su la manœuvrer, l'envelopper, la distraire, l'intimider. Tout en lui parlant de mathématiques, avec ses airs de sourire aux anges, il lui représentait l'amour comme une sorte d'activité scolaire, un exercice de cours d'adultes et la gamine se laissait faire avec une bonne volonté studieuse. Elle ne devait comprendre son erreur que plus tard, dans la cuisine, sous le regard et sous le souffle de l'homme jeune qui méritait son amour et alors, ses larmes avaient coulé.

Dans ces moments de colère où la jalousie lui chauffait la tête, Gaigneux ne pouvait se défendre de penser qu'il lui serait facile de faire emprisonner Watrin, un homme sans parti, sans étiquette, et n'ayant donc à compter sur aucun soutien, et il s'irritait de ses propres scrupules qui lui interdisaient d'employer son influence à des fins personnelles. Restait aussi que le professeur était peut-être innocent. Après tout, les présomptions ne reposaient que sur le témoignage de Jourdan. Enfin, il était bien peu vraisemblable. vu ses yeux, ses cheveux, sa robe, la gorge sous la robe et tant d'autres choses admirables, que cette belle fille se fût laissée aller dans les bras d'un vieux. D'autre part, il y avait le facteur proximité.

Gaigneux donna encore un coup d'œil aux fenêtres d'Archambaud, dans l'espoir d'y voir apparaître la silhouette de Marie-Anne, mais les fenêtres étaient vides. Il se leva et prit le raidillon qui descendait au pied de la falaise entre des broussailles jusqu'à une longue bande de terrain où se tenait encore la foire aux bestiaux le premier jeudi de chaque mois. C'était au champ de foire que s'arrêtaient autrefois les premières maisons de la ville.

Le dimanche après-midi, les ruines étaient un but de promenade pour de nombreux Blémontois. Parmi les décombres circulaient des groupes d'anciens habitants du quartier détruit, venant

quêter des souvenirs sur les lieux où ils avaient
vécu. La plupart étaient de vieilles gens qui
supportaient plus difficilement que les jeunes
d'être chassés d'un quartier, d'une rue, d'une
maison où ils avaient cru finir leurs jours. Ils
marchaient avec lenteur entre les alignements
de pierres, s'arrêtant pour reconnaître l'emplacement d'une boutique ou d'une maison amie,
escaladant des obstacles pour voir de près les
décombres de leur demeure, dans une rue dont
le tracé avait disparu sous les éboulements. En
face de ces tas de pierrailles, là où s'était écoulée leur existence, il semblait aux plus pauvres
gens avoir été chassés d'un paradis terrestre et
ils s'attardaient longuement à inventorier les
trésors de la vie quotidienne, anéantis dans la
catastrophe. En descendant le raidillon, Gaigneux apercevait, dans les groupes arrêtés, des
bras levés désignant un point de l'espace où se
trouvait naguère une table ou une armoire. Lui-
même cherchait des yeux, dans le grand champ
de ruines, les débris de la maison qui avait
abrité sa femme, ses enfants, et le lieu plus
cher où il avait vécu avec sa mère jusqu'au
jour de son mariage.

La rue Chèvreblanche, proche du champ de
foire, était autrefois une petite rue étroite et
tordue aux façades écaillées, malades, dont les
couloirs soufflaient une haleine froide et moisie.
Gaigneux n'y était pas revenu depuis le lendemain du bombardement alors que les immeubles

écroulés comblaient la rue de bout en bout.
Ce n'était plus maintenant le chaos des premiers
jours. On avait trié les matériaux, enlevé les
gravats, entassé les moellons, et les pauvres gens
s'étaient chargés, pendant l'hiver, d'emporter les
poutres, solives, panneaux, portes et débris de
bois pour en faire du feu. Mais la rue elle-
même avait presque entièrement disparu. On ne
s'était pas soucié, comme pour les artères importantes, d'en reconstituer le tracé. Il n'en restait
qu'un tronçon, dégagé par hasard, et reconnaissable à ses pavés ronds et à une borne-fontaine.
Ce fut dans ce fragment de rue, où il était né,
que Gaigneux rencontra les Chaigneau, un
couple de vieillards qui habitaient sur le même
palier que sa mère et qu'il connaissait depuis sa
plus petite enfance. Le vieux, grand, sec, un peu
voûté et des gauloises blanches donnait le bras à
sa femme, une vieille toute menue, tassée, réduite
au format d'une petite fille mal venue. Immobiles
et silencieux, ils se tenaient debout devant un
tas de pierres comme au bord d'une tombe.
Ayant reconnu Gaigneux, la vieille l'embrassa
en pleurant.

« Encore à midi, je parlais de ta mère avec
Emile. D'une façon, elle a eu de la chance d'être
morte assez tôt pour ne pas voir ça. C'est-il
Dieu possible, René, qu'il arrive des horreurs
pareilles? C'est donc des fous, ces aviateurs?
Nous, on ne gênait pourtant personne. Pense
qu'on était là depuis 1901. Avant, on était rue

d'Alleu, juste une chambre pour coucher et faire la cuisine. Quand j'ai été pour avoir Adrienne, le petit avait déjà sept ans, il fallait trouver autre chose. Emile venait d'avoir une place à la fabrique, il travaillait aux pièces, il gagnait bien. Je gagnais de mon côté, j'avais des ménages. Deux cents francs par an, on nous demandait ici. Ce n'était pas rien, mais le logement les valait bien. Une cuisine et deux chambres avec du vrai plancher. Par le fait, ça nous faisait trois pièces. Un logement si bien, si commode. La borne-fontaine était juste en face la maison. Les cabinets presque à l'étage. Et tout ça... Et tout ce qu'on avait là-dedans. On n'imagine pas. »

Le vieux Chaigneau, plus qu'à moitié sourd, regardait les lèvres de sa femme pour essayer de comprendre ses paroles. Elle se moucha, s'essuya les yeux et reprit d'une voix brisée :

« Dire qu'en 37, on s'était racheté une cuisinière. L'autre s'était fendue à deux endroits, elle fumait, elle ne tenait plus, il fallait bien la remplacer. La nouvelle nous aurait duré jusqu'au bout de la vie et encore au moins dix ans de plus. Mais tu l'avais vue, toi, René?

— Oui, oui, dit Gaigneux, je me rappelle.

— Une cuisinière à trois trous avec la bouillote et le robinet tout en nickel. Ah! une cuisinière pareille, on pouvait chercher dans tout Blémont. On la réglait comme on voulait. Elle

ne dépensait presque rien et qui chauffait, il
fallait voir. Hein, Emile, la cuisinière?

— Quoi?

— La cuisinière! cria la vieille femme en se
haussant vers l'oreille de son mari.

— Ah! oui, la cuisinière... »

Les deux vieux se regardèrent et échangèrent
un sourire navré.

« C'était une belle cuisinière, dit Chaigneau.

— Toujours de l'eau chaude, suffisait de tourner le robinet. Pour faire ma vaisselle, c'était
bien commode. L'évier était pratique aussi. Tu
te rappelles comment c'était? »

Les yeux brillants, la vieille se mit à sautiller
en montrant du doigt des points invisibles de
l'espace : « Là, c'était l'évier... Le buffet se
trouvait là, dans le coin... Ici, la table... »

Gagné par la fièvre de sa femme, Chaigneau
à son tour leva le bras et monologua : « Là,
c'était la porte de la chambre, avec la fenêtre
juste en face... »

Les voix montaient, ils se démenaient, met-
taient les meubles en place, allaient d'une
chambre à l'autre, finissaient par mimer les
gestes de leur vie d'autrefois. La vieille femme
avait le visage en feu. Comme elle reparlait
de sa cuisinière, sa bouche se mit à trembler, son
visage se fronça et, tombant dans les bras de
Chaigneau, elle éclata en sanglots. Le vieux,
dégrisé, les yeux troubles, la serrait contre lui,

le regard encore fixé dans le vide à la hauteur d'un deuxième étage.

Gaigneux tenta de les consoler en leur faisant entrevoir les perspectives de la reconstruction prochaine; mais les vieux n'y croyaient pas et n'avaient même pas envie d'y croire. La reconstruction ne leur rendrait pas le logement où ils avaient vécu quarante-trois ans, la cuisine au carrelage bosselé, disjoint, les chambres basses, aux plafonds étoilés par l'humidité, aux boiseries fendues, vermoulues. Ni la cuisinière, ni l'armoire en chêne, ni le buffet, ni rien de ce qui leur avait coûté tant de journées de travail.

XII

Il n'y avait pas une semaine que Maxime Loin était entré dans la maison et Mme Archambaud savait déjà qu'il était épris de Marie-Anne. Elle ne lui en voulait pas. Ce pauvre garçon était resté cloîtré si longtemps que le voisinage d'une jolie fille ne pouvait manquer de l'émouvoir. Du reste, c'était là une passion vouée à un échec certain, pour des raisons diverses dont les plus importantes tenaient à Marie-Anne. Donc, elle n'en voulait pas à Maxime, mais elle regrettait qu'au lieu de s'éprendre de la fille, il n'eût pas plutôt jeté son dévolu sur la mère. Mme Archambaud n'avait jamais trompé son mari, sauf une fois, lors d'un voyage à Paris et par un concours de circonstances si curieuses, si pressantes aussi, que sa conscience ne le lui reprochait pas. Il lui semblait pourtant qu'elle n'eût pas refusé de rendre de bons offices à Maxime au cas où il l'aurait priée. Ce célibataire de trente-

cinq ans, ordonné, timide et plein d'amour-
propre, devait être très attentionné pour les
femmes et s'employer avec elles d'une façon
délicate. Il n'était sûrement pas de ces hommes
grands et forts et hauts en couleur qui, à en
juger par Archambaud, font les choses sans
bien y penser, comme ils monteraient à bicyclette. A n'en pas douter, ce garçon lui aurait
fait connaître un bonheur très chaud, aiguisé
de menues violences et de poisons délicieux.
Cela se voyait dans son regard un peu éperdu,
se sentait dans les inflexions de sa voix tendre
et tourmentée. De son côté, elle eût pris plaisir à délivrer les ardeurs inquiètes de cet
homme malheureux, à bercer sa mélancolie, à
l'envelopper d'une tendresse voluptueuse. Depuis qu'il était réfugié à la maison, Mme Archambaud sentait en elle une grande bonté.
Elle pensait aussi qu'il n'y a rien de meilleur
que d'être généreux.

Naturellement, Archambaud ignorait que
Maxime Loin fût amoureux de sa fille. Les
hommes ne savent jamais ce qui se passe chez
eux. Savent-ils seulement ce qui se passe ailleurs que chez eux? Mme Archambaud ne le
croyait pas. Seules, les femmes voient vraiment les choses. Les hommes n'en ont jamais
qu'une idée. Demandez à un homme de dé-
crire le motif du papier de tenture de sa
chambre, il restera sec. Quant à son mari, tout
cela était si vrai qu'elle le vérifiait à chaque

instant. Par exemple, il passait une heure par
jour, les lunettes sur le nez, à lire les journaux, mais venait-elle à lui demander ce qu'il
pensait de l'arrestation de l'amiral ou de la
déclaration de Staline, Archambaud tombait
des nues. Il avait lu le journal de bout en
bout, mais il n'y avait trouvé ni l'arrestation
de l'amiral, ni la déclaration de Staline ni rien
de précis. Pendant ou après, on ne savait pas
bien, sa tête se mettait à fabriquer une espèce
d'idée générale de sa lecture, assez abstraite,
et d'ailleurs suffisante pour le mettre de mauvaise humeur. Sa femme, qui ne lisait guère
que les titres des journaux, était beaucoup mieux
renseignée que lui sur l'actualité locale, nationale et mondiale. A la maison, qu'il s'agît
des gens ou des choses, c'était pire encore. Il
ne connaissait ses enfants que dans la mesure
où sa femme lui ouvrait les yeux. Et alors même
qu'on lui avait fait toucher la vérité, celle-ci
ne lui tenait pas en tête et il y substituait très
vite une certaine notion de la jeune fille ou
de l'adolescent. Mme Archambaud ne jugeait
d'ailleurs pas utile de le tenir au courant et
trouvait même commode qu'il restât un peu
ignorant des réalités domestiques.

Un soir, le huitième que Maxime Loin
passait chez les Archambaud, la famille pliait
les serviettes après le dîner. Il faisait chaud
et on avait laissé ouverte la porte de la chambre
pour établir un courant d'air. Les hommes

étaient en manches de chemise et Loin, à côté
d'Archambaud et même de Pierre, avait l'air
d'un poète famélique, le torse étriqué et les
épaules creuses. Cette minceur donnait à
Mme Archambaud l'impression qu'elle en dis-
poserait facilement un jour ou l'autre. Elle
était vêtue d'une robe d'été à pois blancs,
échancrée très bas et découvrant largement
la naissance de ses gros seins entre lesquels
apparaissait une vallée profonde. Maxime n'avait
pas été sans remarquer cette opulence ostensive,
mais sans s'y intéresser, trop occupé de Marie-
Anne. Bien qu'il n'eût jamais été un fervent
du cinéma, il était inépuisable sur le chapitre
des vedettes et en parlait mieux qu'un abonné
de *Cinémonde,* par quoi il avait conquis l'estime
de la jeune fille. On était loin de la discipline
des premiers jours et il n'était plus tenu au
silence pendant les repas. Les risques semblaient très atténués. Dans les deux jours qui
avaient suivi la fuite de Loin, la police et la
gendarmerie avaient reçu une trentaine de
lettres anonymes accusant des particuliers de
donner asile au fugitif. Après ce feu d'artifice,
l'affaire paraissait être tombée dans l'oubli et
personne n'en parlait plus.

Archambaud remit sa veste et, comme à l'ordinaire, déclara qu'il allait faire un tour. Pierre
se retira dans la chambre dont il ferma la
porte. L'examen approchant, il travaillait très
tard le soir. Pendant que les femmes lavaient

la vaisselle, Maxime Loin resta seul dans la
salle à manger. Près de lui, de l'autre côté
de la porte, le professeur Watrin devait corriger des copies en attendant l'heure d'Uranus. Loin, lui, n'avait rien à faire et n'attendait rien non plus. Avec Watrin ou avec Archambaud, il pouvait parler des problèmes de
l'occupation, il se justifiait, rafraîchissait ses
arguments et se passionnait aux discussions.
Quand il était seul, toutes ses justifications et
ses raisons étaient sans intérêt, sans objet réel,
comme s'agissant d'un jeu qui ne pouvait se
jouer qu'avec des partenaires. Les problèmes
ne se posaient plus et sa conscience restait
inerte. Peu lui importait que son activité de
collaborateur eût été bonne ou mauvaise. Elle
pesait sur lui d'un poids écrasant, comme
Uranus sur le professeur, mais sans espoir de
réveil. Les Archambaud ne le garderaient pas
éternellement. Lui-même ne pourrait supporter
très longtemps de vivre à leur charge, en intrus et en gêneur. Le jour où il lui faudrait
partir, il n'aurait pas la force ni même le
désir de chercher une cachette improbable. Il
irait se livrer à la police. Des juges qui ne
croiraient plus à la justice, qui auraient re-
noncé à dépendre de leur conscience, le pous-
seraient vers la mort avec indifférence, en songeant à la considération que leur vaudrait son
cadavre. Devant ce tribunal sans angoisse et ces
fronts austères où il lirait déjà la sentence,

il ne pourrait se défendre d'entretenir encore
un espoir absurde. Il entrerait respectueusement
dans le jeu des juges, il accepterait les conventions du dialogue, il aiderait les messieurs du
tribunal à chercher la vérité là où chacun saurait
ne pouvoir la trouver. D'ailleurs, il ne lui servirait à rien de bousculer le scénario de sa
mise à mort. Même s'il devait peser dans les
balances de la justice, il ne saurait pas jeter
le grand cri qui restait au fond de lui-même
depuis qu'il était en âge de souffrir et qui
dirait toute sa misère : la solitude d'un enfant
malmené par des parents pauvres et durs, celle
de l'écolier parmi les autres écoliers qui rail-
laient sa tristesse et sa gaucherie, la timidité
de l'adolescent devant les filles, les déceptions
du petit employé qui avait voulu aimer ses
frères en pauvreté, celle du poète, du confé-
rencier, de l'homme, et toujours sa solitude,
que les années faisaient plus amère, plus riche
de regrets, sa solitude et aussi, mon Dieu, son
orgueil. Les juges riraient bien s'il leur disait
la vérité, à savoir qu'en collaborant avec les
responsables de Buchenwald, il avait cru sortir
de solitude pour se répandre en amour et en
dévouement. Allons, le tribunal prononcera la
sentence de mort et tout sera pour le mieux.
Etre condamné à mort, jugé indigne de vivre
par tout un peuple, c'est être vraiment seul.
En attendant, pauvre, traqué, recueilli par pitié, et probablement ridicule, j'aime sans espoir

une jeune fille de dix-huit ans. Il me fallait encore ce témoignage de ma solitude avant d'être lié au poteau, seul en face du peloton d'exécution. Les soldats qui me tueront et la jeune fille blonde ne sauront pas que je les ai aimés.

Le bruit d'une mêlée de voix furieuses, aiguës, lui parvint de la cuisine. C'était le sommet d'une dispute qui durait depuis près d'une demi-heure entre la femme d'Archambaud et celle de Gaigneux à propos de l'évier engorgé. Marie-Anne entra dans la salle à manger avec une pile d'assiettes qu'elle posa sur la table.

« Je vais les ranger dans le buffet, proposa Loin.

— Je veux bien, dit Marie-Anne, ça m'avancera. »

Avant de sortir, elle alluma l'électricité. Loin déplaça un bonheur du jour et un fauteuil pour avoir accès au buffet, puis se mit à ranger les assiettes. Dans la cuisine, le ton de la dispute ne cessait de monter. Il entendit la voix de Maria Gaigneux proférant des mots violents. Marie-Anne fit encore deux voyages de la cuisine à la salle à manger. Ensemble, ils rangèrent l'argenterie dans un tiroir, les verres sur un rayon.

« Pour un homme, vous n'êtes pas maladroit du tout, dit Marie-Anne.

— Sans vouloir vous froisser, j'en sais probablement plus que vous, j'ai presque toujours fait mon ménage et ma cuisine moi-même.

— Vous n'avez jamais été marié?

— Non », dit Loin.

Ils replacèrent le bonheur du jour et le fauteuil devant le buffet. Ils étaient l'un en face de l'autre et Marie-Anne n'aurait pas été surprise qu'il se déclarât. Elle pensait qu'il s'y déciderait un jour ou l'autre et avait déjà pris le parti de se dérober fermement, avec des paroles de sympathie et d'amitié. D'ailleurs, l'idée qu'il pût plaire à une fille lui semblait peu croyable et, en sa présence, elle éprouvait une impression de sécurité. S'il n'avait été manifestement épris, elle aurait eu plaisir à parler avec lui et même à faire des confidences. Par exemple, elle aurait pu le consulter sur la conduite à tenir à l'égard de Michel Monglat. Peut-être aurait-il su lui dire comment se comporter avec Gaigneux qui attendait une suite à leur rencontre de la cuisine et qui se refuserait à admettre la vérité si elle lui avouait simplement ne pas comprendre pourquoi elle avait eu cette minute d'abandon. Mais ces problèmes-là ne pouvaient pas être proposés à Loin. Son regard sombre, animé d'une tristesse ardente, avait tant d'éloquence que les tête-à-tête étaient presque difficiles. Marie-Anne craignait toujours de laisser voir sa pitié et le léger sentiment de dégoût que lui inspirait cet amour mijotant derrière des yeux douloureux. En face de lui, elle pensait avec élan à la grosse

viande de Michel Monglat, à sa jovialité, à
son rire gras et à son cynisme grossier.

Loin parla de la douceur du soir et du
charme des bords de l'eau par clair de lune.
Il n'avait pas l'air de vouloir se déclarer.

« Excusez-moi, dit Marie-Anne, cet après-
midi, j'ai fait trente kilomètres à bicyclette par
la chaleur. Je tombe de fatigue. »

Loin la suivit des yeux jusqu'à la porte
de la chambre et s'assit sur le fauteuil. Par
hasard, son regard s'arrêta sur une « Annon-
ciation » accrochée au mur à la tête du lit
des Archambaud. C'était une vieille gravure
inspirée de la Renaissance italienne, mais colo-
riée violemment à la manière d'une image
d'Epinal. Assise dans un fauteuil gothique auprès d'une fenêtre, la Vierge écoutait l'ange
annonciateur, un bel adolescent aux cheveux
bouclés, qui parlait les yeux baissés, les mains
posées à plat sur la poitrine. Sans doute entre-
voyait-elle la grandeur de la promesse qui lui
était faite, car sa joie restait grave, son regard
songeur. Loin se laissa aller à transposer la
scène. Il se voyait assis sur le lit, dans la
chambre de Watrin, à l'heure où le soir descendait sur les ruines de Blémont. L'ange
entrait par la fenêtre pour réjouir son cœur
d'une grande nouvelle. Mais lui, Loin, demeurait froid et n'était même pas de très bonne
humeur. L'ange, peiné de son indifférence, insistait : « Voyons, monsieur Loin, la liberté,

je vous annonce la liberté. » Et d'un grand
geste, il montrait le ciel et la campagne. « Ça
me fait une belle jambe », ronchonna Loin.
Du coup, l'ange disparut par la fenêtre.
Mme Archambaud entra dans la salle à manger, le visage encore enflammé par la dispute.

« La sale bonne femme, dit-elle. C'est une
vraie mégère. On n'imagine pas qu'il puisse
y avoir tant de méchanceté, de bêtise et de
grossièreté dans une créature. Quand je pense
que ces gens-là ont la prétention de gouverner
le pays! C'est insensé, monsieur Maxime.

— En effet, dit Loin poliment, c'est insensé.

— Mon mari me dit que je m'y prends mal
avec cette femme, que je manque de simplicité, que je suis trop imbue de la supériorité
de ma condition. C'est ridicule. Je n'ai ni orgueil, ni préjugé d'aucune sorte. Naturellement,
si je m'humiliais devant cette horrible femme,
si j'allais au-devant de tous ses caprices, elle me
pardonnerait peut-être d'occuper encore une
partie de mon appartement. Inutile de vous
dire que je refuse de m'humilier. Ai-je raison?

— Certainement. »

Loin s'était levé de son fauteuil et, le regard
vague, pensait encore à l'ange qu'il venait de
mettre en fuite. Sa propre conduite ne le surprenait pas. Il constatait avec une délectation
douloureuse qu'il n'était même plus capable
d'accueillir en lui l'espérance.

« Comme vous semblez triste, monsieur Maxime, dit Mme Archambaud.

— C'est vrai, murmura-t-il, je ne suis pas d'humeur très joyeuse. Pardonnez-moi. » Il baissait la tête et fixait le dos de ses grandes mains maigres appuyées sur le bois de la table. Mme Archambaud s'approcha et, avec un soupir de compréhension, essaya de lui pousser sa poitrine sous le nez. Voyant venir des paroles de consolation, l'idée lui en parut insupportable et il prit les devants avec une hâte et une impatience qui ne lui laissèrent pas le temps de réfléchir.

« Madame Archambaud, dit-il tout d'un trait, vous avez été très bonne pour moi et tout le monde a été très bon. Je vous en suis très reconnaissant, mais il faut que je m'en aille. Je ne peux plus rester ici où je suis une gêne et un embarras. Je vous compromets inutilement. C'est une faiblesse de ma part et une grande malhonnêteté, car je n'ai aucun espoir d'échapper au sort qui m'est promis et je ne le désire même plus. Je vous remercie de tout mon cœur et je vous demande de dire à M. Archambaud combien sa générosité m'a touché. Je vous dis adieu et à tous les vôtres. »

Il marcha vers la porte du couloir, mais Mme Archambaud y fut avant lui et, le prenant par la taille d'un geste ferme et affectueux, le refoula vers l'intérieur de la salle à manger. « A quoi pensez-vous, Maxime? disait-elle.

Soyez raisonnable, mon petit. Je comprends que vous soyez un peu déprimé par la vie que vous menez depuis six mois, mais vous n'avez aucune raison de vous décourager. »

Adossée à la commode, elle le serrait sur sa poitrine et lui caressait les cheveux : « C'est vrai, disait Loin, je suis stupide, mais il y a des moments où je n'en peux plus. » Il n'avait pas l'air de faire attention à la poitrine, ni même de s'apercevoir qu'il était dans les bras d'une femme encore jeune. Mme Archambaud l'enveloppait de ses deux bras nus, le palpait sournoisement et, le cœur fondant, s'attendrissait de le sentir aussi mince. Elle lui parlait tout bas, de bouche à oreille, dans les cheveux : « Mon cher petit, vous avez besoin d'être très entouré, mais, justement, je serai près de vous pour vous dorloter, vous faire oublier vos soucis. » Emu d'une tendresse un peu étonnée, il s'abandonnait à la douceur des bras et de la poitrine. Il n'avait pas cru que cette femme fût aussi bonne. Une porte s'ouvrit au fond du couloir. « Voilà mon mari », dit-elle. Maxime ne bougea pas. Il se sentait presque heureux et ne pensait pas qu'il pût faire mal. Ce fut elle qui le repoussa, très doucement, après avoir posé ses lèvres sur son oreille. Il lui sourit avec amitié et gratitude.

Archambaud entra, l'air sérieux, appliqué, l'œil vague et encore embué de ses rêveries. Il avait regardé les ruines sous la lune avec l'idée

qu'elles ne se relèveraient pas, songé à son
usine, à la France, à Démosthène, à la consti-
tution de l'atome, à une petite servante de
restaurant, à l'amour, à la pédérastie, à Uranus,
aux étoiles, à son village du Jura, à ses parents
morts, à des amis vivants, à Marie-Anne et,
très longuement, au Portugal dont il ne savait
presque rien. Entre temps, il s'était arrêté
sur le pont, avait regardé couler la rivière
blanche de lune, chanté tout bas un air sans
paroles et jeté dans l'eau un morceau de bois
sur lequel il venait de poser le pied. Au
retour, comme il arrivait à une centaine de
mètres de la maison, il avait ralenti le pas en
pensant soudain que les atomes se reprodui-
saient peut-être à la façon des êtres vivants, soit
qu'il y en eût de mâles et de femelles, soit que
les deux sexes fussent réunis sur un même
sujet. Dans l'escalier, il se laissa même aller
à rire tout haut d'une certaine réflexion qu'il
prêtait plaisamment à un atome mâle empêché par son grand âge.

Mme Archambaud lui parla de l'évier bou-
ché, de l'outrecuidance de Maria Gaigneux et
rapporta quelques-uns de ses écarts de langage. Il écouta sans beaucoup d'attention, donna
tort à sa femme, bâilla et dit à Maxime Loin :
« Quand vous voudrez... »

Chaque soir, Loin attendait que la famille
Gaigneux fût couchée pour se rendre aux vécés.
Pour plus de précaution, Archambaud se tenait

à la cuisine à côté de l'interrupteur, prêt à couper l'électricité au cas où l'un des Gaigneux aurait ouvert une porte pendant l'instant critique. Cette fois encore, tout se passa sans alarme. De retour à la salle à manger, Loin souhaita le bonsoir à ses hôtes et alla se coucher.

XIII

La chambre des enfants Archambaud avait deux
fenêtres, l'une donnant sur les ruines, l'autre
sur l'impasse Ernestine. Partagée en diagonale
par un assemblage de paravents, Marie-Anne en
occupait le côté Ernestine, Pierre le côté des
ruines. Pour plus d'indépendance, la jeune fille
avait exigé que la porte de communication avec
la salle à manger ouvrît sur le compartiment
de son frère. Loin entra sans bruit, se déshabilla rapidement, enfila une chemise de nuit
à Archambaud, qui lui descendait aux pieds
et se coula dans le lit, du côté de la ruelle,
contre le mur de la salle à manger. Pierre travaillait près de la fenêtre, assis à une petite
table. Courbé sur ses cahiers, le dos hostile
et les épaules remontées, il paraissait s'abriter contre les regards de l'intrus. Son anti-
pathie à l'égard de Loin tournait à la haine
et il ne lui ouvrait pas la bouche. En parlant
de lui à sa sœur, il ne manquait jamais de
dire : le traître, ou l'assassin ou le crevard.

Loin entreprit la lecture d'un roman prêté par Marie-Anne, seule de la famille à lire des romans. La bibliothèque de la salle à manger, où il était autorisé à puiser, ne comprenait strictement que des ouvrages scientifiques. Toute littérature était suspecte à Archambaud, mais il se défiait surtout de la littérature romanesque qu'il considérait comme l'un des plus grands fléaux de l'époque. On ne peut pas, disait-il assez littérairement, être à la fois dans l'arène et sur les gradins; lire des romans, c'est voir la vie en spectateur et c'est perdre l'appétit de la vivre pour son compte. Il affirmait que les romans, même et surtout les bons, avaient tué en France le désir d'entreprendre, abruti la bourgeoisie et conduit le pays à la défaite de 1940. Personnellement, il n'avait, au reste, pas le moindre penchant pour les œuvres d'imagination et il n'accusait que pour justifier son indifférence. Mme Archambaud, qui n'avait le temps de lire que les titres des journaux, en était restée à René Bazin et son mari la donnait souvent en exemple : « Voyez donc Germaine qui n'a jamais lu que les *Mémoires d'un âne* et les *Oberlé,* elle ne connaît ni le doute ni l'inquiétude et elle fait très bien son métier de femme. » Mme Archambaud ne goûtait d'ailleurs pas beaucoup ce genre de compliment. Elle avait beau vivre à l'écart des livres, elle sentait très bien que le fait d'avoir la tête sur les épaules n'allait pas sans un certain ridicule et que la notion d'équilibre s'opposait formellement, dans le monde actuel, à celle d'intelligence. Pour Pierre, esprit lent et laborieux, la substance des programmes scolaires absorbait tous ses efforts et suffisait amplement à sa curiosité des choses de l'esprit. Ses quelques loisirs étaient partagés entre le rugby et le café de la Pomme d'or où il lui arrivait, en dehors des heures qu'il y passait à suivre les cours du professeur Jourdan, d'aller boire un apéritif avec l'espoir, toujours déçu, de gagner les faveurs de la serveuse. Son père croyait pouvoir présumer qu'il vivrait heureux et utile, mais se défendait mal de lui préférer sa fille, bien qu'elle eût été une élève peu studieuse et qu'elle lût beaucoup de romans.

La lumière n'était pas excellente, car elle venait de la table où travaillait Pierre, et Loin ne voulait pas lui demander d'incliner l'abat-jour. L'action du roman se situait à Lyon, en 1943, dans les milieux de la Résistance et il y trouvait presque à chaque ligne une raison de s'indigner. Tout l'irritait, l'héroïsme, la bonne humeur, l'ingéniosité, la noblesse de cœur, la mâle beauté des résistants, comme aussi la lâcheté, la cupidité, l'orgueil, l'insondable bêtise des traîtres vichyssois. S'il en avait eu le pouvoir, il aurait fait fourrer l'auteur en prison. *De son beau regard clair, Patrice toisa l'immonde personnage.* Patrice était un jeune étudiant gaulliste, l'immonde personnage un

trafiquant du marché noir, qui souhaitait passionnément la victoire de l'Allemagne. Loin
ricanait tout bas. Sa vengeance était de penser
que le trafiquant n'avait rien perdu à la victoire gaulliste. Le livre finit par lui tomber
des mains. La lumière était si pauvre qu'elle
lui faisait mal aux yeux. En attendant que
Pierre vînt se coucher, il regarda le rond de
clarté que projetait au plafond, de l'autre côté
du paravent, la lampe de chevet de Marie-Anne.
Elle aussi lisait un roman. Parfois, lorsqu'elle
changeait de position, il entendait craquer le
bois ou le sommier de son lit. Par la fenêtre ouverte à deux battants, des papillons de nuit
entraient dans la chambre et, volant au plafond, passaient d'un compartiment à l'autre.
L'un d'eux, ayant piqué sur la lampe de Marie-
Anne et pénétré dans la cage de l'abat-jour
où il se débattait furieusement, elle l'inter-
pella : « Idiot, lui dit-elle, tu m'agaces. » Loin
regretta qu'un papillon ne lui inspirât pas des
paroles plus poétiques et fut toutefois heureux
d'entendre sa voix. Pierre rangea ses cahiers,
éteignit sa lampe, se déshabilla dans la pé-
nombre et se mit au lit avec des précautions
exagérées pour éviter tout contact avec son
voisin. Ils étaient couchés, chacun de son côté,
à l'extrême bord du matelas et il y avait entre
eux la place pour un gros homme. Fatigué
par l'effort de sa longue soirée, Pierre s'endormit aussitôt et Marie-Anne ne tarda pas

à éteindre sa lumière. Pour Maxime Loin,
c'était l'heure des tourments heureux. Dans
le silence et dans la nuit, le voisinage de Marie-
Anne devenait émouvant et il se sentait libre
de jouer de son amour et de sa tristesse. N'ayant
plus à composer son visage, ni à craindre le
sourire d'un témoin, il dardait des regards de
flamme, battait des narines, grimaçait passionnément, disait sans les prononcer des paroles
d'amour, joignait les mains sur son cœur et
allait jusqu'aux larmes. Il imaginait des choses
simples et folles, par exemple qu'il était assez
audacieux pour escalader le corps de Pierre
endormi et passer de l'autre côté du paravent.
Que Marie-Anne dormait. Qu'à la clarté de
la lune, il voyait ses cheveux blonds répandus
sur l'oreiller, son visage apaisé dans le sommeil,
le drap blanc soulevé à la cadence de son
souffle. Qu'il lui pressait la main et, comme
elle s'éveillait, qu'il ne lui laissait pas le temps
de s'étonner, c'est-à-dire qu'il se mettait à parler. Qu'à voix basse, mais ardente, il disait son
amour, ses nuits sans sommeil, ses espoirs, sa
mélancolie et, que chacune de ses paroles
chaudes et sucrées pénétrait profondément la
jeune fille. Qu'elle était troublée et que néanmoins, il ne se passait rien.

Cependant, Marie-Anne, n'ayant pas encore
trouvé le sommeil, pensait au fils Monglat avec
une certaine exaltation. Depuis le jour du bois
des Larmes, elle ne l'avait rencontré que dans

la rue et s'était refusée à lui accorder un rendez-vous dans la campagne. La veille encore,
il s'était proposé à l'emmener dans sa voiture
jusqu'à un village des environs où il venait
de louer à son intention une maison meublée.
Elle avait dit non. Il n'y comprenait rien.
« L'autre jour, tu te laisses faire, tu as l'air
de bien aimer ça et maintenant tu ne veux
rien savoir. » Il était irrité, jaloux, un peu
méfiant aussi, se demandant si elle n'essayait
pas de le manœuvrer à cause de son argent.
Marie-Anne, dans son lit, regrettait d'avoir
dit non. Elle le trouvait beau et ne détestait
pas qu'il fût un peu gros, un peu lourd, ni
même qu'il eût cette aisance indiscrète, souvent
grossière dont le souvenir la choquait à d'autres
instants. Troublée, la tête chaude, elle se rappelait l'homme, ses gestes, ses paroles et ses
attitudes au cours de l'après-midi du bois des
Larmes. Il avait l'air tranquillement affairé d'un
mécanicien examinant une pièce de moteur.
C'étaient justement cet aplomb-là, ces façons
cuisinières dans le plaisir et ce mépris ou cette
ignorance de toute pudeur comme de toute
espèce de faux-semblant qui conféraient aux
souvenirs une présence bouleversante. De sang-
froid, il n'était pas possible d'y penser sans
gêne et sans révolte, mais dans le silence
de la nuit, quand le corps se morfondait et
s'échauffait de solitude, l'esprit se faisait complice, les images et les paroles s'imposant avec

une épaisseur et une pesanteur suggestives. Pendant qu'elle se retournait dans son lit, Marie-Anne retrouvait tous ces instants et les faisait durer dans sa mémoire. Les paroles et les gestes les plus violents lui étaient les plus précieux. Ils affirmaient l'homme, le mâle. Elle souhaita, de toute son ardeur, le rencontrer le lendemain afin de revenir sur son refus. Mais peut-être passerait-il sans s'arrêter. Elle trouverait un prétexte pour aller à lui. Par exemple, elle l'entretiendrait de Maxime Loin et lui demanderait de s'employer auprès de ses hautes relations pour faire classer son dossier.

De l'autre côté de la cloison, Archambaud dormait, en proie à un mauvais rêve. Une foule considérable, massée dans les ruines de Blémont, attendait avec une impatience muette qu'il apposât sa signature au bas d'un pacte réglant la distribution des décades de cigarettes. Le porte-plume à la main, il était prêt à signer, mais l'encre manquait au dernier moment. Tous les encriers de la maison étaient vides et il était interdit d'aller s'approvisionner au-dehors. Gaigneux, qui était curé de Blémont, lui tendait le pacte et donnait des signes de nervosité. Le silence de la foule devenait menaçant. Archambaud, mortellement anxieux, s'agitait en vain et donnait des coups de coude à sa femme qui n'était pas encore endormie. Elle s'en irrita et finit par lui dire d'une voix dure : « Assez, Edmond. » Délivré

par la voix familière, il abandonna son rêve
sans toutefois sortir du sommeil qui se poursuivit paisiblement. Mme Archambaud pensait
à Maria Gaigneux et à des reparties heureuses
qui lui avaient manqué dans la chaleur de la
dispute. Elle imaginait des vengeances, des
triomphes, des raffinements d'humiliation. Re-
prenant le pouvoir, le maréchal procédait à
un reclassement des valeurs sociales, traitait
la racaille communiste selon ses mérites et dé-
crétait que dans les villes dévastées, tout ingénieur assumant des responsabilités importantes
avait droit à un appartement de cinq pièces.
Maria Gaigneux venait alors la supplier de ne
pas la mettre à la porte et Mme Archambaud
répondait : « Je vous laisse la chambre bleue,
parce que vous avez quatre enfants, mais je
vous préviens, ma fille, qu'il faudra changer de
manières, sinon, gare. » C'était le commencement d'une vie délicieuse. Du matin au soir,
elle accablait Maria de reproches et de sar-
casmes, l'obligeait à accomplir des besognes dé-
gradantes et la tracassait de mille manières
ingénieuses. En outre, elle exigeait que la Gaigneux lui parlât à la troisième personne et
après avoir exécuté une révérence. Toutes ces
ruminations l'agitaient, lui donnaient la fièvre.
La bouche sèche, les mains moites, elle se
retournait dans son lit, et la haine lui faisait
battre douloureusement les tempes. Craignant
l'insomnie, elle s'efforça d'oublier Maria et se

prit à songer à Maxime Loin. Mais sa violence ne l'abandonnait pas et l'empêchait de trouver la tendresse. Elle en usait avec Maxime un peu comme avec Maria et au lieu de le circonvenir, de le gagner par la douceur, elle le prenait brutalement, à la dragonne.

Cependant, le professeur Watrin dormait, livré, abandonné à Uranus. Il était au centre d'un univers inerte, noir, silencieux, glacé. Il n'avait plus conscience d'appartenir à l'espèce humaine, ni même à la vie et tous les souvenirs qui le liaient à la Terre s'étaient éteints en lui. Les fleuves, les rivières, les hommes, les mathématiques, les éléphants n'avaient jamais existé. L'éternité ne recélait ni passé ni avenir. Watrin était à la fois Uranus et, au centre d'Uranus, un point d'angoisse, clignotant, fragile, de toutes parts menacé, enserré, et qu'il défendait d'un immense effort immobile et muet. Avant de se coucher, il venait de corriger sa dernière copie de mathématiques, il avait pensé que Dieu, au milieu de sa création, était peut-être, lui aussi, un point d'angoisse toujours vacillant qui luttait sans répit au centre d'une obscurité profonde, mais avec un espoir infini, tandis que lui, Watrin, en plongeant dans son cauchemar, ne connaîtrait plus l'espoir et oublierait la promesse du lendemain.

Vers trois heures du matin, s'étant éveillé, Pierre constata de mauvaise humeur qu'il était

couché contre Loin, dos à dos. Après lui avoir
décoché un coup de pied dans les jambes et
l'ayant ainsi tiré de son sommeil, il feignit de
rêver tout haut : « A mort le traître! profé-
ra-t-il d'une voix sépulcrale qu'il pensait propre
à faire illusion. A mort le traître! Il a vendu
sa patrie aux Boches! Il a trempé ses mains
sales dans le sang des patriotes! Au poteau le
traître! Au poteau, le vendu! » Loin ne se
méprit pas une seconde sur le jeu du voisin,
mais n'en éprouva pas moins une impression
très pénible. Ainsi évoquée dans le silence
de la nuit, sa mort avait un visage effrayant.
Une sueur froide perlait à son front et ses
mains étaient froides. Il résistait à grand peine
à la tentation de secouer son compagnon de
lit, qui poursuivait : « Les juges l'ont condamné à mort! Le traître va payer sa dette!
Douze balles dans la peau... » Marie-Anne, que
ces discours avaient réveillée, intervint d'une
voix énergique :

« Pierre, tais-toi. Si tu penses nous faire
croire que tu rêves, tu es aussi bête que dégoûtant. Tais-toi. »

Pierre ne pouvait obtempérer aussitôt sans
faire l'aveu de sa comédie. Pour sauver les
apparences, il reprit d'une voix traînante qui
allait s'éteignant, comme si sa vision s'effaçait
par degrés :

« Le traître s'écroule au pied du poteau...
Le coup de grâce... Il est mort... »

Marie-Anne s'était levée et, comme il murmurait la dernière parole, elle lui appliqua une gifle. Pierre, oubliant que la vraisemblance lui commandait de s'informer, se dressa à demi sur sa couche en grinçant : « Sale vache, tu vas me payer ça. » Il voulut bondir sur sa sœur, mais Maxime Loin l'en empêchait en se cramponnant à lui de toutes ses forces.

« Voyons, calmez-vous. Ne réveillez pas toute la maison.

— Vous, foutez-moi la paix. Et d'abord, lâchez-moi, vous m'avez compris? lâchez-moi ou sans ça...

— Pierre, dit Marie-Anne, si tu ne te tiens pas tranquille, j'appelle papa. Monsieur Loin, je suis désolée de la conduite de mon frère...

— C'est sans importance protesta Loin. Votre frère a voulu s'amuser. C'est encore un enfant. »

Marie-Anne repassa le paravent et la nuit redevint silencieuse, mais Pierre ne put retrouver le sommeil. Il pleura de honte et de rage.

XIV

L'ASSASSIN, le satyre, le docteur vichyssois et
le policier de la Gestapo jouaient aux cartes
sur les dalles. Tous les quatre étaient des
hommes calmes, pondérés, discrets. Jamais une
contestation ne s'élevait entre eux, jamais une
parole violente ou simplement déplacée ne venait troubler leur bonne entente. L'assassin était
un professionnel qui adorait son métier. La
justice lui reprochait quatre crimes certains et
le soupçonnait d'en avoir commis une dizaine
d'autres. Il s'était fait prendre bêtement l'avant-
veille dans les environs à la suite d'une panne
de voiture et attendait son transfert à Paris. Le
policier et lui ne nourrissaient aucun doute
sur le sort qui les attendait. Buffat, le pour-
voyeur de la Gestapo, avait fait fusiller trois
hommes et expédier une quinzaine de personnes dans les camps de déportation. Chaque
matin, on le tirait de sa cellule pour le conduire dans la cour où il recevait une raclée
des F. F. I. Son visage triste et sévère au front

bas, au regard droit, était couvert d'ecchymoses.
Personne ne répétait aussi souvent que lui, à
toute espèce de propos : « C'est injuste. » Le
satyre, un boulanger au visage naïf, avait forcé
une fillette de douze ans. Il disait ne pas comprendre comment la chose avait pu arriver, vu
qu'il n'était pas très porté sur le beau sexe. A
l'heure où les femmes faisaient leur promenade
quotidienne dans la cour, on ne le voyait jamais parmi ceux qui collaient leurs têtes aux
barreaux de la fenêtre et les propos obscènes
de ses compagnons de cellule n'éveillaient même
pas sa curiosité.

Le docteur Lerond, bien qu'il pensât souvent
à sa vie d'honnête homme et de praticien consciencieux, se plaisait dans la compagnie de l'assassin, du satyre et du mouchard. Il les estimait
pour des qualités qu'on peut souhaiter rencontrer chez des compagnons de cellule. Même,
il avait pour eux une certaine affection. Les
autres prisonniers, Mairé et Chapon, dénoncés
pour menées antifrançaises, Laprade, frère d'un
milicien en fuite, et le cafetier Léopold étaient
sans doute d'honnêtes gens. Aucun d'eux n'aurait tué, violé ou livré des gens à la Gestapo.
Pourtant, le docteur leur préférait l'assassin, le satyre et le mouchard. Ce choix l'inquiétait un peu
et il était parfois tenté de se le reprocher. Dans
sa vie d'homme libre, ses sympathies n'avaient
jamais été à des criminels ou à des gens d'une
moralité douteuse. A vrai dire, ses amis appar-

tenaient à un milieu social, le sien, où une certaine honnêteté avait une valeur commerciale. Ce n'était peut-être pas uniquement la valeur morale ou la qualité d'une âme qui avait alors incliné son choix. Il lui était arrivé de découvrir chez des malades pauvres de hautes vertus et des sentiments délicats, mais il ne les avait jamais invités à dîner, il ne s'était pas soucié d'en faire des amis. En prison, où les nécessités d'une vie commune et élémentaire effacent les inégalités sociales, les affinités s'affirment peut-être plus librement. Le docteur en venait à se demander s'il n'avait pas des dispositions secrètes pour le viol, le meurtre et la délation.

La partie de cartes languissant, l'assassin proposa de finir le tour et d'arrêter. Chapon, Mairé et Laprade, debout près de la fenêtre, à côté des vécés, parlaient de la vie qu'ils avaient laissée à la porte de la prison. Depuis trois semaines qu'ils étaient ensemble, ils s'étaient racontés en long et en large, et poussaient chaque jour leurs confidences plus avant. Les premiers temps, Chapon, l'huissier de la rue du Jeu-de-Quilles, restait sur son quant-à-soi. Il s'était rattrapé depuis.

« Moi, dit-il, ma femme aurait le bassin plutôt étroit. Les cuisses ne sont pas très fortes non plus. Remarquez qu'elles ne sont pas maigres, ça non. Simplement, Elise n'a pas ce qu'on appelle des grosses cuisses. Mais c'est dur, c'est nerveux, on n'imagine pas. A peine si j'arrivais à la pincer. »

Le souffle contracté, l'œil mauvais, Léopold arpentait la cellule. Sa démarche était saccadée, il avait des gestes nerveux, ne savait que faire de ses mains, les fourrant dans ses poches, les retirant et, au passage, donnant du poing sur les paillasses entassées près de la porte. Les autres évitaient toute conversation avec lui et s'efforçaient aussi de ne pas le contrarier, car à certains moments, il semblait chercher un prétexte à cogner et personne ne se souciait de se colleter avec lui. Pourtant, le jour de son arrivée, il avait fait une excellente impression. Jusqu'au soir, il s'était montré jovial, bon enfant, avait bavardé, plaisanté, et distrait ses compagnons avec des boniments de forain et des tirades de Racine. Sauf l'assassin, qui n'était pas du pays, tous les prisonniers le connaissaient de longue date et chacun se félicitait de sa venue. Le sommeil de sa première nuit avait été agité. Le lendemain, il s'était éveillé de bonne humeur, mais n'avait pas tardé à s'assombrir et, à mesure que la journée s'avançait, il devenait taciturne, irritable, l'air absent, les mains fébriles et les yeux hagards. Le docteur Lerond ne s'y était pas trompé. L'haleine du cafetier avait une odeur d'acétone et son visage violacé, boursouflé, disait assez l'alcoolique. Brusquement sevré d'alcool, il était exposé à faire de graves réactions. Le docteur, qui l'observait attentivement, allait

jusqu'à craindre la crise de délirium. Léopold
se refusait à manger. Pendant la promenade, il
avait pris à partie l'un des gardiens, le menaçant
de lui écraser la gueule. L'affaire était grave et
aurait entraîné des sanctions disciplinaires si
le docteur n'avait réussi à s'entremettre et à
persuader un gardien-chef que la brusque pri-
vation d'alcool faisait du délinquant un malade
irresponsable. Toute la nuit, Léopold avait crié
ou gémi, en proie à des cauchemars, soit qu'il se
crût assailli par des rats, soit qu'il se défendît
d'être enterré vivant. « Il est fichu », avait
confié le docteur au satyre et à l'assassin. Heureusement, dans la matinée du troisième jour,
Léopold avait pu avaler un flacon de vin blanc
que Rochard lui faisait tenir grâce à la complicité d'un gardien. Chaque jour, il eut ainsi une
ration de vin, à vrai dire peu de chose. Au Progrès, le cafetier absorbait quotidiennement ses
douze litres de blanc et l'envoi de Rochard faisait à peine un demi-litre. C'était assez, croyait le
docteur, pour écarter la menace d'accidents
sérieux. Après avoir bu, Léopold connaissait un
moment de détente, d'allégresse. Il redevenait
sociable, songeait à Andromaque, s'intéressait
à son deuxième alexandrin qu'il n'avait pas
encore réussi à mettre debout. Mais rapidement,
son humeur s'altérait. Il éprouvait à nouveau
l'irritante sensation du manque. Ses mains
fébriles cherchaient le verre, la bouteille, et il
ne tenait pas en place.

La partie de cartes terminée, les joueurs
allèrent rejoindre leurs compagnons près de la
fenêtre. L'huissier Chapon, après avoir décrit
le corps de son épouse, en avait vanté les ressources et s'était flatté d'en tirer le meilleur
parti. Chacun avait dit son mot sur la technique
en général et la sienne en particulier. Laprade,
un garçon de vingt-six ans, court et sanguin,
qui parlait d'une voix rauque en faisant des
gestes, évoquait le ventre de sa femme avec une
ardeur émue. Mairé, lui, était célibataire. Capitaine en retraite, il parlait de ses rencontres de
garnison. En Algérie, disait-il, Laprade serait
bien dépaysé, car les moukères sont rasées. On
l'écoutait avec un peu d'impatience sans lui
laisser le temps de finir ses phrases. Ses filles de
hasard manquaient de présence. On aimait
mieux entendre parler d'une épouse dont l'évo-
cation avait un fumet d'intimité et mêlait au
regret brutal la douceur de deux âmes blessées.

« Moi, ma femme, dit Laprade, quand elle a
envie, elle devient toute rouge tout d'un coup
et les yeux qui flambent. Même, il y a des fois,
j'en ai presque peur. Tenez, justement, le jour
qu'ils ont liquidé Laignel et les autres... »

Une fois de plus, il plaça son récit de la promenade du milicien, que ses compagnons ne se
lassaient du reste pas d'écouter.

« ...Vers les quatre heures, on s'est trouvé pris
dans un remous et porté presque au premier
rang. Laignel, on l'a vu déboucher de la rue

Andreu dans la rue Chavignon. Toute la foule
s'est mise à gueuler. Il marchait à genoux, les
mains en avant à l'aveugle, il avait la figure toute
rouge du sang qui coulait encore de ses yeux
crevés. Du sang, il en avait plein les bras, plein
la chemise, ça lui dégoulinait dans la ceinture.
Les coups de pied, les coups de crosse, ça pleuvait, ça n'arrêtait pas. Et voyez ce que c'est, ma
femme, elle a d'abord eu peur. J'ai cru qu'elle
allait s'évanouir. A ce moment-là, Laignel n'en
pouvait déjà plus, on aurait bien dit qu'il
était à bout. Presque en face de nous, il s'est
arrêté et les coups avaient beau tomber, il ne
voulait plus avancer. Il a creusé les reins, il a
jeté la tête en arrière, il a ouvert la bouche
toute grande et bien sûr qu'il a dû gueuler,
mais dans le vacarme de la foule, on n'a seulement rien pu entendre. Les gens hurlaient :
« à mort! à mort! » ils lui balançaient des
ordures à la tête, ils se bousculaient pour aller
le gifler. Il y a une femme qui s'est retroussée
jusque-là pour frotter son ventre contre ses yeux
crevés. Est-ce que ç'a été ça ou si c'est quand
Laignel a eu les fesses piquées d'un coup de
baïonnette et qu'il s'est remis à avancer? Tout
d'un coup, je sens Ginette qui se colle contre
moi. Je la regarde. Elle était rouge comme une
tomate... »

Après Laprade, ce fut le tour de l'huissier.
Jusqu'alors, il s'était abstenu de livrer ses souvenirs personnels de la tragédie, mais ce soir-là.

un peu plus ému que de coutume par le récit de Laprade, il ne put les contenir davantage. Logé en face du petit square du Palais de Justice, il avait assisté, en compagnie de sa femme, à toutes les exécutions. Il conta comment, cachés derrière le rideau d'une fenêtre, ils avaient vu les condamnés des deux sexes creuser leurs tombes dans les plates-bandes, parmi les géraniums et les hortensias, et senti monter en eux une irrésistible exaltation à mesure que se poursuivaient les préparatifs du supplice.

Lorsque les conversations prenaient un tour un peu scabreux, il était rare que le souvenir des exécutions ne vînt pas s'y mêler. On n'avait jamais fini d'y piocher et d'y faire des trouvailles, mais les confidences de l'huissier renouvelaient entièrement le sujet. La vision de ces deux petits bourgeois prudents, étriqués, cafards, lorgnant les suppliciés de leur salle à manger Renaissance et, pareils à des chiens, s'accolant et se trémoussant dans les plis du rideau, remuait les imaginations.

Cependant, le docteur Lerond examinait avec une vive attention les mines et les attitudes des prisonniers. Il s'intéressait plus particulièrement à son camarade l'assassin. Les traits tirés, les yeux luisants sous les paupières à demi baissées, l'homme suivait en silence le récit de l'huissier et s'en imprégnait. Ses mains, croisées derrière son dos, s'agitaient nerveusement. Le docteur, habile à provoquer ses confidences, l'avait sou-

vent cuisiné et s'était convaincu que le meurtre
était pour lui une sorte d'exploration, la recherche désespérée de ce choc qu'avaient justement
connu l'huissier et son épouse au cours de l'inou-
bliable après-midi.

A ce genre de conversation succéda une
pesante lassitude, comme si les prisonniers
étaient allés au fond d'eux-mêmes et que chacun,
n'ayant plus rien à échanger, se sentît las de ses
compagnons. Il se fit un grand silence dans la
cellule. Léopold lui-même, sensible à cette
atmosphère de torpeur, se retira dans un coin et
s'assit sur l'unique tabouret. Il y eut un quart
d'heure de détresse. Les prisonniers ne regret-
taient plus les femmes, le métier, le vin, les
amis, ni rien de ce qui avait été leur vie. Le
monde perdait sa consistance, tombait en cendres
et en grisaille et les murs de la prison ne comp-
taient plus. Chacun se voyait, seul, dépourvu,
transparent, réduit à une idée de soi-même et
flanqué d'une image déprimante de sa solitude :
une flaque d'eau entre deux ornières, une
fenêtre aux carreaux sales, un journal jauni
tremblant au vent d'hiver, un coin de palis-
sade, une affiche mangée par le crépuscule, un
vieux tank rouillant sous la pluie, une pince à
linge à demi-enterrée, l'éveil d'une aube sale
dans un fragment de miroir. D'un schéma blême,
torché de soir et d'automne, surgissaient peu à
peu des morceaux d'avenir. L'assassin voyait
la manche d'un avocat s'agiter dans l'espace,

un chapelet coulant sur les grosses mains d'un curé, la haute et fine silhouette de la guillotine; le docteur, un crachat s'aplatir sur la vitre de sa voiture, son stylo courant sur une ordonnance. Léopold, lui, ne voyait que le visage d'Andréa sur fond de bouteilles d'apéritifs et de liqueurs, un visage triste, couleur de zinc, sur lequel un courant d'air plaquait des mèches de cheveux gris, et le vin blanc n'était nulle part. Pour la première fois de sa vie, le cafetier eut de l'inquiétude pour sa femme. C'était un sentiment vague encore, un appel incertain qu'il percevait à travers sa mauvaise humeur d'alcoolique privé.

Laprade fut le premier à rompre le silence. Adossé au mur, les bras ballants et la tête basse, il gémissait.

« Si je savais encore pour combien de temps, mais j'y suis peut-être pour dix ans. Et même si je sors dans six mois, j'aurai perdu ma place à la sous-préfecture. Ma carrière est brisée. Personne ne voudra me donner du travail à Blémont. Il faudra que je quitte la ville. Tout ça pour des menteurs, des crapules, qui étaient jaloux de ma position et de mon standing. Déjà, quand j'avais acheté une salle à manger à Ginette, en 43, j'avais senti des envieux, mais ce qui les a foutus à ressaut, c'est il y a deux mois quand on s'est payé une moto. Bien sûr, ce n'était pas avec mes économies d'employé. Et après? Même si c'était vrai que j'aie été à la pêche avec un gendarme allemand, est-ce que ça m'aurait fait gagner de l'argent? Mais justement, ce n'est pas vrai. Je suis innocent.

— Comme moi, dit le policier. Ce qui m'arrive, c'est injuste. Je n'ai fait que mon métier. J'étais bien vu de mes chefs. Je n'ai jamais fait une irrégularité. Je n'ai jamais voulu profiter des occasions de gagner de l'argent et c'était facile, pour un inspecteur. Je ne connaissais que le service. On m'aurait commandé d'arrêter Hitler, je serais parti pour l'arrêter. Mais quand des collègues sont venus me tâter pour être de la Résistance, j'ai dit non tout de suite. Je ne voulais pas trahir la confiance que mes chefs avaient mise en moi. Hier encore, le juge d'instruction me reproche d'avoir livré des Français. « Naturellement, je lui réponds, ils « étaient de la Résistance. » Là-dessus, le voilà qui se fâche et qui se met à m'engueuler. Il ne comprend pas. Il est buté. »

Le satyre voulut dire quelque chose, mais le capitaine en retraite, impatient de se raconter, lui coupa la parole.

« P.P.F. Parfaitement, P.P.F. Capitaine Mairé, Joseph. Médaillé militaire. Légion d'honneur. Croix de guerre. Sept citations. Galons de sous-lieutenant à Verdun, sous le maréchal. Vive Pétain. De Gaulle? connais pas. J'ai trente-cinq ans de service. Capitaine Mairé, Joseph, engagé en 1902. Toute la guerre. Sept citations. Trois fois blessé. Jamais vu qu'un général commande

à un maréchal. Pendant l'occupation, j'ai
compris. J'étais contre les salopards de Moscou.
Je n'ai pas caché mon opinion. Trop vieux pour
la L.V.F. Me suis inscrit chez Doriot. C'était un
homme. Il avait compris. A la libération, j'étais
chez mon frère, cultivateur à Essenay. Dénoncé,
on est venu me chercher il y a quinze jours. On
m'a foutu en prison. Moi, capitaine Mairé.
Trente-cinq ans de service. Sept citations. Toute
la guerre et campagne du Rif. Voilà comment
la racaille communiste traite les bons serviteurs
de la France. Mais j'attends ma revanche. Je
dirai aux juges ma façon de penser. Nom de
Dieu, ça va fumer! Je leur dirai : Capitaine
Mairé Joseph. Trente-cinq ans de service... »

Un gardien ouvrit la porte de la cellule,
reprocha aux prisonniers d'être bruyants et dit
en se tournant vers Léopold :

« Lajeunesse, amène-toi. »

Léopold quitta son escabeau et, l'air maussade, se dirigea lentement vers la porte.

« Boutonne ta chemise, dit le gardien.

— Non. »

Le gardien haussa les épaules, mais n'insista pas.
Ils s'engagèrent dans le grand couloir séparant
deux rangées de cellules et croisèrent un autre
gardien qui s'y promenait à petits pas, les mains
croisées sur le dos. On entendait le bruit des
conversations entre prisonniers, derrière les gui-
chets. Leurs voix se fondaient dans un grand
bourdonnement égal et diffus. Après avoir fait

quelques pas, le cafetier boutonna sa chemise qui
était débraillée jusqu'au creux de l'estomac.
Son geôlier lui en sut gré.

« C'est ton avocat qui vient te voir », dit-il.

L'annonce de cette visite sembla laisser Léopold indifférent. Dans l'escalier qui descendait
au rez-de-chaussée, il prit le gardien par le bras
et lui dit à mi-voix :

« Au lieu d'un demi-litre par jour, tu ne
pourrais pas me faire passer un litre?

— Impossible.

— Tu toucheras cinquante francs de plus.

— C'est difficile.

— Cent francs.

— J'essaierai. »

Maître Mégrin, l'avocat, un petit homme sec
aux cheveux blancs, aux yeux rieurs, était un
résistant notoire de Blémont. Dès la fin de 1940,
il avait créé une organisation d'espionnage et,
pendant plus de trois ans, déployé une grande
activité. A la fin de l'occupation, les communistes, craignant qu'il n'eût pour l'après-guerre
des ambitions politiques, étaient parvenus à le
reléguer dans un rôle plus effacé. Le bombardement avait détruit sa maison et tué sa fille à
côté de lui dans la cave où ils s'étaient abrités.
Il habitait maintenant deux pièces dans l'appartement d'un charcutier, où il recevait ses clients.
Le métier n'était plus ce qu'il était autrefois.
Les deux tiers des propriétaires se trouvaient
ruinés par le bombardement. Les autres ne se

souciaient pas de chercher chicane à un voisin
qui pouvait les dénoncer comme collaborateurs.
En sa qualité de résistant, qui lui conférait
quelque autorité auprès des tribunaux, maître
Mégrin était très sollicité par les prévenus politiques et plaidait même hors du département.
Parmi ces clients-là, il fallait compter pas mal
de déchet : fonctionnaires pauvres et honnêtes,
commerçants pillés ou dépossédés, illuminés sans
le sou, filles entretenues et imprévoyantes,
mineurs sans répondants, voyous et paniers per-
cés ayant croqué à mesure la monnaie des services rendus à l'ennemi. En revanche, certains
étaient épaulés par des familles riches et payaient
bien. Du reste, l'avocat s'employait pour tous
fort consciencieusement, sinon avec un zèle
égal.

« Alors? » grogna Léopold en s'asseyant auprès
de lui.

Ils étaient dans une pièce minuscule, strictement meublée d'une table et de deux chaises.
L'avocat, de sa main fine, appliqua sur l'énorme
dos de Léopold une légère claque d'amitié. Né
Blémontois, il aimait passionnément sa ville et
avait du goût pour les figures un peu singulières
qui contribuaient à l'orner. Le cafetier de la
place Saint-Euloge était à ses yeux l'un des
monuments les plus intéressants que la catastrophe eût épargnés.

« Mon cher Léopold, je n'ai rien à vous
apprendre que vous ne sachiez déjà. Le dossier

est insignifiant : trois lettres anonymes qui vous accusent d'avoir caché Maxime Loin chez vous et le procès-verbal d'une enquête de la gendarmerie, accueillant de vagues échos sans consistance. En fait, il s'agit d'une mesure administrative. Vous me comprenez? Ça signifie que les conclusions de l'instruction n'auront aucune espèce d'importance et qu'un non-lieu n'empêchera pas l'administration de vous garder en prison. Naturellement, j'ai vu les communistes. Ils ont été très réservés, peut-être aussi un peu embarrassés. En tout cas, ils ne me paraissent pas montés contre vous et je ne crois pas qu'ils souhaitent vous tenir ici très longtemps. Ce qui m'ennuie, c'est l'attitude des socialistes. Ils ont l'air de protester contre l'arbitraire de votre arrestation, mais plutôt timidement. Pas assez pour ameuter l'opinion et suffisamment pour durcir les communistes à votre égard. J'ai dit à Houdin et à Bermond qu'avec ses murmures d'indignation, le parti socialiste était en train de vous desservir, mais vous pensez bien qu'ils s'en foutent pas mal.

— Et Andréa? Elle n'est pas malade?

— Non, rassurez-vous. Je l'ai vue ce matin. La séparation lui est pénible, elle s'inquiète pour vous, mais la santé est bonne. Avant-hier, elle est allée voir Monglat. Il dit qu'il est allé à Paris et qu'il est parvenu à intéresser à votre cas quelqu'un de très bien placé. Franchement, je n'ai pas grande confiance. »

Léopold parut avoir un moment d'absence. Il avait le regard fixe et son bras droit ramait sur la table, à la recherche d'un verre. Maître Mégrin l'examinait avec curiosité. Enfin, les paroles que le cafetier venait d'entendre, après avoir fait antichambre pendant plusieurs secondes, lui livraient leur sens. Il s'anima tout d'un coup.

« Bien sûr que non, pas confiance! Un cochon pareil! Mais cochon ou pas, il a quand même peur de moi! »

Maître Mégrin parut sceptique et Léopold en prit de l'humeur. Depuis qu'il était en prison, il supportait mal la contradiction.

« Il a peur de moi, je vous dis, parce que moi, je sais ce qu'il a gagné pendant l'occupation.

— Mon pauvre ami, vous n'êtes pas le seul. Il ne manque pas de gens à Blémont qui savent à quoi s'en tenir.

— Lesquels? dit Léopold en toisant son avocat. Ici à Blémont, chacun vit avec son travail, même le plus malin, et question argent, l'homme qui vit avec son travail, il ne sait pas compter bien large. Vous, monsieur Mégrin, vous avez l'intelligence et pas les yeux dans la poche. Vu le métier que vous faites, vous en savez long aussi sur toute sorte de monde, mais répondez-moi. A votre idée, qui c'est qui aurait le plus gagné pendant l'occupation, le patron de l'usine ou Monglat?

— Je devine que vous ne serez pas de mon
opinion, répondit l'avocat, mais enfin, je ne
crains pas d'affirmer que Monglat vient très loin
derrière ce brave monsieur Bachelin.

— J'en étais sûr. Vous êtes trop de la tête
pour imaginer tout ce qu'un abruti a pu gagner
à ne rien faire. Ça me fait de la peine de vous
dire ça, monsieur Mégrin, mais à bien regarder,
l'intelligence ne paie pas. »

Le cafetier se tut. Mégrin aurait souhaité qu'il
développât sa pensée, mais dut rester sur sa
curiosité. Léopold s'était remis à regarder dans
le vide et son bras droit ramait sur la table.
L'avocat se leva et prononça quelques paroles
d'encouragement.

« Je ne crois pas qu'ils vous gardent plus d'un
mois, et j'espère qu'on pourra vous faire élargir
avant. Votre femme, ce matin, craignait qu'on
ne vous transfère au chef-lieu, mais vous pouvez
être tranquille. Là-bas, la prison est pleine à
craquer. Bien sûr, ce n'est jamais drôle d'être
enfermé, mais dites-vous bien que de tous les
prisonniers qui sont ici, vous êtes probablement
celui dont le cas est le plus bénin. Ayez seulement un peu de patience. »

Léopold s'était levé à son tour et, les mains
sur le dossier de sa chaise, semblait écouter distraitement. Il ne prit pas garde que l'avocat lui
tendait la main et, sans lâcher la chaise, se
porta tout contre lui en murmurant d'une voix
altérée :

« Monsieur Mégrin, j'ai peur de faire un sale coup.

— Allons, mon vieux, allons, qu'est-ce que vous me racontez là? Quel sale coup? »

Le prisonnier haussa les épaules sans répondre. Ses yeux brillaient, pleins d'inquiétude et de détresse. Une onde de sang lui monta à la tête, allumant sa large face rouge et violâtre, vernie par la sueur. Soudain, le dossier de la chaise craqua et se disloqua entre ses grosses mains. Détendu par cette dépense de force, il laissa pendre ses bras et eut un soupir d'aise. Mégrin, amusé, prit la chaise et s'efforça de masquer les dégâts pour éviter des ennuis à son client.

« C'est bon, je suis tranquille. Un gaillard comme vous n'offre guère de prise à la mélancolie.

— Je m'ennuie, dit Léopold.

— Naturellement, fit Mégrin, le contraire m'étonnerait.

— Vous ne pouvez pas savoir ce que c'est, monsieur Mégrin. Je sais ce que vous allez me dire, que je suis un alcoolique. Quoique à bien réfléchir, je n'ai jamais bu que ce qu'il me fallait. C'était rare que je dépasse mes douze litres par jour. Je n'aime pas les excès. Je peux dire que depuis vingt ans, on ne m'a pas vu saoul une seule fois. C'est bien ce qui me révolte d'être si privé. J'en suis malade. Je me sens presque devenir fou. Mais à part ça, pour un homme comme moi, monsieur Mégrin, la prison, c'est l'enfer. Chez moi, j'ai toujours de quoi occuper ma force. Le travail de la cave, les tonneaux, les rangements, les paniers de bouteilles, les tables, fendre du bois pour la vieille, je me remue, je me dépense, je bois un coup. Oui, je bois un coup. Je bois, quoi. »

Léopold s'égara dans une vision de vin blanc et, perdant le fil de son propos, reprit sans penser à ce qu'il disait :

« Mes clients, je les aimais bien. Tous des braves gens. J'aimais bien mes gosses aussi.

— Vos gosses?

— Les élèves de M. Didier... Hautemain, Guiraud, Lepreux... Ah! Monsieur Mégrin, Andromaque!

J'allais, Seigneur, pleurer un moment avec lui.
Je ne l'ai point encore embrassé d'aujourd'hui. »

Mégrin l'ayant complimenté, Léopold récita toute une longue tirade d'*Andromaque*. Sous l'empire de l'émotion, sa grosse voix de basse trouvait des inflexions presque féminines. L'avocat, qui s'était toujours ennuyé à Racine, admirait cette grande ferveur du cafetier et toutefois ne s'en étonnait pas. Il avait toujours pensé que la poésie était faite pour toucher les grosses natures, les êtres élémentaires. Selon lui, la plupart des gens cultivés ne goûtaient d'un vers de Racine que les élégances, les raffinements musicaux, la patine. Comme les petits boutiquiers du grand siècle, dont le niveau de culture était

à peu près le sien, Léopold, lui, mordait dans
Andromaque à pleines dents et y trouvait plaisir et nourriture.

« Est-ce que vous aimez vraiment ça? demanda
Mégrin, soupçonnant qu'il entrait dans cet
amour de Racine une bonne part de religion
pour le beau savoir.

— Moi, la poésie, c'est mon affaire, répondit
Léopold. Donnez-moi des vers et ma ration de
blanc, je reste en prison toute ma vie. Il prit
un temps et ajouta avec contrition : C'est malheureux à dire, monsieur Mégrin, mais je suis
forcé de le reconnaître : le blanc passe encore
avant la poésie. »

L'aveu du cafetier, qui témoignait de sa
bonne foi, combla d'aise l'avocat. Considérée
comme un monument de la ville de Blémont,
la figure de son client s'enrichissait d'une sin-
gularité estimable. Il sentit croître sa sympathie
pour ce gorille racinien capable d'écraser un
goulot de bouteille entre ses dents et de s'émouvoir à la mélancolie d'Andromaque. Après avoir
vu d'autres clients, il quitta la prison et, vers
quatre heures, arriva au grand carrefour, là où
la route nationale coupait la ligne de partage
entre la ville détruite et la ville debout.

XV

Les élèves de première sortaient du café de la Pomme d'Or où ils avaient eu un cours de latin avec le jeune professeur Jourdan. Trois d'entre eux, parmi lesquels Pierre Archambaud, s'installèrent à la terrasse de l'établissement et maître Mégrin, en passant devant eux, put entendre quelques-uns de leurs propos.

« Tu couches toujours avec le patron? demanda l'un des trois à la jeune servante venue prendre la commande.

— Ça ne te dégoûte pas, un vieux qui a au moins quarante ans? interrogea Pierre Archambaud.

— J'espère, dit le troisième, que tu te fais payer le prix. »

La petite bonne, les yeux tristes, la bouche pincée par la colère, feignait de ne pas entendre et se tenait hors de leurs atteintes. Mégrin, pensant à sa propre jeunesse, crut pouvoir se rendre cette justice qu'il n'avait jamais été aussi mufle ni aussi grossier, mais se garda d'en tirer aucune conclusion d'ordre général. Il lui souvint en effet que Monglat, son ancien condisciple, s'était, en diverses circonstances, montré ignoble avec des jeunes filles de son âge. Lui-même n'avait pas été irréprochable. Peut-être le décalage entre les générations était-il beaucoup plus dans la forme que dans le fond. Monglat, par exemple, vers sa dix-septième année, montait dans son grenier et, par les lucarnes donnant sur le jardin des sœurs Saint-Charles, projetait des paquets de cartes postales obscènes.

Les autres cafés de la ville, le Progrès, la Paix, le Commerce, la République, le Dupré lâchaient aussi leurs élèves et leurs professeurs. Jourdan rencontra deux collègues et s'arrêta auprès d'eux sur le bord d'un trottoir. Voyant le professeur Didier se joindre à leur groupe, Mégrin ne sut pas résister à la tentation d'aller l'entretenir de Léopold. Outre Watrin et Didier, amis dévoués du cafetier, il y avait là Fromantin, le professeur d'histoire, un socialiste combattif qui ne manquerait pas l'occasion de faire des réflexions désobligeantes pour le parti communiste. Jourdan et lui se détestaient, mais se recherchaient pour le plaisir de se quereller.

« Monsieur Didier, dit l'avocat, je vous apporte des nouvelles de votre meilleur élève, celui qui mérite le prix d'excellence. Je parle de Léopold. Savez-vous que notre cafetier a tiré

grand profit de vos leçons et qu'il connaît son
Racine sur le pouce? Tout à l'heure encore,
dans sa prison, il m'a récité un long passage
d'*Andromaque* et avec un sentiment, une
compréhension qui m'ont bouleversé.

— Pauvre cher Léopold, soupira Didier, je
ne me console pas de son aventure. Et comment
va-t-il?

— Mal! Pensez qu'il buvait ses douze litres
de blanc par jour, au bas mot, et qu'il a été
sevré tout d'un coup. J'ai grand peur qu'il
finisse au cabanon.

— C'est déplorable! s'écria Didier.

— Léopold est un être charmant, adorable,
déclara Watrin. Et quel personnage magnifique!

— Le seul édifice pittoresque de Blémont,
enchérit l'avocat. Mais la guerre ne l'aura pas
épargné non plus. »

Le jeune professeur Jourdan restait silencieux
avec au coin des lèvres un pli d'ironie. En sa
qualité de marxiste, il méprisait le pittoresque
comme un ingrédient à colorer la misère du
peuple. Fromantin, pour les mêmes raisons, pro-
fessait également un grand dédain de l'anecdo-
tique et du singulier. Epris de grandes lignes,
de schémas, de vues cavalières, il n'eût pas aimé
qu'on le soupçonnât de s'intéresser à un Léopold.

« Je vous assure, dit-il, que je n'ai pas le
moindre goût pour ce genre de Quasimodo
abruti d'alcoolisme. Il paraît qu'une certaine bourgeoisie esthète raffole du monstrueux

et, soit dit en passant, le fait n'a d'autre valeur à mes yeux que celle de symptôme. Pour moi, ce M. Léopold est simplement un homme et un citoyen, et c'est à ce double titre que ses malheurs lui ont acquis ma sympathie. Je n'hésite pas à le dire, l'incarcération de cet innocent, perpétrée pour je ne sais quelles fins ténébreuses, me soulève d'indignation et de dégoût. »

Ici, le professeur Fromantin regarda ses interlocuteurs et, tripotant son carré de barbe noire, poursuivit en fixant son collègue Jourdan :

« Je ne sais pas ce que vous en pensez vousmêmes. A une époque où nous assistons quotidiennement au recul de l'esprit démocratique et républicain, nul n'oserait en pareil cas préjuger des réactions de ses amis les plus intimes. Nous avons connu des temps où le simple fait d'appartenir à la gauche constituait une présomption d'honnêteté et de générosité. Aujourd'hui, nous voyons précisément des gens de gauche qui n'hésitent pas à ranger l'arbitraire et l'injustice au nombre des plus précieuses conquêtes de la libération sociale. Est-ce vrai, Jourdan? »

L'avocat se réjouissait du tour que prenait la conversation. Jourdan réussit à faire bonne contenance et demanda très crânement :

« De quelles gens de gauche parlez-vous donc, Fromantin?

— Je parle des gens de gauche qui ont trahi l'idéal marxiste pour satisfaire...

— J'y suis! coupa Jourdan. Vous faites allusion à ces pseudos-marxistes qui jouent auprès
de la classe ouvrière le triste rôle que leur
assigne...

— Trahi l'idéal marxiste pour assouvir ce
besoin d'idolâtrie...

— Que leur assigne le grand capitalisme
international; ces agents...

— D'idolâtrie et cette religion de la contrainte
qui ont au cœur...

— Ces agents doubles...

— Au cœur de l'intellectuel bourgeois... »

Jourdan et Fromantin parlaient en même
temps et en venaient à crier à tue-tête pour se
faire entendre. De l'autre côté du carrefour, à la
terrasse de la Pomme d'Or, Pierre Archambaud
dit à ses deux compagnons :

« Voilà encore Ivanovitch qui s'engueule avec
Bouc d'Ebène. Vous allez voir qu'ils vont se
foutre une peignée.

— Penses-tu, dit le voisin, des types comme
eux, ça peut discuter des heures sans se faire
de mal. Je sais ce que c'est. Mon père est socialiste, il passe sa vie à discuter et à s'engueuler,
aussi bien avec ses adversaires qu'avec ceux de
son bord. Il a beau bégayer et être con comme la
lune, il adore ça. Vous vous rendez compte, avec
des Ivanovitch et des Bouc d'Ebène qui parlent
comme ils respirent et qui ont des arguments
plein la tête, ce que ça doit donner.

— On deviendra peut-être comme eux, dit

le troisième. Après tout, ce serait bien naturel.
La politique, ça nous concerne.

— Et après? La chimie aussi nous concerne,
mais mon père ne s'y intéresse pas.

— Moi, dit Pierre Archambaud d'une voix
sombre, le communisme m'irait assez.

— Moi, je préfère les brunes. »

Pierre laissa fuser les rires et les plaisanteries
de ses deux condisciples sans y prendre part.
L'idée qu'il pût devenir communiste retenait
sérieusement son attention. Le spectacle de
Jourdan et de Fromantin, les raisons sûrement
excellentes dont ils nourrissaient la haine et le
mépris qu'ils se vouaient l'un à l'autre lui donnaient à penser. Il pressentait l'agrément qu'il
peut y avoir à disposer d'une armature et d'un
venin efficace pour servir ses exécrations. Il
arrive trop souvent que les haines et les anti-
pathies, pour n'avoir pas su trouver une pente
commode, restent des sentiments timides et honteux et finissent même par se dissiper.

Cependant, les deux professeurs se jetaient à
la tête tout ce qu'ils avaient l'habitude de se
reprocher en pareil cas : L'un divisait les masses
prolétariennes, affaiblissait chez elles le sentiment de classe et s'ingéniait à ménager des
raisons d'être au capitalisme bourgeois. L'autre
s'entendait reprocher son goût pervers du césa-
risme, son horreur bien bourgeoise des libertés
ouvrières, son conformisme et son âcreté de
curé échauffé, son amoralisme jésuitique, et

cette grande fringale de violence, de sang, de terreur, si caractéristique, affirmait-il, de l'insuffisance sexuelle. Dans la discussion, Jourdan s'attachait au point de vue dogmatique, mais Fromantin se plaçait sur un terrain plus mouvant, plus humain, où il faisait d'injurieuses trouvailles. Il avait l'art des incidentes et des *a parte* insidieux qu'il formulait en caressant sa barbe noire, le regard perdu sur le champ des ruines, avec un sourire empreint de sérénité, comme s'il n'était pas vrai qu'il se concentrât de toute sa haine pour mortifier l'adversaire.

« Au fond, disait-il avec des suavités dans la voix qui suffisaient à faire étinceler le regard de Jourdan, au fond, toute l'histoire de l'humanité se résume dans une lutte perpétuelle entre les deux notions de droit humain et de droit divin. Nous en connaissons les plus grandes étapes et nous disposons ainsi d'une expérience utile. Le fait que la notion de droit divin trouve actuellement son exaltation dans le communisme moscoutaire ne doit pas nous faire désespérer du progrès social. Il s'agit en somme d'un simple retour de flamme, je veux dire d'un retour aux origines, quelque chose comme une offensive du paléolithique. Il est justement donné au socialisme...

— Décidément, Fromantin, vous êtes un salaud, dit Jourdan.

— Puisque vous n'avez plus de ressource que

dans l'injure, je vous fais la charité de rompre le combat. »

Après avoir serré les mains des deux autres collègues et de l'avocat, le professeur d'histoire eut à l'adresse de Jourdan un sourire de pitié et s'éloigna en songeant à ses reparties heureuses et à l'avantage, pour lui évident, qu'il venait de remporter. Le groupe se disloqua et Mégrin dit au professeur Didier en montant avec lui la rue du Moulin :

« Si vous vous reportez à vos débuts dans l'enseignement, vos collègues d'aujourd'hui doivent vous paraître bien agités.

— Ne croyez pas ça. J'ai vu, quand j'étais jeune, des professeurs se colleter à propos de Renan, d'autres se haïr parce qu'ils tenaient pour la prononciation en ous ou en us. L'attribution des tableaux d'honneur et des prix d'excellence créait des inimitiés sans merci. Nous prenions très au sérieux notre enseignement, nos élèves et nos personnes mêmes. Nous donnions beaucoup au métier et nous trouvions en lui nos véritables raisons d'être. Même pour les plus médiocres d'entre nous, il y avait dans l'exercice de notre ministère quelque chose d'exaltant. Vous ne le croirez peut-être pas, mais un petit professeur de collège comme moi avait l'illusion de façonner l'univers. Je retrouvais le *de viris* aussi bien dans une ordonnance préfectorale que dans un discours de Jaurès. Tout ce qui était bien, valable, de bon usage,

portait la marque de notre enseignement et nous
voyions chaque jour s'étendre notre empire. Les
voyageurs de commerce parlaient comme Cicé-
ron et les gendarmes comme Tacite. Les filles de
joie s'appelaient des péripatéticiennes. Le pouvoir et l'opposition, la richesse et la misère, les
élites et la populace se balançaient harmonieu-
sement comme les membres d'une période magnifique. Le bruit de ma règle frappant sur
mon pupitre portait aux quatre coins de la
France, avec les grands noms de Cincinnatus, de
Cornélie, de Brutus, l'amour de la patrie, les
vertus d'ordre et d'obéissance, le culte du pain
et de la charrue, le respect candide des grandes
fortunes et de la misère. Il retentissait jusqu'au
fond de notre empire, élevant à la dignité
d'homme et de soldat nos frères inférieurs des
continents brûlés. C'était le bon temps. Grâce
à nous, la France était éternelle. Aujourd'hui,
jeunes ou vieux, les professeurs se contentent de
faire consciencieusement leur travail. Ils savent
bien que pour fabriquer un radiateur électrique,
pour lâcher une bombe du haut d'un avion,
pour carotter le fisc et pour entendre les grandes
idées du siècle, il n'y a pas besoin d'avoir Vir-
gile et Racine sur la langue, ni les leçons de
l'histoire dans la tête et qu'en obligeant des
garnements à digérer ces foutaises, ils risquent
de les rendre inaptes à l'existence qui les attend.

— J'imagine que de ce point de vue, les
scientifiques ont encore bonne conscience.

— Illusion, répliqua sombrement Didier. Watrin, qui n'a rien d'un pessimiste, me le disait encore hier. Pour faire des officiers et des ingénieurs, nous perdons sept ans — le quart d'une existence utile — à leur gâter la tête avec une poésie des mathématiques, dont un spécialiste n'a que faire. Il existe en France même des ingénieurs fermés à toutes mathématiques et qui manient les intégrales aussi utilement qu'un polytechnicien, sans en connaître autre chose que le mécanisme des formules. Voyez-vous, maître, le grand ennemi de la France, c'est la culture générale qui poétise et dramatise l'univers et nous en dérobe la réalité. Quand on pense que chez nous un commissaire de police sait plus de mathématiques qu'un chef d'industrie soviétique! un contrôleur du fisc plus de latin et d'histoire qu'un ministre américain! Nous, les professeurs de collège, nous avons beau avoir l'esprit faussé par les humanités, nous sommes à même de nous rendre compte à quel point notre rôle est néfaste. Aussi notre métier de malfaiteurs publics ne nous intéresse-t-il plus. Les problèmes qu'il propose ne sont jamais les vrais problèmes. Sachant que l'avenir ne peut germer que dans les têtes dures et obtuses des garçons à lourdes mâchoires, nous voyons avec tristesse des collégiens mordre à nos boniments sur le grand siècle ou l'emploi du subjonctif. Il serait pourtant si facile de les désabuser et d'en faire des brutes efficaces!

— Vous exagérez, monsieur Didier. Le rôle de l'intelligence est loin d'être fini.

— C'est vrai, j'exagère. Mon dépit de vieil homme et peut-être aussi le désir de me faire mieux comprendre me poussent à être injuste envers l'époque. Non, le rôle de l'intelligence est loin d'être fini, mais celle de nos garçons n'est vraiment pas préparée à saisir les variations d'un univers qui se transforme de plus en plus vite. Les leçons du passé tirent notre jeunesse en arrière alors que, pour elle, il est grand temps d'apprendre à vivre dans l'avenir. Mais personne, chez nous, ne voit l'époque avec les yeux de l'époque. Vous venez d'entendre Jourdan et Fromantin. Ils peuvent ainsi disputer pendant des heures de l'orthodoxie marxiste, comme si une doctrine déjà vieille d'un siècle avait un intérêt d'actualité. Vous me direz que la Russie est marxiste. Et après? Elle pourrait être aussi bien mosaïste ou anabaptiste. Ce qui compte, c'est que pour elle le monde a commencé hier et qu'elle a ainsi trois cents ans d'avance sur nous. C'est justement cette avance que nous devons travailler à rattraper. Une révolution? A quoi bon? Les chefs seraient des petits bourgeois comme Jourdan, imprégnés de culture classique. Ce qu'il nous faut, ce sont des méthodes d'éducation nouvelles. »

Précisément, le professeur Didier avait imaginé une méthode dont il attendait beaucoup. Il s'agissait d'abord de donner à l'enfant le sens

du présent et de l'avenir. Pour cela développer
en lui dès le jeune âge l'idée qu'il n'y a rien de
permanent et que tout ce qui appartient au
passé est chose vile et indécente; lui apprendre
à considérer les êtres et les actions sous leur
aspect futur et à en déboîter toutes les possi-
bilités; entraîner son esprit à suivre et à saisir
simultanément plusieurs conversations, plusieurs idées et à procéder par bonds; obliger les
élèves à jouer à des jeux dont les règles se
transforment sans cesse par leurs soins; ne leur
faire lire que des histoires ayant trait à une
époque encore à venir, les verbes étant tous au
futur et la psychologie des personnages compor-
tant toujours des marges d'incertitude; suppri-
mer l'histoire, les cimetières, les bibliothèques et
tout ce qui retient l'esprit de se projeter dans
le futur. Didier n'eut d'ailleurs pas le temps
d'exposer à fond son système, car ils arrivaient
à la charcuterie où Mégrin avait son domicile.
Avant de rentrer chez lui, l'avocat demanda au
réformateur s'il pensait qu'ainsi rééduqués, les
Français dussent être plus heureux. Question
absurde et bien française, répondit Didier. L'idée
de bonheur, qu'il considérait comme un ignoble
suintement du passé, une fleur vénéneuse de
nécropole, un abat-jour sordide et poisseux,
était condamnée sans retour par sa méthode
d'éducation.

Mégrin ayant disparu dans le couloir de la
charcuterie, le vieux professeur se trouva seul au

bord du trottoir et très triste. La perspective de
regagner sa petite chambre de bonne l'écœura
et il se prit à penser qu'il n'était pas heureux.
La vie lui parut si terne qu'il regretta de n'être
pas mort dans le bombardement, mais il se souvint qu'aux premières bombes, il avait eu très
peur de mourir et qu'au fond de l'abri où il
s'était réfugié, il avait prié Dieu de l'épargner,
en faisant observer qu'il rendait encore des services. Il lui revint également qu'après l'alerte
et bien qu'exaucé, il était redevenu athée. Ce
détail, qui remontait pour la première fois du
fond de sa mémoire, l'irrita contre lui-même.
Il faisait chaud et dans l'étroite rue du Moulin
flottaient des odeurs de latrines. L'idée de se
trouver seul dans sa petite chambre tiède avec
ses honteux souvenirs du bombardement lui fut
intolérable. Il rebroussa chemin et se dirigea vers
la rivière en songeant à ses deux fils. Tous deux
habitaient Paris, l'un professeur agrégé dans un
lycée de la rive gauche, l'autre marchand de
légumes et de volailles près de la Bastille. Certainement, ils avaient de l'affection pour leur
père, mais non moins certainement, ils le trouvaient ennuyeux, maniaque et grincheux, et
leurs femmes le détestaient. Avant la guerre, ils
faisaient l'effort de venir passer chez lui une
semaine par an. Pendant l'occupation, les visites
avaient été plus rares et plus courtes. Cette
année, vu l'impossibilité de se loger à Blémont,
ils ne viendraient pas. A cette pensée, le père eut

la gorge serrée et la paupière humide, ce qui acheva de l'indisposer contre lui-même, car il se rendit compte qu'il faisait exprès d'avoir la gorge serrée et qu'il sollicitait adroitement ses glandes lacrymales, sans doute afin de se prouver qu'il était un père très tendre et très à plaindre ou peut-être plus simplement pour le seul plaisir d'être ému. En réalité, malgré l'affection qu'il portait à ses fils, leur présence lui était toujours très pénible. Passé le moment des effusions, il s'irritait de les sentir étrangers, émancipés, soustraits à son autorité. Il souffrait aussi de sa maladresse, de ses fausses attitudes, de la perspicacité de ses deux garçons à son égard et surtout de leurs supériorités. Comme tous les gens très attachés à leur réputation de simplicité, il était profondément orgueilleux, voire vaniteux. En veine de sincérité, si toutefois c'est être sincère que de l'être seulement envers soi-même, il songea qu'en face des gens de Blémont, il avait honte de la profession de marchand de volailles et de légumes qu'exerçait Léon, le second de ses fils. Tout à l'heure encore, n'était-ce pas le désir de briller qui lui avait fait tenir à l'avocat des discours où il avait exagérément forcé l'expression de sa pensée? « N'empêche que pour toute la ville, je suis ce bon et brave M. Didier, un homme d'autrefois comme on n'en fait plus, un modèle de conscience, de simplicité, de droiture, de modestie. Et peut-être que c'est vrai tout de même. » Comme il traversait le carrefour et s'engageait dans l'avenue Aristide-Briand, les trois collégiens quittaient la terrasse de la Pomme d'Or et l'un d'eux fit observer :

« Voilà le Sidi qui va retrouver Cocu et Ivanovitch. »

En effet, Watrin et Jourdan l'avaient précédé sur le chemin menant à la rivière.

XVI

« Venez donc jusqu'à la rivière, avait dit Watrin. Je vous ferai voir un coin où c'est plein de libellules.

— Quel triste personnage! s'était écrié Jourdan en emboîtant le pas. Vous avez entendu cette mauvaise foi, ce fiel, cette suffisance? Que des gens puissent prendre au sérieux un être aussi grotesque, aussi stupide, aussi visqueux, je n'en reviens pas. Pour moi, Fromantin est le prototype du socialiste français. Avec ses phrases onctueuses, sa dialectique en tire-bouchon, sa voix grasse, retroussée, ses indignations trémolantes, ses regards au ciel et son sale petit rire cochon, il est le parfait tartufe du marxisme. Je dirai même qu'il en a le physique. Ce petit ventre rond de père Ubu de la Révolution, et sa face de bonbon rose et sa barbe de petit-bourgeois jouisseur, qu'est-ce que vous en dites? Comme gueule de renégat, convenez qu'on ne fait pas mieux. »

Watrin ne disait rien. Il trouvait sympathique la fureur de son jeune collègue, mais ne souscrivait à aucun de ses jugements sur Fromantin. A vrai dire, il ne se souciait pas d'entrer dans leurs querelles ni même d'en pénétrer le sens exact. Communistes et socialistes étaient à ses yeux des êtres exquis, appartenant à une symphonie tendre et magnifique dans laquelle ils se composaient avec les éléphants, les libellules et une foule d'autres merveilles comme les prés, la rivière et les ruines de Blémont. Tout en accordant à Jourdan une attention distraite, il admirait les décombres qui bordaient le côté gauche de l'avenue Aristide-Briand. Là s'étendait naguère le quartier le plus bourgeois de la ville, presque entièrement neuf. Sous le soleil, les ruines apparaissaient blanches et propres. Comme Jourdan prenait respiration, Watrin dit en les lui montrant :

« On dirait des maisons semées à l'automne. A se demander si une bonne pluie...

— Leur crime impardonnable, c'est d'avoir tablé sur les sentiments petit-bourgeois de peur et de prudence qui subsistent au cœur du prolétaire. Ils ne paieront jamais assez cher la bassesse de leur calcul. Un type comme Fromantin... »

Il invectivait encore contre Fromantin et les socialistes en arrivant au bord de l'eau. Pourtant, il oublia tout lorsque Watrin l'eut emmené sur une langue de terre qui s'allongeait entre la rivière et un bras d'eau morte. L'endroit était frais et secret. Ils s'installèrent au bout de la presqu'île, dans une herbe haute et touffue, à l'ombre d'un orme auquel était amarrée une barque. Dans le bras mort qu'ombrageaient de lourds feuillages, l'eau immobile avait le poli et l'opacité d'une laque verte. De hauts roseaux, d'une tendre couleur de jeunes pousses séparaient la morte de la rivière. D'un sourire, Watrin montra les libellules promises, volant au-dessus des roseaux, se posant à la pointe des tiges. Des araignées d'eau glissaient sur la surface laquée et l'animaient d'un frémissement à peine visible. Côté rivière, au milieu du courant, l'eau miroitait sous le soleil, mais près du rivage opposé, sous les arbres et les buissons, l'onde était noire et profonde. L'endroit semblait si bien clos et retiré que Watrin et Jourdan imaginaient sans effort être loin de Blémont. Une voix de fillette, qui allait s'éloignant, chanta une chanson pleine de pâquerettes. Ils se regardèrent avec un peu d'anxiété, cars ils pensaient tous les deux au petit chaperon rouge. Après quoi, ils échangèrent un sourire qui dura longtemps.

« Jourdan, mon petit, soyez gentil, dit Watrin à mi-voix. Faites quelque chose pour Léopold. Vous êtes couché dans une bonne herbe fraîche, entre l'eau qui coule et l'eau qui dort, et les libellules vous aiment bien. Pensez à ce bon gros ours qui se cogne aux murs de sa prison et vous comprendrez combien il doit être malheureux. »

Jourdan soupira en pensant au cafetier privé d'espace, de vin blanc et de libellules. Il se sentit plein de compassion pour le prisonnier et pour tous les prisonniers de Blémont et de France. Pour tous les prisonniers du monde, songea-t-il avec élan. Plaignant leurs faiblesses, leurs aveuglements, leur misère, il eut un mouvement généreux et leur rendit la liberté. Mais aussitôt son cœur s'emplit d'ombre à la pensée des saboteurs et des trotzkystes qui payaient dans les prisons de Russie. Ceux-là méritaient leur sort. Ils étaient des ennemis de l'ordre.

« Mon pauvre ami, mais je ne peux rien faire.

— Je vous en prie, soyons sincères et parlons franchement. Vous savez mieux que moi que Léopold n'a rien fait, absolument rien qui vaille la prison. Au fond de vous-même, vous ne pouvez pas admettre que pour de misérables susceptibilités de parti, d'ailleurs purement locales, un innocent soit maintenu sous les verrous.

— Ecoutez, Watrin, je ne suis pas juge d'instruction. Tout ce que je sais, c'est que Léopold est accusé d'avoir donné asile au traître Maxime Loin.

— Mais c'est archifaux!

— La justice nous le dira. Pour moi, en conscience, je le présume coupable. Rochard affirme avoir vu Maxime Loin chez Léopold. Or, Rochard est un excellent communiste, un militant qui a fait ses preuves et je ne me reconnais pas le droit de suspecter son témoignage. »

Watrin comprenait déjà la vanité de son entreprise et hésitait à poursuivre. Il se fit scrupule d'abondonner aussi vite.

« Admettons, dit-il, que le cas ne soit pas parfaitement clair et qu'il subsiste l'ombre d'un doute. Tenez, admettons le pire et que Léopold ait accueilli le fugitif chez lui sans pouvoir se résoudre à le dénoncer. Qu'est-ce que ça peut bien vous faire?

— Alors, là, je trouve que vous allez fort. Qu'est-ce que ça peut bien me faire? Vous ne pensez tout de même pas que je puisse pardonner à un homme qui s'est fait le complice d'un traître, d'un vendu fasciste, d'un ignoble voyou!

— Ignoble voyou? Qu'en savez-vous? Vous ne connaissez pas Maxime Loin.

— Je n'ai pas besoin de le connaître pour savoir que ce type-là est une basse crapule, une abjecte fripouille qui s'est fait compter le prix du sang et qui s'est réjoui des souffrances de nos martyrs. Il y a des gens assez naïfs pour lui accorder l'excuse de la bonne foi abusée et lui prêter une pensée politique. Je ne suis pas de ces gens-là, je ne suis pas assez simple pour croire que ces aides si empressés

des bourreaux hitlériens aient jamais obéi à
un sentiment humain. La vérité est qu'il n'y
avait dans toute cette racaille qu'une dégoû-
tante vénalité, un mauvais plaisir de nuire, une
basse vocation de putain, la joie sadique d'humilier et de torturer et la haine du prolétariat
comme de tout ce qui est beau, noble, généreux. Du reste, la pourriture bourgeoise... »

L'œil en feu, la voix vibrante de haine, Jourdan oubliait qu'il était chez les libellules. Watrin avait perdu tout espoir de le gagner à la
cause de Léopold et le considérait avec un
peu de surprise. D'ordinaire, son jeune collègue
communiste le faisait penser à ces ecclésias-
tiques portés sur le béret basque et les attitudes martiales. En le voyant dans cet état
de transes, il croyait sentir la revanche du
garçon laborieux dont la jeunesse a été mangée
par les livres et les examens, et qui ne sait
pas se rattraper sur la vie.

« Jourdan, je sais que vous ne ferez rien
pour mon cher Léopold. C'est votre affaire et
je n'insiste plus, mais vous avez vingt-sept ans,
vous êtes communiste et vous le resterez, car
vous n'êtes plus le fils d'une femme. Vous êtes
le fils de vos lectures. Au moins, Jourdan,
soyez un vrai matérialiste et non pas une absurde contrefaçon. La première chose à faire
est de vous débarrasser de votre croyance aux
démons et de cette idée que les hommes sont
ou des anges ou des possédés. Dire que Maxime

Loin, les collaborateurs et les bourgeois sont pé-
tris d'abjection, c'est exactement faire profession d'antimatérialisme. A votre place, je me
méfierais aussi de vos transports de haine et de
fureur. A la rigueur, je comprends que vous
désiriez l'extermination des ennemis de la cause.
Comme vous ne paraissez pas très doué pour
la vie, j'admets même que vous ayez besoin de
rêver à des bagnes et à des exécutions pour
prendre goût aux réalités... »

Watrin sourit et ajouta aussitôt :

« Là, je suis méchant. Ne faites pas attention,
je me venge un peu. Simplement, je veux vous
dire qu'une si grande haine est peu compa-
tible avec les croyances dont vous faites profession. »

Jourdan écoutait son collègue avec un peu
de pitié en songeant que le cher homme retar-
dait d'un bon demi-siècle. Il se contenta de ré-
pliquer que le mépris et la haine étaient des
réalités agissantes, qu'en outre ces sentiments-
là entraînaient les prolétaires à des simplifica-
tions de jugement et des généralisations exces-
sives comptant comme des facteurs primordiaux
de la révolution mondiale. Watrin, qui ne tenait
jamais beaucoup à ses propres arguments, laissa
tomber le propos. Toutefois, il songea qu'il
était lui-même un matérialiste très accompli.
Acceptant avec optimisme les évidences les plus
désobligeantes pour l'espèce humaine, il aimait
la vie et les hommes pour ce qu'ils étaient sans

éprouver le besoin de les transfigurer et il
ne méprisait rien ni personne, ni aucun des
grands points d'interrogation qui lui semblaient
devoir rester à jamais sans réponse. Du reste,
son matérialisme était récent. Autrefois, il se
sentait enclin aux grandes effusions, aux vastes
embrassements, mais son commerce avec Uranus lui avait appris à se méfier des au-delà
et des infinis et à concentrer toutes ses forces
d'amour sur le champ de la vie terrestre.

Jourdan se leva. Il était accablé de travail
de toute sorte et il ne pouvait, dit-il, donner
beaucoup à la nature. Watrin se laissa aller et
demeura un instant. Sur le chemin du retour,
longeant la rivière, il vit son collègue Didier assis au bord de l'eau et s'arrêta auprès de lui.
Le vieux professeur l'entretint de ses fils auxquels il n'avait cessé de penser. Watrin en pro-
fita pour lui demander si l'un d'eux pouvait
trouver dans la capitale un asile et un moyen
de subsister à un maréchaliste n'ayant eu
d'autre tort que d'être imprudent. Didier se
déroba.

« Vous connaissez, dit-il, ma largeur d'esprit.
Je crois être capable d'entrer dans toutes les
raisons qui ont poussé un homme à trahir. Je
plains sincèrement les collaborateurs qui se sont
laissé tromper de bonne foi, mais ne me demandez pas de rien faire pour eux. Je suis d'une
époque où l'on ne transigeait pas sur le devoir
patriotique.

— Intransigeance à éclipses, répliqua Watrin. Rappelez-vous, sous l'occupation... »

Le vieux professeur l'arrêta d'un geste de la main et eut un bon sourire, à soi-même indulgent.

« Je me rappelle parfaitement. Il m'est arrivé, en effet, de vous tenir des propos peu conformes aux exigences de mon patriotisme. Peut-être même avez-vous pu croire que j'étais une espèce d'anarchiste. Que voulez-vous, j'ai toujours eu le goût du paradoxe et je crains bien d'être incorrigible. La plupart des Français sont ainsi. Ce n'est pas ce qui les empêche d'aimer leur pays. »

Tout en parlant, le vieil homme surveillait sournoisement le visage de son collègue et s'inquiétait de ne pas rencontrer son regard. Watrin jetait dans l'eau des cailloux qu'il ramassait dans l'herbe, auprès de lui, et s'efforçait d'atteindre un morceau de bois qui dérivait. Ayant touché le but, il rit de plaisir et, se tournant vers Didier, lui dit brusquement :

« Pourquoi ne pas avouer simplement que vous avez peur?

— Peur?

— Vous avez peur de vous compromettre en aidant un collaborateur. Et même après avoir refusé, vous n'êtes pas encore tranquille. Vous avez peur de ne pas avoir l'air suffisamment patriote.

— Je vous demande un peu pourquoi j'aurais

peur, mon pauvre ami. Peur de quoi et peur de qui? A mon âge, on n'a plus d'ambitions de carrière, on n'est plus un objet d'envie pour personne. En admettant que je sois mal vu des puissants du jour, que voulez-vous qu'on me fasse? Et puis, vous avez l'air de l'oublier, nous vivons en république et nous n'avons pas à répondre de nos moindres paroles. »

Watrin s'était remis à lancer des cailloux dans la rivière. Le professeur Didier, silencieux, semblait s'intéresser à un troupeau de vaches qui passaient sur le pont. Lorsque le troupeau fut hors de vue, il regarda longuement le dos de ses vieilles mains flétries et ses ongles sales.

« Eh bien oui, dit-il, j'ai peur. Vous êtes content?

— Voyons, Didier, vous savez bien que je n'ai pas voulu vous tourmenter, mais seulement vous offrir une occasion de vous délivrer.

— Je vous ai dit les raisons pour lesquelles je devrais n'avoir pas peur. Mais le fait est que j'ai peur. Il me semble toujours que les gens me soupçonnent de ne pas haïr ce qui doit être haï, de ne pas adorer ce qui doit être adoré. Rien n'est plus éloigné de moi que les sentiments forcenés de haine et d'idolâtrie, et cette modération, j'en souffre maintenant comme d'une infirmité. Je voudrais penser comme tout le monde et que ça se voie sur ma figure. Alors, je joue la comédie, je fais des bassesses. Quand des Jourdan ou des Fromantin

rugissent des imprécations contre les collaborateurs, je ne peux pas m'empêcher d'en remettre
et s'ils m'informent qu'un homme a été fusillé, je prends malgré moi un air de jubilation.
Tenez, j'ai dans ma classe le fils d'un gaulliste
communiste. Eh bien, j'ai beau m'en défendre,
j'ai pour lui des égards que je n'ai pas pour
les autres élèves. J'évite de le punir, je m'arrange pour lui flanquer de bonnes notes. Quelle
misère, Watrin, quelle misère. Et vous, vous
n'avez pas peur?

— Si un petit peu. A vrai dire, très peu.
Mais moi, je ne suis pas tout à fait normal.
Je suis détraqué. Vous, Didier, vous vous com-
portez comme une cellule saine dont la teneur
en phosphore ou en calcium se modifie avec
celle de l'organisme auquel elle appartient. Vous
avez peur avec trente-neuf millions de Français. N'en soyez pas affligé, mais admirez cet
impérieux sentiment de l'harmonie qui vous
pousse à hurler avec les loups. Aujourd'hui,
c'est l'harmonie de la grande peur qui règne
parmi les hommes. Il y a beaucoup d'autres
harmonies plus belles qui auront leur tour. Le
monde est merveilleusement construit et l'homme
en est le chef-d'œuvre parfait, Didier, je vous
le jure. »

XVII

Au lieu d'arrêter sa camionnette dans la cour, le fils Monglat lui fit contourner la maison et vint se placer, côté jardin, au bord du perron. Là, les arbres étaient suffisamment denses pour lui permettre d'en décharger le contenu sans être vu des voisins. Monglat père apparut à la fenêtre de son bureau et lorsque son fils fut descendu de son siège, il l'interrogea d'un coup de menton. Michel répondit à mi-voix :

« Trois machines à écrire neuves, un lustre Louis-XVI, un vase de Chine, un dictionnaire en douze volumes, un sabre de samouraï...

— De quoi?

— De samouraï, c'est japonais. Un lustre Louis-XVI, je te l'ai dit? J'ai aussi une armure du xve et des jumelles de marine. »

Monglat eut un ricanement maussade, le regard de ses yeux troubles coula sur la bâche de la camionnette, et il haussa les épaules.

« Ah! tu me barbes, lui dit Michel, tu n'es jamais content. A la fin, j'en ai jusqu'au bord.

Si tu te crois plus malin que moi, tu n'as qu'à
acheter toi-même. Ou alors, garde tes billets
pour te torcher les fesses. »

Il faisait allusion au prochain changement
de la monnaie et à la nécessité pressante qui en
résultait pour Monglat de convertir en marchandises le plus possible de billets de banque.
Le distillateur avait chez lui une quantité de
papier-monnaie si considérable qu'il ne pouvait se permettre d'en échanger seulement la
dixième partie sans déchaîner contre lui le
contrôle fiscal et alerter en même temps l'opinion publique de Blémont.

« Tu as payé ça combien?

— Quatre-vingt-sept mille. »

A cette réponse, le père eut un geste de
découragement et fit observer d'une voix
morne :

« Même pas cent mille alors qu'il s'agit de
dizaines de millions. A ce train-là...

— D'accord, mais à qui la faute? Si tu m'avais
laissé acheter encore de la peinture, on liqui-
dait le paquet en moins de deux. »

Monglat secoua la tête et sa face molle se plissa
de dégoût. La peinture, il ne voulait plus en
entendre parler. Tous ces Renoir, Degas, Pi-
casso et autres, qui valaient censément des millions, il n'y croyait plus et, au fond, il n'y avait
jamais cru. Courbé sous le fardeau de la fortune
et ne sachant où donner de la tête, il s'était
laissé aller à acheter, mais s'il avait écouté le

secret mouvement de son cœur, il n'aurait pas
permis qu'une seule toile entrât chez lui. Parfois, dans son bureau, en songeant tout à coup
aux quarante millions investis dans de pareilles
niaiseries, Monglat se sentait pris de panique.
Mis à part un nu à grosses fesses, de Renoir, qui
pouvait trouver sa destination sur un mur de
maison close, ces bariolages, il en avait l'intime
certitude, ne valaient pas à eux tous un troupeau de cochons. Ce serait vraiment trop facile
si, pour faire de l'argent, il suffisait de colorier
un morceau de toile.

« Ce matin, dit lentement Michel, en passant
aux Obres, j'ai appris que le château vient d'être
vendu. »

Le père eut un soupir qui s'entendit comme
une plainte et son dos se voûta un peu. Il songeait au château qu'il n'osait pas acheter, crainte
d'attirer sur lui les regards du fisc, et qui eût été
pour lui-même le témoignage de sa fortune. Bien
qu'il eût à Paris de hautes protections, il vivait
dans l'appréhension des enquêtes, des contrôles,
des amendes, des restitutions et, surtout, des
mouvements d'opinion. Si grande était cette
hantise qu'il ne se montrait jamais à Blémont
que dans des complets usés et qu'il se faisait
une règle de n'effectuer aucun achat important
dans un certain périmètre. Michel allait jusqu'au département voisin se procurer au marché noir les denrées un peu rares qui alimen-
taient la table.

« Le commandant est rentré?

— Non, répondit Monglat, il est allé à Clai-
rières.

— Henriette est à la cuisine?... Occupe-la pendant que je vais décharger... Moi, tu sais, ce que
je t'en dis... »

Le père hésitait, l'air las, excédé. Il se résolut pourtant à quitter la fenêtre et traversa son
bureau en traînant les pieds. Comme il débouchait dans le couloir, Henriette, une grosse
femme d'une quarantaine d'années, large face
rouge et honnête, sortait justement de la cuisine.

« Allons, venez, dit-il d'une voix lamentable.
J'ai envie.

— Je vais jusqu'au jardin cueillir de l'oseille.

— Non, j'ai envie tout de suite.

— Ce n'est quand même pas à cinq minutes
près. Qu'est-ce que vous feriez si je n'étais pas
là?

— C'est bon. Ne discutez pas. »

Henriette, en ronchonnant, s'engagea dans
l'escalier à la suite de son patron qui gravis-
sait les marches d'un pas lourd, la tête basse
comme s'il ployait sous la charge d'un sac de
farine. Une fois de plus, il imaginait la femme
dont il eût souhaité faire sa maîtresse : une
créature élancée, un peu crevée, mais les jambes
fortes et les cuisses aussi, avec un visage tragique, mangé par des yeux immenses. Pour
une telle femme, il n'aurait pas regardé à la

dépense. Mais trop soucieux de se faire pardonner sa richesse par les gens de Blémont, il craignait qu'une maîtresse ne montât l'opinion contre lui et, considérée comme un élément de son train de vie, ne fît soupçonner l'ampleur de sa fortune. A Paris, quand ses affaires lui en laissaient le temps, il se rattrapait un peu, mais jamais il n'avait pu mettre la main sur le format auquel il rêvait.

« Vous ne m'avez pas l'air bien courageux », fit observer Henriette.

Monglat, qui prenait pied au premier étage, tourna la tête et lui jeta un coup d'œil haineux. Comme il ouvrait la porte de la chambre à coucher, la servante, quoique n'étant pas encore dans le périmètre des privautés, eut un gros rire de bonne humeur et dit en lui appliquant une claque sur les fesses :

« Sacré monsieur Monglat! »

Michel commençait à décharger la camionnette et déposait ses acquisitions dans le couloir. De là, il les monta au grenier qui servait d'entrepôt. Sous les tuiles, dans une demi-pénombre chaude et poussiéreuse s'étendait un vaste bric-à-brac montant, par endroits, jusqu'aux grosses pièces de charpente. Il y avait là, entre autres, des commodes, une bibliothèque garnie, une dynamo, deux machines à couper le jambon, six postes de radio, une lessiveuse électrique, trente mètres de linoléum en rouleau, des scies circulaires, onze bicyclettes, un

canoë, trois cuisinières électriques, un placard
vitré contenant de la vaisselle, des cristaux et
un chapeau de Napoléon; un fauteuil de dentiste, quinze appareils photographiques allemands, un saint Etienne en bois peint, un
renard naturalisé, une horloge de Boulle, un
clavecin, quatre cors de chasse, un coffre
Louis-XIII renfermant trente-deux montres en or
et divers bibelots d'or, d'argent et d'ivoire.
Tout au fond du grenier, dans une armoire
couchée sur le dos, Michel avait rangé plus de
cent paires de souliers qui commençaient à lui
donner du souci, car il redoutait que la chaleur ne les craquelât et racornît. Les quatre
grandes caisses abritant les tableaux étaient alignées bout à bout et formaient un rectangle
clair sur lequel il étendit l'armure. Dans le
demi-jour que dispensaient les lucarnes, l'ensemble faisait penser à un tombeau surmonté
d'un gisant. Michel en fut si péniblement impressionné qu'il saisit l'armure et fut l'allonger
sur l'armoire aux souliers. L'effet n'était pas
moins sinistre. L'armoire avait maintenant l'air
d'un caveau de famille. A plusieurs reprises
il déplaça l'homme de fer sans pouvoir lui trouver une position rassurante. Même debout, il
semblait surgir de la tombe. Dans la clarté
sombre du grenier, il avait une rigidité agressive, un maintien austère et inquisiteur. Michel eut l'idée de l'asseoir dans le fauteuil de
dentiste et y parvint non sans difficulté. Consta-

tant que l'homme de fer ne s'apaisait pas, il
crut s'en débarrasser en le cachant derrière une
commode, mais le guerrier, devenu invisible,
n'en était que plus inquiétant. Sa présence
flottait sous la charpente et, dans les recoins
d'ombre plus noire, prenait une densité op-
pressante et susceptible. Après avoir affecté
d'en rire, Michel dut convenir que sa gêne
allait augmentant et tournait au malaise. Il
prit alors le parti de planter l'homme debout,
bien en vue, adossé à la bibliothèque. Toutes
ces concessions à l'absurde, si contraires à ses
habitudes, le faisaient douter de sa raison. Il
les mit sur le compte de la chaleur. En vérité,
l'atmosphère était suffocante et la poussière
soulevée par ses rangements et remuements prenait à la gorge. Il mit le nez à l'une des lucarnes pour y chercher un air pur. Devant lui,
par-dessus la grille de la cour, il apercevait, au
bout de l'impasse Ernestine, la maison d'angle
où demeuraient les Archambaud. Marie-Anne
n'était pas à la fenêtre de sa chambre. Depuis
qu'elle semblait l'éviter, il pensait à elle avec
un regret assez précis, mais qui se nuançait parfois d'un sentiment attendri. Au cours de l'existence morne, méfiante et hargneuse où l'enlisait le service de sa richesse, la figure de Marie-
Anne lui paraissait l'image radieuse de la liberté. Il avait aussi le sentiment qu'il trouverait,
en l'épousant, une échappée vers la vie, un
équilibre oublié ou encore inconnu, mais l'idée

de ce mariage se heurtait toujours en lui à sa méfiance d'homme riche, à sa crainte d'être manœuvré.

Tout en regardant la fenêtre de la jeune fille, Michel laissait vagabonder sa pensée. Il rêva un moment qu'il tenait un magasin de chaussures. C'était une ambition qui le hantait depuis son enfance. Il aimait les souliers neufs, l'odeur du cuir neuf, les emballages de carton glacé, l'empressement des vendeuses, les vitrines et les cirages odorants. Un moment, il se vit dans un magasin très moderne, chaussant les pieds des deux sexes, mais comme toujours, il dut reléguer son rêve. Un milliardaire ne peut pas être boutiquier. Michel, plein d'amertume, sentit son existence envahie et dénaturée par l'argent. Dans sa détresse, il eut envie de voir Marie-Anne.

Il la rencontra place Saint-Euloge et ce fut elle qui vint à lui. Elle portait un filet à provisions, contenant des haricots verts et des concombres. Elle s'avançait sans assurance et ne savait pas dissimuler son émoi. Son visage était très rouge, son regard vacillait sous le regard du fils Monglat. Heureux de la rencontre, il crut bon de n'en laisser rien voir et dit en lui tendant deux doigts :

« Alors, on vient quand même dire bonjour à son gros canard? On a des idées de volupté? »

Elle le considéra d'un regard froid, avec un

sourire de commisération. Il ricana en montrant le filet à provisions :

« Je comprends tout, maintenant... »

Sur le point de faire une allusion obscène, il se souvint de l'homme de fer et en resta là. Son visage devint sérieux.

« Michel, dit Marie-Anne, je viens te demander un service. »

L'œil méfiant, il demeura silencieux, déjà sur la défensive.

« Il s'agit d'un garçon qui est obligé de se cacher... il a collaboré... il est condamné à mort par contumace. »

Michel fit la moue et émit un sifflement par lequel il entendait marquer une hostilité de principe. Dans l'esprit de Marie-Anne, le service demandé n'avait été que le prétexte à un rapprochement. Ayant ainsi amorcé les négociations, elle s'aperçut que l'affaire lui tenait à cœur et prenait à ses yeux plus d'importance que le rapprochement lui-même. Elle ajouta pour le flatter :

« J'ai pensé à t'en parler à toi parce que tu as été de la Résistance. »

Michel avait en effet pris le maquis deux mois avant la Libération et, au cours de la retraite allemande, avait eu l'occasion de tirer des coups de fusil sur des convois. Dans une circonstance particulièrement périlleuse, il s'était montré avisé et courageux.

« C'est justement parce que j'ai été résistant

que je ne tiens pas à aider des collaborateurs.
Je ne peux tout de même pas oublier que ces
salauds-là étaient carrément pour l'ennemi et
j'estime que plus on en fusillera... »

Il avait encore à dire, mais il se souvint de
l'homme de fer qui montait la garde au grenier
au milieu du précieux bric-à-brac et, pour la
première fois, il se sentit gêné à la pensée du
trafic auquel s'était livré son père pendant l'occupation. Lui-même n'y avait pas été étranger.
Il se revoyait à la table paternelle, devisant et
riant avec le major allemand qui se considérait
comme étant un peu de la famille. Il essaya
de surmonter son trouble. D'habitude, il conci-
liait très bien sa fierté de résistant et le souvenir
de son intimité avec l'officier ennemi. Jamais il
n'y avait eu dans sa tête le moindre heurt à ce
sujet.

« Alors tu ne veux rien faire pour lui?

— Ça dépend. Raconte.

— Il s'agit de Maxime Loin. Mon père l'a
trouvé dans le couloir de la maison, un soir que
la police le traquait. Il l'a fait monter chez
nous.

— Je verrai, dit Michel après avoir réfléchi.
Pour le moment, je ne vois pas ce que je pourrais faire.

— Tes relations de Paris. »

Il y avait déjà pensé, mais les relations se
feraient payer cher pour blanchir le coupable.
D'ailleurs, le cas était difficile. Si encore il

s'était agi d'un homme riche, ayant une situation confortable, le public de Blémont eût admis qu'il bénéficiât de puissants appuis. La chose aurait semblé logique. Mais Loin n'était en somme qu'un petit employé, un de ces hommes de peu dont le supplice et l'ignominie procurent presque autant de plaisir aux bourgeois qu'aux prolétaires. Qu'une intervention d'en haut s'exerçât en sa faveur, il y avait là de quoi choquer et décevoir ses concitoyens. En réfléchissant à la disproportion entre l'importance des protecteurs et celle de Maxime Loin, le fils Monglat lui-même, malgré son désir d'être agréable à Marie-Anne, était froissé dans un sentiment intime des valeurs sociales.

« Je verrai. Je crois plutôt qu'il faut chercher ailleurs. Je verrai.

— Merci », dit Marie-Anne en lui tendant la main.

Michel eut l'intention de lui demander quand ils coucheraient ensemble, mais l'homme de fer s'y étant opposé, il se tint coi, dans une attitude hésitante et maladroite. Lorsqu'elle eut tourné les talons, il rougit en pensant à son embarras et, soudain furieux, s'insurgea contre son tyran. Il trouvait stupide et intolérable que sa conscience prît la figure d'un homme de fer. Marie-Anne était déjà au milieu de la place. Il courut après elle, mais l'ayant rejointe, il dut encore céder à l'homme de fer et ravala les mots crus qu'il avait déjà sur la langue.

« Il faudra qu'on se revoie bientôt pour parler du type », dit-il simplement.

Ils convinrent d'un rendez-vous et échangèrent encore une poignée de main plus abandonnée que la précédente, plus tendre.

Après un dernier sourire, Marie-Anne s'éloigna. Jamais le fils Monglat ne lui avait paru aussi beau, ni aussi aimable, pour ne pas dire désirable, ce qu'il était en vérité, vrai homme, solide, costaud, charnu, d'aplomb, l'épaule roulante, le poitrail nourri, le ventre plein la ceinture, bien en avant, et les fesses au sud, rebondies, le masque lourd, puissance et certitude, l'œil taurin, la bouche grasse, fleurie, et le cou épais avec des renflements moelleux, un peu livides, où le baiser s'enfonçait doucement. Tout en lui, cher grand chéri, semblait fait pour l'amour, parlait d'amour, invitait à l'amour. Et aucune vulgarité, mais la force, la quiétude, l'aplomb d'un mâle, avec quelque chose de très doux, de très troublant.

Il était un peu plus de six heures et la ville s'animait, le personnel de l'usine commençait à se répandre dans la rue du Moulin. Marie-Anne pressa le pas en apercevant un certain Albert Richardot qui se disposait à traverser la chaussée pour venir à elle. Ce Richardot, qui exerçait la profession de clerc d'avoué, était un garçon de vingt-cinq ans, mince et timide, d'un assez joli visage, avec de grands yeux tristes, pleins de prière. Bien qu'il n'eût jamais pris l'audace de

le lui dire, et qu'il employât toute sa ferveur à
l'entretenir de musique et de poésie, Marie-Anne
le savait très épris d'elle. Avant de connaître le
fils Monglat, elle s'était senti de l'inclination
pour ce garçon sensible et discret, mais depuis,
elle le trouvait fade. Sa douceur, sa discrétion,
l'intérêt même qu'il portait à la poésie étaient
à ses yeux des signes de petitesse et d'insuffisance.
D'ordinaire, elle consentait à l'écouter aimablement, par charité, un peu aussi par coquet-
terie, pour ne pas décourager un soupirant. Ce
soir elle avait trop de joie pour l'entendre parler de Verlaine et, tout en manœuvrant à l'éviter, elle réprimait à peine un sourire en compa-
rant sa silhouette mince et flexible à celle de
l'amant. Ce genre de gringalet au tempérament
élégiaque lui paraissait tout à coup d'une insi-
gnifiance comique.

En arrivant à l'immeuble de ses parents, elle
avait oublié le clerc d'avoué et ne pensait plus
qu'au fils Monglat. Dans les ruines, au bord de
la rue, des gamins se chamaillaient. Le fils du
boucher, qui possédait une mitraillette presque
vraie, munie d'une crécelle imitant le bruit du
tir, prétendait abattre au moins deux fois plus
de monde que ses compagnons avec leurs gros-
siers simulacres de bois. Au centre d'un cercle
houleux, il s'épuisait à démontrer la supériorité
de son matériel, ne parvenant qu'à exaspérer
l'hostilité des copains. « Et si je te mettais
mon poing sur la gueule, dit l'un d'eux, qu'est-

ce que tu ferais avec ta mitraillette? » Une
vieille dame à mitaines, dont le balcon faisait
face autrefois à celui des Archambaud, cherchait dans les décombres un diamant perdu au
cours du bombardement. Il ne se passait guère
de jour qu'on ne la vît ainsi penchée sur les
pierrailles qu'elle écartait à la pointe de son pa-
rapluie, ajustant parfois sur son nez une seconde
paire de lunettes afin d'examiner quelque débris
de verre. Un vieil âne pelé, que son propriétaire avait lâché dans les ruines, passait la tête
par-dessus un pan de mur et regardait Marie-
Anne. Eblouie par l'image radieuse du fils Monglat, elle ne vit ni l'âne, ni les enfants, ni la
vieille dame. En pénétrant dans le sombre couloir de l'immeuble, elle porta la main sur sa
poitrine comme pour contenir sa joie et, à la
pensée des mufleries et des grossièretés que le
très cher lui ferait endurer, son cœur se gon-
flait de tendresse, son visage s'illuminait. Elle
sursauta et poussa un léger cri. Un homme venait
de surgir auprès d'elle.

« Je vous ai fait peur? » demanda Gaigneux
d'une voix altérée.

Il l'avait vue rue du Moulin, suivie, dépassée,
et attendue dans le couloir.

« Non, mais un peu surprise », répondit Marie-Anne.

Il marchait maintenant à côté d'elle qui l'avait
déjà oublié. De temps à autre, il risquait un
coup d'œil sur le visage de la jeune fille, qui

sortait de l'ombre à mesure qu'ils approchaient
de la cour. En arrivant au bout du couloir, il
se mit en travers du chemin et gronda :

« Enfin, bon Dieu, dites-moi quelque chose,
quoi! »

Depuis le jour où il l'avait tenue contre lui
dans la cuisine, Gaigneux s'était souvent trouvé,
comme ce soir, seul avec Marie-Anne sans qu'elle
laissât paraître, par un mot ou par un regard,
qu'elle se souvînt de ce moment d'abandon. Il
en était exaspéré.

« Parlez-moi! Dites-moi au moins ce que je
dois penser!

— Je ne comprends pas, monsieur Gaigneux.
Excusez-moi, mais vraiment, je n'y suis pas. »

Marie-Anne était presque sincère. Il lui paraissait improbable que Gaigneux attribuât tant
d'importance à un souvenir qui comptait si peu
pour elle. Il avait envie de la gifler, de l'inju-
rier, de la presser contre lui, mais il ne fit
rien et, tournant les talons, monta l'escalier
quatre à quatre. Sa femme était dans la cuisine
avec Mme Archambaud. A midi, elles s'étaient
querellées à propos d'un presse-purée, mais ce
soir, elle vaquaient en silence aux soins du repas,
chacune affectant d'ignorer la présence de l'autre.
Gaigneux avait justement souhaité une dispute
orageuse qui lui eût été prétexte à donner un
coup de gueule et à se décomprimer.

« Il y a Ledieu qui veut te parler, dit Maria.

— Je m'en fous. »

Ledieu était un employé de la mairie inscrit au parti, mais pour l'instant, Gaigneux répugnait à s'entretenir des rebondissements de l'affaire Léopold. A plusieurs reprises, avec une violence croissante, il répéta : « Je m'en fous. » Non seulement l'avenir de la révolution mondiale lui était indifférent, mais il y pensait avec lassitude. Peu lui importait de vivre dans le meilleur des mondes s'il y était malheureux. Sa mauvaise humeur l'inclinait à croire que la justice sociale ne serait jamais qu'une satisfaction de l'esprit, ne guérissant ni la pauvreté, ni les rhumatismes, ni les chagrins d'amour, ni rien de ce qui rend la vie parfois si lourde à traîner.

« En tout cas, il t'attend, dit Maria. Je l'ai fait entrer. Si tu veux que j'aille lui dire que tu ne veux pas le voir...

— Occupe-toi de tes casseroles. »

La présence de Ledieu, qui l'attendait à quelques pas, changeait soudain sa façon de voir les choses. Il eut honte d'un instant de faiblesse et se reprocha de s'abandonner à des soucis puérils qu'un militant doit savoir reléguer aux arrière-plans. D'ailleurs, ces belles filles oisives, nourries au marché noir, soucieuses de leur corps, avides de luxe, de bien-être et d'importance, étaient le ressort et le ciment de l'égoïsme bourgeois et méritaient d'être considérées comme les pires ennemies de la classe ouvrière. Pourtant,

lorsque Gaigneux, ayant serré la main de Ledieu,
entendit dans le couloir le pas de Marie-Anne, il
soupira un grand coup et songea sans vrai remords à la douceur de trahir sa foi et ses amis
pour l'amour de cette ennemie de classe, à supposer que l'occasion s'en présentât et qu'il fal-
lût la payer de ce prix, ce qui était hélas et
heureusement impossible. Soupira un grand,
coup, un autre moins grand et dit à Ledieu,
alors quoi, qu'est-ce qui se passe? L'employé de
mairie qui venait l'entretenir des socialistes, de
Rochard et de Léopold, lui parut une espèce
d'animal terne et ennuyeux.

XVIII

Marie-Anne entra dans la cuisine déposer son
filet de haricots verts et de concombres. Son visage rayonnait une joie si tendre que Mme Archambaud se sentit une paire de gifles dans
les mains. La présence de Maria Gaigneux l'empêcha de faire aucune question, mais elle se
promit bien d'enquêter sur une joie aussi suspecte. Cette résolution, elle allait d'ailleurs l'oublier.

Au retour de l'usine, Archambaud salua les
femmes sans même s'arrêter au seuil de la cuisine,
pressé qu'il était de retirer ses chaussures. Pendant qu'il se déchaussait dans la salle à manger,
il entendit un bruit de voix, venant de la
chambre de Watrin. Comme chaque soir, avant
dîner, Maxime Loin devait être en conversation avec le professeur. Les premiers temps,
Archambaud avait éprouvé quelque humeur de
cette intrusion dans ses plus chères habitudes,

mais la présence de Loin n'était ni ennuyeuse
ni indiscrète et animait les entretiens sans en
modifier le caractère intime. Ayant chaussé ses
espadrilles, l'ingénieur alla frapper à la porte
de son voisin et, comme à l'ordinaire, ouvrit
avant d'y avoir été invité. Au spectacle qui s'of-
frit à ses yeux, l'effroi le cloua au seuil de la
chambre. Watrin, le visage calme, toujours
éclairé par la lumière de son demi-sourire, se
tenait debout, les épaules appuyées à l'armoire
de bois blanc. Tournant le dos à la porte, Loin,
le collaborateur, le fasciste, le contumax, était
assis sur l'unique chaise de la pièce et, en face
de lui, sur le lit, l'un des plus bouillants communistes de Blémont, le jeune professeur Jourdan.
Pour Archambaud, c'était une vision de cauchemar.

« A fusiller sans jugement, disait Jourdan. Au
poteau.

— En effet, répondait Loin, pourquoi se pri-
verait-on de tuer quand on aime le sang? »

Le ton de l'entretien était effrayant et Jourdan dardait sur le fasciste un regard meurtrier.
Dans cette situation apparemment désespérée,
Watrin affichait une sérénité qui devait exprimer plutôt la résignation que la confiance. Archambaud entra dans la chambre et ferma la
porte derrière lui. Sa présence passa inaperçue
de Loin et de Jourdan qui échangeaient des ré-
pliques de plus en plus venimeuses. Pourtant,
l'entretien n'avait pas mal débuté. En entrant

chez Watrin, devant l'inconnu qu'était pour
lui Maxime Loin, le jeune professeur s'était montré aimable. Après avoir fait connaissance, le
communiste et le fasciste s'étaient un peu recon-
nus l'un dans l'autre. Tous deux appartenaient
à cette espèce d'hommes ayant peu de goût pour
le saucisson, le gros rouge, la potée, le gras-
double, l'automne, les bêtes, les propos obscènes,
les amitiés débordantes, l'odeur de femme, les
femmes pas gênées de leur corps, les fêtes
foraines, la terre mouillée, et chez lesquels une
idée ou une doctrine tient plus de place que la
vie. De cette parenté, leur était venu d'abord
l'un pour l'autre un sentiment de sympathie,
puis l'agacement de se trouver en face d'une
image déformée et peu flatteuse de soi-même,
chacun se jugeant supérieur à son vis-à-vis. En
vérité, Jourdan avait sur Maxime Loin plus
d'un avantage : il était le mieux habillé; une
enfance et une adolescence choyées lui avaient
donné une solide considération pour sa propre
personne et une grande assurance en face des
gens bien élevés; enfin, le système sur lequel
il avait étayé son univers était d'un usage
robuste, commode, presque à toutes fins, et
procurait l'impression extrêmement agréable
d'être très intelligent, renforçant ainsi l'estime
que le jeune professeur avait pour lui-même.
Maxime Loin avait beau se préférer à Jourdan,
il ressentait ces supériorités et, tout en leur attri-
buant un caractère purement superficiel, ne pou-

vait s'empêcher de les lui envier. Aussi, lorsque
la conversation s'était fixée sur la politique,
avait-il cru saisir l'occasion d'une revanche en
affirmant ses convictions avec une franchise
qu'il forçait exprès, au moins dans l'expression.
Irrité de découvrir un hitlérien dans un homme
qui lui ressemblait peut-être, Jourdan ripostait
avec âcreté.

Au moment où Archambaud était entré, la
discussion proprement dite était terminée et il
ne s'agissait plus que de trouver des paroles
blessantes.

« Votre éducation ne vous permet pas d'assassiner vous-même? demanda Loin.

C'était par de telles allusions à ses origines
bourgeoises que les camarades ouvriers communistes témoignaient parfois à Jourdan leur hostilité ironique et c'était le même ton exagérément déférent. Mortifié, il répondit par une
parole grossière, avec le sentiment vague qu'il
atténuait ainsi la tare originelle.

« Oh! fit Loin. Si madame votre mère vous
entendait, elle serait certainement peinée. »

Cette simple observation déchaîna la fureur
de Jourdan qui se leva brusquement et vint
droit à l'insolent. Il n'avait d'autre intention
que de lui jeter à la figure des paroles violentes,
mais son attitude était si agressive que Loin,
se croyant menacé, se leva de sa chaise et le
repoussa des deux mains. Tout en mâchant des
injures et des protestations, les deux hommes

échangèrent des bourrades, puis des coups. L'un
et l'autre se battaient pour la première fois de
leur vie, avec une touchante maladresse qui eût
fait sourire Archambaud en d'autres circonstances. Tous deux avaient le format jeune homme,
un peu frêle et, en dépit de la haine qui les
animait, l'air contraint et inquiet de sémina-
ristes égarés dans un mauvais lieu. Ils frappaient
des deux poings, au hasard, du geste court et
inoffensif dont on enfonce un clou dans un mur
à petits coups de marteau. Comme ils s'empoi-
gnaient, Archambaud les sépara sans effort et
les tint une minutes éloignés l'un de l'autre en
les serrant chacun par un bras.

« Allons, tenez-vous tranquilles. Ce n'est pas
un endroit pour se battre. »

Watrin s'était approché et considérait avec
une amicale curiosité les deux adversaires qui se
décochaient encore de furieux regards.

« Vous étiez superbes, dit-il. On voyait bien
que vous aviez raison. Vous étiez transfigurés et
il y avait de quoi. Avoir raison, c'est penser
toujours à soi à travers les autres et c'est être
avec soi et rien qu'avec soi. Probablement que
c'est le secret du bonheur. Le fait est que les
gens qui ont raison sont très contents d'eux.
Pourtant, je ne peux pas m'empêcher de souhaiter qu'ils soient un peu moins contents d'eux,
rien qu'un peu, de quoi leur permettre de préférer à leurs raisons les fleurs, les enfants, les
oiseaux. »

Watrin parlait dans le vide, car personne ne l'écoutait. Jourdan se souvenait maintenant d'avoir entendu dire que dans une bagarre, un coup de genou dans le bas-ventre est toujours très avantageux et il avait des regrets. Loin, au contraire, était pleinement satisfait. Au cours de sa réclusion, il avait souvent rêvé à une revanche. Or, il venait de traiter un communiste de salaud et de lui envoyer en pleine figure un coup de poing qui le comblait d'aise, bien qu'à vrai dire, le coup n'aurait pas pu endommager sérieusement un insecte. Tout en parlant d'abondance, Watrin s'évertuait à lui faire des signes et des clins d'œil qu'il ne voyait même pas. Profitant d'un temps de silence, Archambaud demanda à Jourdan :

« Alors? Qu'est-ce que vous comptez faire? »

Jourdan ne comprit ni même n'entendit la question. Watrin saisit Maxime Loin par le bras et lui dit en le poussant vers la porte :

« Mon cher ami, ne vous mettez pas en retard. Vous savez que la voiture vous attend à sept heures.

— C'est vrai. Je n'y pensais plus. Pardonnez-moi, je me suis très mal conduit.

— Mais non, vous avez été parfait. Surtout, ne manquez pas de venir me voir quand vous repasserez par Blémont. Votre chapeau est dans la salle à manger. »

Archambaud commençait à comprendre. Pourtant, il n'était qu'à moitié rassuré.

« Qu'est-ce que c'est que cet olibrius? demanda
Jourdan lorsque Loin fut sorti. Ma parole,
c'est un illuminé du nazisme!

— C'est un garçon très tranquille, mais vous
avez une façon agressive d'entreprendre les
gens, qui les force à se dresser contre vous.

— Vous avez entendu ce qu'il a dit? « Je
« regrette que les Allemands n'aient pas été
« vainqueurs. » Ce sont ses propres paroles.

— Que voulez-vous, puisque c'était son
sentiment, on ne peut que le louer de l'avoir
exprimé honnêtement. Ce n'est pas si courant. »

Comme Jourdan flétrissait les paroles du fasciste, Watrin demanda avec une feinte
naïveté :

« Vous croyez qu'il n'était pas sincère? »

Pour le coup, Jourdan haussa les épaules et,
conscient d'avoir affaire à un imbécile, laissa
tomber le propos. Archambaud, pour changer
l'atmosphère, essaya de mettre la conversation
sur le baccalauréat et les chances de son fils, mais
sans y parvenir. Le professeur communiste ne
voulait pas être distrait de sa colère. Après avoir
pris congé assez sèchement, il alla frapper chez
Gaigneux.

« Je viens d'avoir une belle peur, dit Archambaud à Watrin. Quand je suis entré, j'ai bien
cru que tout était fichu.

— Je l'ai cru aussi tout à l'heure, quand
j'ai vu Jourdan faire irruption dans ma chambre.

Sur le moment, je n'ai pas pensé non plus que
Loin était pour lui un inconnu. J'étais si troublé
qu'en faisant les présentations, j'ai bafouillé.
C'est ce qui nous a sauvés.

— Votre collègue est entré chez vous sans
frapper? demanda Archambaud qui voulait
s'informer des causes permanentes du danger.

— Il a frappé, et j'ai répondu « Entrez »,
croyant que c'était vous. Il avait même certainement frappé à la porte de la salle à manger et
comme il n'y avait personne pour lui répondre, il est venu jusqu'à la porte de ma
chambre.

— Vous voyez comme c'est dangereux. On
est à chaque instant à la merci d'un hasard. »

Comme Watrin gardait le silence, Archambaud continua :

« Voilà quinze jours qu'il est ici et je m'aperçois tout d'un coup que non seulement nous
n'avons rien fait de sérieux pour assurer son
départ, mais encore que nous nous sommes
habitués à sa présence comme si elle était définitive.

— J'avoue qu'elle me manquerait », dit le
professeur.

Archambaud s'assit sur le lit et réfléchit un
instant sur le point de savoir si la présence de
Loin lui manquerait aussi au cas d'un départ
soudain. Il penchait pour l'affirmative et s'en
étonnait. Quoiqu'il n'y pensât plus guère, il
continuait à réprouver l'attitude qu'avait eue le

journaliste pendant l'occupation et jugeait sévèrement ses opinions politiques. En outre, il ne
se sentait aucune affinité avec cet être nerveux,
timide et violent que sa maladresse, son inapti-
tude à vivre condamnaient sans remède à une
solitude susceptible. L'homme était si dépourvu
de séduction que ses qualités mêmes devenaient
irritantes. Par exemple, on sentait en lui une
espèce de tendresse blessée et purulente qui inspirait de la répugnance et qu'on souhaitait ne
jamais voir s'épancher. Tout compte fait,
Archambaud s'apercevait qu'il s'était attaché au
fugitif sans éprouver à son égard des sentiments
qui auraient pu justifier le fait.

« Cet animal-là s'est conduit d'une façon ridicule, dit-il à haute voix. Je trouve même que
dans sa situation, c'était manquer de tact. Il
n'avait pas le droit de se jeter ainsi dans une
dispute qui aurait pu avoir les plus graves conséquences. Il a été d'une légèreté impardonnable.

— Soyez juste, protesta Watrin. C'est Jourdan qui a commencé et ses propos ont été vraiment provocants.

— Je veux bien le croire, mais Loin ne s'est
pas gêné pour mettre de l'huile sur le feu. Au
fait, j'y pense. Vous l'avez entendu comme moi.
Pendant la bagarre, il s'est mis à crier : « Je
« suis Loin, salaud! Je suis Loin, bourrique! »
La chose m'était sortie de la tête. Pourvu que
le communiste ne vienne pas à se rappeler ses

paroles! C'est qu'il ne serait pas long à comprendre.

— Tranquillisez-vous. Il aura entendu Loin comme un adverbe. »

Jourdan n'avait retenu des imprécations du fasciste que les mots bourrique et salaud. Le reste s'était perdu et, dans le récit qu'il fit à Gaigneux de sa mésaventure, rien ne pouvait donner l'éveil. Depuis leur fâcherie, c'était la première fois que le jeune professeur remettait les pieds chez son ancien ami. Leur inimitié s'était atténuée, mais non pas effacée et les rapports demeuraient froids et étudiés. Malgré sa rancune, Jourdan souffrait de cette situation. Son savoir, l'ardeur de sa foi et sa facilité de parole lui valaient une considération certaine chez les communistes de Blémont, mais ceux auxquels il avait affaire le plus souvent, presque tous ouvriers, le tenaient instinctivement pour un étranger, un homme d'une autre condition que la leur. Ses manières, son langage et son physique même les heurtaient au point de leur paraître inconvenants et ils ne manquaient pas de le lui faire sentir avec une ironie lourde et gênante, parfois avec hostilité. L'impression de solitude au milieu des hommes de son parti lui était parfois si pénible qu'il avouait, dans les lettres qu'il écrivait à sa mère, y être moins à l'aise que parmi les bourgeois les plus bêtement réactionnaires. Gaigneux, en face de Jourdan, avait lui aussi et plus encore que ses camarades, le sentiment de ce qui le séparait du jeune homme, mais son désir d'être juste, le souci de ses devoirs de militant l'avaient empêché d'en laisser paraître rien. Répondant à ses avances amicales, il s'était efforcé de vaincre les préventions qui subsistaient à son égard et son appui avait été très précieux. Jourdan le comprenait mieux maintenant qu'il lui manquait. En outre, les causeries avec Gaigneux le privaient beaucoup, car depuis huit mois qu'il était à Blémont, il ne s'y était pas fait d'amis. Son intransigeance de partisan, aggravée par un tranchant pédagogique, éloignait les sympathies. En général, les autres professeurs avaient peur de lui et, en sa présence, surveillaient leurs paroles afin de ne rien laisser échapper qui pût faire l'objet d'un rapport. Watrin était seul à lui témoigner quelque amitié, mais Jourdan le tenait pour un vieux radoteur indifférent au sort du prolétariat. Ce soir, il n'était venu lui faire une visite que dans l'espoir de rencontrer Gaigneux et de renouer les habitudes d'autrefois. La rencontre escomptée n'avait pas eu lieu, mais son indignation et les grands coups qu'il avait donnés pour la cause l'autorisaient à frapper chez son ancien ami comme sans y penser.

L'employé de mairie venait de partir et Gaigneux, seul dans la chambre bleue, réparait un fer à repasser électrique en attendant de se mettre à table. Satisfait de le voir faire les premiers pas, il accueillit le visiteur avec une réserve

polie, en évitant de marquer sa surprise. Bien
qu'il parût suivre le récit avec intérêt, il restait
distant, mais lorsque Jourdan en vint à la
bataille, il ne put s'empêcher de sourire et
laissa percer sa bonne humeur.

« Il était costaud?

— Assez, oui. Un grand type, sec, musclé. Au
moment où Archambaud nous a séparés, j'allais
lui flanquer un coup de genou dans le bas-
ventre. »

Gaigneux fit entendre un sifflement d'estime.
Son visage était sérieux.

« Dommage, dit-il. C'était très bon, le coup
de genou. Quand même, tu l'as dominé?

— Je crois, oui. Je me suis tiré indemne de
l'accrochage et j'ai tapé dur. Je lui ai flanqué
un coup dans la poitrine dont il se souviendra
sûrement. »

Et Jourdan, appuyant ses paroles d'une dé-
monstration, eut un geste vif et gracieux comme
celui d'une marquise donnant un coup d'éven-
tail sur les doigts d'un impertinent. Gaigneux
paraissait émerveillé.

« Epatant. Quand je vais raconter ça aux
copains, ils ne vont pas en revenir. Je suis
content que tu lui aies montré de quel bois
on se chauffe chez nous, à ce cochon de fasciste. Compliments, tu es formidable.

— Tu trouves? fit Jourdan avec un petit
air modeste.

— Et comment! On peut les compter sur les

doigts, les hommes qui auraient fait preuve d'autant de cran. Tu n'as pas l'air de te rendre bien compte.

— N'exagérons rien. Je ne me laisse pas emmerder, voilà tout.

— C'est comme ça qu'il faut être, affirma Gaigneux. Et laisse-moi te dire que tu ne pouvais pas mieux choisir le moment de faire tes preuves. »

Il fit une pause, considéra son camarade avec un bon sourire exprimant une admiration confiante et interrogea :

« Tu sais ce que Rochard vient de nous faire? »

Le professeur en avait entendu parler. Il baissa la tête, l'air gêné.

« Cet animal-là, poursuivit Gaigneux, vient de plaquer les chemins de fer pour s'installer chez Léopold. Depuis ce matin, c'est lui qui sert les consommations, qui encaisse les pourboires et le reste. Tu vois dans quel pétrin il nous met. En somme, on a fait arrêter Léopold pour mettre un des nôtres à sa place et en faire le maquereau d'Andréa. C'est ce que tous les gens de Blémont pensent déjà. Eh bien, ça ne peut pas durer. Naturellement, Rochard va être expulsé du parti. Je pense que cette fois, tu seras de mon avis? »

Jourdan acquiesça d'un signe de tête. La trahison de Rochard, dont il était le principal responsable, lui causait un très vif dépit.

« Donc, Rochard va être exclu du parti.
Bien entendu, il faut aussi qu'il soit exclu de
chez Léopold et pour ça, il n'y a pas deux
moyens. Tu vois ce que je veux dire. Pour
une besogne comme celle-là, il ne faut guère
compter sur les camarades. Ils connaissent Rochard depuis trop longtemps. Il vaut mieux que
ce soit un communiste un peu étranger à la
ville qui s'en charge. Du reste, Ledieu me le
disait encore tout à l'heure, cette affaire-là te
concerne personnellement. C'est toi qui as soutenu Rochard, qui l'as maintenu au parti. En
se conduisant comme il le fait, il te gifle publi-
quement. Je sais maintenant que tu n'es pas
homme à te laisser marcher sur le pied et je
compte sur toi pour donner à Rochard la
correction qu'il mérite. »

Jourdan eut un haut-le-corps. Dans les propos de Gaigneux, il avait senti venir quelque
chose d'inquiétant, mais cette mise en demeure
le laissait désemparé. Bien souvent, au cours
de ses rêveries, tandis qu'il imaginait les convul-
sions d'une aurore révolutionnaire sur le pavé
de Paris ou de Blémont, il s'était vu crispé
jusqu'à son dernier souffle sur l'affût d'un mi-
trailleuse ou expirant dans les plis du drapeau rouge, voire dans la grandeur de l'anonymat, mais jamais l'idée ne lui était venue
qu'il dût un jour se battre avec un chemi-
not.

« Etant donné que je suis professeur, je ne

sais pas si je peux. Ça risque de faire des histoires à n'en plus finir.

— Mais non. Tu vas le trouver au café
entre quatre et cinq heures, quand il est seul,
et tu lui flanques sa correction. Il n'ira pas
s'en vanter. Ou bien, tu peux l'attendre dehors, quand il sort du café, vers dix heures du
soir. En tout cas, que ce soit le plus tôt possible. D'accord?

— D'accord, murmura Jourdan.

— Et ne le ménage pas. Il faut qu'il reste
sur le carreau.

— Bon. »

Lorsque Jourdan s'en alla, Gaigneux eut un
remords et faillit le rappeler pour lui dire de
ne pas prendre l'affaire au sérieux, mais tout
compte fait, il trouva bon de le laisser mijoter
dans les transes. Ainsi averti par l'expérience,
le jeune homme apprendrait à raisonner avec
plus de prudence et de modestie, sans compter
que l'erreur où il s'était entêté à propos de
Rochard méritait une sanction.

A la table des Archambaud, les convives
étaient nerveux. L'ingénieur s'était abstenu de
tout reproche, mais ne cachait pas son inquiétude.

« La preuve est faite que vous n'êtes pas à
l'abri d'une surprise. Il va falloir adopter une
règle de vie qui ne laisse rien au hasard. »

Loin ne pouvait qu'acquiescer à ces paroles
de prudence. Il souffrait d'être pour Archam-

baud un sujet d'inquiétude, d'autant plus que
sur un autre plan, il jugeait avoir beaucoup
à se reprocher. Au milieu de l'après-midi, il
avait failli user de la bonne volonté de Mme Archambaud. Ils étaient seuls, assis l'un en face
de l'autre dans la salle à manger. Elle parlait
de vacances en Périgord et tandis qu'elle formait le projet de l'emmener avec la famille,
elle lui avait pris la main en l'appelant son
cher petit, son cher enfant. Sur le point de
succomber, il se cramponnait à des scrupules.
Mû par le sentiment de ce qu'il devait à
Archambaud, il avait trouvé la force de retirer
sa main, mais elle s'était levée, impatiente,
piaffante et disait en lui pressant la tête contre
son sein : « Allons, allons, soyez raisonnable,
mon enfant. Vous avez été privé trop longtemps, ça vous fait du mal. » Heureusement,
le bruit d'un pas dans le couloir annon-
çait le retour de Pierre. Loin avait été délivré.

« En somme, prononça l'ingénieur, le mieux
serait d'arrêter un emploi du temps et de s'y
tenir exactement. »

Entamant l'omelette aux pommes de terre
que Marie-Anne venait d'apporter, Mme Archambaud se servit et, avant de faire circuler
le plat, servit à Loin une portion si importante qu'il devint tout rouge. Pierre, qui devait,
selon l'ordre habituel, se servir le dernier, surveillait le plat d'omelette avec un intérêt

anxieux. Doué d'un gros appétit, les questions de nourriture et de quantité l'occupaient toujours sérieusement. L'évaluation de l'énorme part qui venait d'échoir à l'intrus remplit son cœur d'amertume et de rancune.

XIX

Au café de la Pomme d'Or, Jourdan brossait pour ses élèves de première un tableau récapitulatif de la littérature française au XVIIIᵉ siècle. Les cours de français de ces dernières semaines avant l'examen étaient consacrés à des causeries dans lesquelles il s'efforçait de condenser son enseignement de l'année scolaire écoulée.

La Pomme d'Or était le plus grand café de Blémont depuis que le National, qui lui faisait autrefois vis-à-vis de l'autre côté du carrefour, s'était écroulé sous les bombes. La salle, oblongue, était décorée de grands panneaux de glace et la partie du fond, séparée du reste de l'établissement par une cloison s'élevant à mi-hauteur du plafond, formait une sorte de retraite confidentielle où les murs tendus de soie verte et les banquettes de velours rouge trahissaient une recherche d'élégance. On disait, mais sans en être bien sûr, que les officiers

allemands y avaient fait des orgies nocturnes en
compagnie de la patronne qui, au jour de la
Libération, avait d'ailleurs été tondue. Le petit
salon était juste assez grand pour contenir Jourdan et ses douze élèves, mais le confort du lieu
et son exiguïté créaient une atmosphère d'intimité favorable à l'enseignement du maître.

Contrairement à son habitude qui était de
circuler entre les deux rangées de banquettes,
Jourdan parlait de sa place, les coudes appuyés
sur la table de marbre blanc. L'air distrait,
lointain, il n'avait pas cette fougue, ce regard
brillant ni, dans la voix, cette vivacité agressive
qui échauffaient la classe lorsqu'il discourait
comme aujourd'hui sur un sujet qui lui était
aussi cher que les encyclopédistes. Parfois, en
parlant d'un Rousseau ou d'un Diderot, il retrouvait pour une minute son habituelle chaleur
d'accent et retombait. Les élèves, qui perce-
vaient cette absence et cette lassitude, étaient
moins attentifs qu'à l'ordinaire et en profitaient
pour se dissiper. Le professeur distribua quatre
heures de colle, mais oublia de les marquer.
Ces heures de colle n'étaient d'ailleurs pas très
redoutées des élèves. Elles s'effectuaient le jeudi
matin soit au café du Commerce, soit au Progrès, sous la surveillance d'un pion qui buvait
le vin blanc avec le patron, et les élèves punis
avaient le droit d'offrir une tournée.

Pour la première fois depuis qu'il était à
Blémont, la classe lui semblait pesante. Il aurait

voulu en être délivré et appréhendait pourtant la fin de cette heure de cours. Depuis le matin, sa décision était prise d'aller trouver Rochard à cinq heures au café du Progrès pour lui administrer une correction. Après avoir réfléchi une partie de la nuit, hésité et remis le débat au lendemain, il n'avait pas cru pouvoir se dérober à ses obligations, en dépit d'une vive répugnance. Ce n'était pas qu'il eût peur de se mesurer avec Rochard. Confiant dans sa force et dans l'efficacité du coup de genou au bas-ventre, il envisageait néanmoins l'éventualité d'un échec, même cuisant, et acceptait aussi bien que le risque des coups celui du ridicule, mais quelque chose en lui protestait contre cet acte de violence perpétré de propos délibéré. Il se sentait fait exclusivement pour les audaces intellectuelles, les méditations fécondes, les gestes décisifs de la pensée, les trépas héroïques et exemplaires, et pas du tout pour les basses besognes d'homme de main. Cette intime certitude qu'il découvrait en lui d'être d'une essence particulière, un peu comme s'il était né officier supérieur de la révolution, il avait beau la juger absurde, inadmissible, y voir la persistance d'une tare bourgeoise, elle s'imposait à son esprit comme un fait et une constatation. Aussi la corvée du Progrès devenait-elle à ses yeux un remède à ses contradictions, une épreuve nécessaire à son salut, ce qui ne le dispensait pas d'y répugner violemment.

A quatre heures, ayant lâché ses élèves, il les regarda partir sans pouvoir s'arracher de la banquette. Pierre Archambaud avait d'abord suivi ses camarades et, revenant sur ses pas, attendait que le professeur s'avisât de sa présence.

« Vous avez quelque chose à me dire? » demanda Jourdan avec un certain empressement.

Archambaud, s'il ne lui inspirait aucun sentiment d'hostilité, n'était pas non plus un élève auquel il se fût jamais attaché. Studieux, appliqué à plaire au professeur et à prendre le pli de sa pensée, il avait une disposition vaniteuse à se faire remarquer et une méconnaissance de ses propres limites, qui gâtaient souvent ses efforts les plus méritoires. Même lorsqu'ils étaient bons, ses devoirs ne contenaient jamais rien qui éveillât la sympathie ou la curiosité. Jourdan voyait en lui un élève d'une intelligence moyenne que les études pouvaient armer utilement sans réussir à l'affiner ni à l'élargir beaucoup. Quelques jours plus tôt, après la classe, Pierre était déjà venu le trouver pour lui confier qu'il était très vivement attiré par le communisme. Interrogé sur le point de savoir comment il y avait été amené, il avait parlé de sa sympathie pour le peuple avec une chaleur qui dissimulait mal une certaine condescendance. Manifestement, le garçon ignorait tout du communisme. Ses réponses, trop vagues, ne permettaient pas de discerner sûrement le

mobile qui l'avait poussé, mais laissaient entrevoir une raison intéressée, peut-être le désir de
prendre une attitude avantageuse, susceptible de
le poser auprès de ses camarades, ce qui n'était
du reste pas méprisable. Jourdan, qui ne s'inter-
disait pas de guider un élève vers la vérité quand
le terrain lui semblait propice, n'avait pas découragé le jeune Archambaud, lui conseillant simplement de se consacrer tout entier à la préparation de son examen et de revenir le trouver
plus tard s'il sentait frémir encore en lui
l'amour du prolétariat. Aujourd'hui, Pierre se
présentait au professeur avec un visage soucieux
et un air embarrassé qu'il n'avait pas l'autre
fois.

« Je suis venu vous demander un conseil à
propos de quelque chose de très grave, dit-il
d'une voix mal assurée et comme enrhumée par
l'émotion.

— Je vous écoute », répondit aimablement
Jourdan qui ne demandait qu'à se mettre en retard.

A l'instant de parler, Pierre sembla hésiter et,
à l'expression de son visage, le professeur crut
deviner qu'il regrettait déjà sa démarche.

« Peut-être préférez-vous réfléchir encore? Le
fait d'être venu me trouver ne vous engage en
rien.

— C'est trop grave, répliqua l'élève Archambaud. J'ai besoin d'un avis. Voilà ce qui m'arrive. J'ai appris qu'un collaborateur se cachait

à Blémont. Je sais où il est. Alors, je me demande ce que je dois faire et où se trouve mon devoir de patriote. »

Le professeur ne répondait pas. Pierre ajouta :

« C'est un traître, un type qui s'est vendu aux Boches, une sale crapule, un dégoûtant personnage. »

La haine avait assombri sa voix et son visage. Jourdan, qui l'observait avec attention, hésitait à le conseiller. A première vue, le cas était simple et personnellement, il n'eût pas eu besoin de se consulter pour livrer un individu que sa qualité de collaborateur désignait comme un ennemi du parti. La dénonciation, du moment où elle servait les intérêts de la cause, lui semblait chose naturelle et, plus généralement, il tendait à considérer toute disposition au mouchardage comme une vertu révolutionnaire. Ainsi qu'il l'avait souvent expliqué à Gaigneux, la délation, ignominieuse dans une société bourgeoise où elle fournit des victimes à l'oppression capitaliste, devient l'exercice de la plus élémentaire honnêteté lorsqu'elle est au service de la lutte prolétarienne et c'est du reste une des plus belles raisons d'espérer dans l'univers marxiste que des actes ordinairement réputés criminels s'y transforment en pratiques vertueuses du simple fait qu'ils trouvent là une objection utile à la communauté. Lui-même ne se faisait pas faute d'épier ses collègues, entre autres, et de fournir sur leur compte tous les renseignements dont le parti pouvait tirer quelque profit. Jourdan se devait donc d'inciter son élève à dénoncer sans retard le collaborateur. Anxieux, le jeune Archambaud attendait que son professeur le questionnât et, sans aucun doute, il se tenait prêt à lui fournir tous les renseignements qu'il possédait sur la retraite du fugitif. Jourdan ne put se défendre d'un mouvement de pitié pour ce garçon de seize ans qui, plus tard, ne se pardonnerait peut-être pas d'avoir envoyé un homme au châtiment et vivrait avec le sentiment de traîner une existence souillée. Il lui semblait qu'en le poussant à dénoncer, il aurait abusé de la faiblesse d'un enfant.

« Archambaud, ce n'est pas à moi à décider pour vous. Je suis loin d'être sûr que le patriotisme ait rien à faire dans votre débat de conscience. Le seul conseil que je puisse vous donner est de prendre avis auprès de vos parents. »

Le professeur avait parlé d'une voix sèche qu'il voulait méprisante, son visage était dur et réprobateur. Se sentant ainsi deviné, Pierre s'empourpra et perdit contenance. A sa honte vint s'ajouter un sentiment fait de détresse et d'effroi, car il voyait soudain en lui-même avec les yeux de Jourdan et ce qu'il croyait y découvrir lui semblait monstrueux. Pris d'un accès de désespoir, il se laissa tomber sur une banquette et, cachant son visage dans son bras plié, se mit à sangloter.

« Voyons, Archambaud, calmez-vous, dit Jourdan.

— Je suis un cochon, hoqueta Pierre.

— Ne vous faites pas trop de reproches. Ce qui se passe en nous-mêmes est loin d'avoir autant d'importance que le disent les livres et les professeurs. Ce qui compte, c'est ce que nous faisons et ce que nous ne faisons pas. Les simples intentions ne méritent pas de remords sérieux. »

Jourdan donna une tape amicale sur l'épaule du jeune Archambaud et passa dans la grande salle de la Pomme d'Or. Olga, la petite bonne, s'y trouvait seule, assise près de la porte d'entrée et raccommodant des torchons. Avant de sortir, il lui serra la main et lui dit quelques paroles aimables qui la firent rougir de plaisir. Elle détestait en bloc les élèves de première, mais nourrissait un sentiment très tendre pour leur jeune professeur qui s'était toujours montré avec elle poli et gracieux. Le sachant communiste, ayant appris d'autre part que les professeurs étaient très mal payés, elle en concevait une très grande espérance. S'il l'avait su, Jourdan eût été moins aimable avec elle, car pour lui, la plus jolie servante du monde était dépourvue d'attraits. Lui arrivait-il de penser à la femme qu'il épouserait un jour, il n'imaginait guère son visage, moins encore sa poitrine

ou ses cuisses, mais sa merveilleuse finesse dialectique, son érudition marxiste et l'éclair de ses
lunettes lorsqu'elle lui tendrait un piège sur
quelque point de doctrine. Du reste, les plaisirs de l'amour lui semblaient surfaits, en tout
cas très inférieurs à ceux de l'esprit et quand,
par hasard, il s'y abandonnait, il avait toujours
l'impression désagréable d'insulter sa mère.

La rue du Moulin commençait à être pavoi-
sée, car un convoi de prisonniers, retour d'Allemagne, était attendu pour le lendemain samedi
en gare de Blémont. La plupart des drapeaux
étaient anglais et soviétiques, les Blémontois
ayant tous un très grand souci de montrer leur
patriotisme. Il se trouvait pourtant quelques
collaborateurs assez effrontés pour n'arborer à
leurs fenêtres que des drapeaux français. Effrayés
de leur propre audace, ils n'allaient d'ailleurs
pas tarder à y joindre les couleurs alliées. En
travers de la rue, à hauteur d'un premier étage,
étaient tendues des bandes de calicot portant des inscriptions telles que : « Soyez les bien-
venus. Salut à nos chers enfants. Honneur aux
fils de Blémont. » Jourdan rencontra Watrin sortant d'une charcuterie où il était allé acheter
une tranche de jambon. Le professeur de mathématiques venait de recevoir une lettre de
son fils qui devait faire partie du groupe des
prisonniers attendus pour le lendemain. Le jeune
homme avait appris le bombardement de Blémont, mais ignorait encore que sa mère eût

succombé. Watrin fit part de ses appréhensions
à son jeune collègue.

« Le pauvre enfant va sûrement avoir un
gros chagrin. Ce qui me tourmente aussi, c'est
que je ne saurai pas lui annoncer la nouvelle
avec la tête qui convient. Je me suis déjà exercé
à midi devant la glace, mais je suis mauvais,
j'ai l'air d'annoncer une bonne nouvelle. Que
voulez-vous, j'ai été très content de la mort de
Thérèse et encore maintenant, je ne peux pas
m'empêcher de penser avec plaisir que je suis
délivré d'elle. Je ne lui en voulais pas du tout
de me tromper, au contraire, et j'aurais fait
l'impossible pour lui sauver la vie, mais puisque
les choses se sont arrangées, je trouve que c'est
bien. Naturellement, il n'est pas question de dire
à mon fils la vérité sur mes sentiments. Il aimait
beaucoup sa mère et comme il n'est lui-même
pas très intelligent, il ne s'est jamais rendu
compte que la pauvre femme était aussi stupide qu'insupportable.

— Est-ce qu'il va retrouver une situation? »
s'informa Jourdan.

Watrin expliqua que son fils était professeur
de lettres, mais que le métier ne lui plaisait pas
et qu'il pensait à faire une carrière dans la littérature. En partant pour la guerre, il avait confié
à ses parents un manuscrit de cinq cents pages,
qui s'était perdu dans le bombardement. Ce
serait pour le prisonnier un autre chagrin que
l'effondrement de cette espérance sur laquelle

il avait vécu pendant cinq ans. Watrin, dans la mesure où il en était capable, s'effrayait de ce retour que guettaient tant de tristesses.

« D'un seul coup, il va apprendre qu'il a perdu sa mère, son foyer et le fruit d'un travail qui lui avait coûté peut-être des années d'effort. Et de quelle consolation peut lui être son père? Je suis pauvre, je n'ai même plus l'appartement où il se serait senti chez lui, où il aurait pu raccorder sa nouvelle existence à celle d'autrefois. Mais le pire est que je suis incurablement heureux. Que va-t-il penser de moi qui me réjouis du soleil comme de la pluie et ne vois dans la vie qu'un inépuisable ruissellement de joie. Va-t-il me prendre pour un monstre d'égoïsme, un gâteux ou un indifférent? De toute façon pour un étranger.

— Le fait est que votre inaltérable belle humeur et vos perpétuels émerveillements peuvent être parfois irritants », fit observer Jourdan avec une pointe de rancune.

Watrin sentit le reproche et s'en montra surpris. Pour un communiste, la vie n'était-elle pas une somme de trésors à redistribuer? Non, rectifia Jourdan, c'était, s'exprimant en kilogrammes, en mètres cubes et en heures, une somme de fardeaux et de denrées à répartir équitablement. Présenter la vie comme un ruissellement de joie et de poésie équivalait à noyer les vrais problèmes dans les effusions d'un lyrisme bourgeois. Le révolutionnaire, disait-il, doit être un homme triste et hargneux, attentif à ne pas se laisser surprendre par le décor d'un ordre détestable : il n'y a pas de soleil radieux tant qu'il brille pour la société capitaliste, et les cochons d'oiseaux qui gazouillent dans les branches du printemps sont les complices des bourgeois.

Rochard, assis derrière le zinc, lisait une revue de cinéma. L'entrée de Jourdan lui fit lever la tête et il se préparait à être aimable, mais le professeur s'arrêta au milieu de la salle déserte et prononça d'une voix impérative quoiqu'un peu étranglée :

« Viens ici. »

Rochard lâcha sa revue et obéit avec un certain empressement. Depuis qu'il avait quitté les chemins de fer, il appréhendait le moment où le parti lui demanderait compte de sa décision. Il s'avança en souriant, comme un homme qui se réjouit d'accueillir un ami.

« Assieds-toi, dit-il, on va boire un verre. »

Jourdan ne répondit pas et le toisa sévèrement. L'autre s'était arrêté en face de lui, les deux mains croisées dans la poche abdominale de son tablier de coutil bleu. Vu l'attitude hostile du visiteur, le sourire n'était plus de mise. Son visage devint sérieux et la curiosité plissa ses petits yeux noirs. Tout, en lui, donnait à Jourdan une impression de ruse et de force animales. Trapu, ramassé, il avait des cheveux noirs très fournis plantés bas sur un front étroit, de gros sourcils noirs, des joues bleues de barbe, des

bras courts et poilus et le haut de sa chemise
bâillait sur une sombre toison qui débordait de
l'échancrure. Devant cet être inquiétant qui
avait crevé les yeux d'un condamné et s'était
porté volontaire pour le peloton d'exécution,
le professeur s'étonnait d'avoir approuvé de tels
exploits avec le plus sincère enthousiasme. Il se
sentait paralysé par le dégoût et par l'angoisse.

« Qu'est-ce que tu fiches ici? demanda-t-il
avec effort.

— A première vue, ça peut sembler drôle, répondit placidement Rochard. Ce qu'il faut comprendre, c'est que je ne suis pas là pour mon
plaisir. Vois-tu, camarade, il faut dire les choses.
Vis-à-vis de Léopold, je me suis mal conduit.
Je lui ai fait du tort, à Léopold, et malgré qu'on
s'est bagarré, c'était quand même un ami. Dans
la situation qu'il se trouvait, il fallait que je
fasse quelque chose pour lui. Le café avait
besoin d'un homme...

— Tu n'avais pas à faire de sentiment, coupa
Jourdan. Tu devais d'abord considérer les intérêts du parti à Blémont. Le parti a couru le
risque de se compromettre pour couvrir tes bêtises et endosser tes mensonges. Tu n'avais
donc pas le droit... »

Jourdan s'arrêta court. Il se rendait compte
qu'en discutant la conduite de Rochard, il
allait à l'encontre du but qu'il s'était proposé,
car il substituait les arguments aux coups. Vi-

sant au bas-ventre, il se résolut à placer son
coup de genou, mais son pied resta cloué au
plancher.

« Fais-moi le plaisir de décamper d'ici tout
de suite », ordonna-t-il.

Rochard se mit à ricaner et ne bougea pas.
Jourdan était blême, sa chemise collait à ses
épaules, il avait l'air hébété.

« Ça ne va pas? fit Rochard. Tu as l'air tout
drôle. Assieds-toi, je vais te servir un coup de
remontant. »

Il avança une chaise et comme il faisait le
geste de le prendre par le bras pour l'aider à
s'asseoir, Jourdan recula, les yeux agrandis,
les narines battantes.

« Ne me touchez pas, murmura-t-il. Assassin. Assassin. »

Il avait la mine et les gestes d'un acteur de
mélodrame qui voit se lever devant lui le
spectre de sa victime. Rochard haussa les épaules,
mais sans oser protester autrement contre l'ap-
pellation d'assassin. Il était lui-même assez troublé. C'était la première fois qu'un habitant de
la ville risquait une allusion malveillante à
ses exploits de tortionnaire.

« Va prendre l'air, dit-il, ça te fera du
bien. »

N'étant plus en état de se ressaisir, Jourdan
repassa la porte. L'entretien n'avait duré que
quelques minutes, mais il lui semblait que
tout en lui et autour de lui en fût bouleversé.

Il ne pensait plus qu'à regagner sa chambre
et à s'y enfermer pour tenter de remettre de
l'ordre dans ses pensées. A son arrivée à Blémont, la municipalité lui avait attribué une
pièce au premier étage d'une petite maison
située route de Paris, en face de la caserne.
La locataire en titre du petit appartement dont
il occupait l'ancienne salle à manger était une
veuve de guerre, encore jeune, exerçant à domicile la profession de couturière. Elle lui préparait ses repas, faisait son lit, sa chambre et
aurait souhaité s'employer pour lui plus à
fond, mais le jeune professeur se montrait aimable, sans plus.

Comme d'habitude, la veuve épiait son retour et ils se trouvèrent face à face dans le
vestibule du petit logement.

« Qu'est-ce que vous avez, monsieur Jourdan? Vous êtes tout pâle. Mais vous êtes malade? »

Déjà elle s'accrochait à lui pour le soigner,
parlait de camomille et d'aspirine. Il l'écarta
presque brutalement, passa dans sa chambre et
s'y enferma au verrou. En s'asseyant à sa table
de travail, face à la fenêtre, il essaya de tirer
la leçon de son aventure, mais il était encore
trop ému pour y voir bien clair et appréhendait
vaguement de comprendre ce qui se passait en
lui. Son échec auprès de Rochard lui paraissait moins important que le trouble de sa conscience où il sentait chavirer quelques certitudes.

De l'autre côté de la route, il voyait la grande
cour déserte de l'ancien quartier de cavalerie
qui abritait maintenant des familles sinistrées.
D'habitude, la vue de ce casernement lui réjouissait l'esprit et lui semblait favorable aux
méditations sérieuses. Ce soir-là, il la trouva
simplement sinistre. Prenant un bloc de papier à lettres, il écrivit :

« Petite maman chérie. Dans ma lettre
écrite ce matin, je t'ai informée de ma décision de corriger Rochard dans l'après-midi.
Je ne t'ai pas caché que j'éprouvais une certaine répugnance à ce genre de besogne, mais
je voyais dans la tâche qui m'était ainsi pro-
posée une épreuve souhaitable pour l'accom-
plissement de mon instruction. Or, l'épreuve
vient d'avoir lieu et a tourné à ma confusion.
Face à Rochard, je n'ai su que lui faire des
reproches et n'ai pu me décider à en venir
aux coups. Ma volonté s'est trouvé paralysée
et en dépit des exhortations que je m'adressais,
je n'ai pu prendre sur moi. Je ne cherche pas
à me flatter et, en me mentant à moi-même,
j'aurais horreur de mentir à ma petite maman
adorée. En toute franchise, je ne puis croire
que j'aie eu peur. Je sais et j'en suis parfaitement sûr, que je mourrais pour la cause sans
hésitation ni faiblesse. Faut-il croire alors à
quelque sensiblerie de ma part? Je ne le pense
pas non plus. Aux vacances de Pâques, comme
tu sais, j'ai dénoncé mon vieux camarade du

lycée Henry-IV, Orthevel, et l'idée qu'il sera
très probablement fusillé ne m'a jamais troublé un instant. Je peux aussi bien t'assurer,
pour y avoir pensé souvent, que si j'étais en
situation de le faire, je signerais sans la moindre
émotion l'ordre d'envoyer au poteau quelques
milliers d'ennemis du peuple. Non, je n'ai cédé
ni à la peur ni à la sensiblerie. Alors? que
faut-il penser? Tu n'imagines pas, ma chère
grande chérie, dans quel désarroi je suis ce
soir. J'entrevois à ma conduite des raisons qui
m'épouvantent et je revis le drame du café
avec un affreux serrement de cœur. Rochard,
très calme, s'est avancé à ma rencontre. A mes
reproches, il a répondu par des arguments qui
n'étaient pas dépourvus de consistance. Il s'y
enfermait tranquillement avec l'air de faire
entendre qu'il était chez lui. Et moi, j'avais
l'impression qu'en le frappant, j'allais forcer
sa retraite, sa personne, son domaine. Oui, plus
j'y pense, plus je me persuade que ce fut là
mon impression dominante. Ainsi donc, j'aurais
été inhibé, annihilé par le respect de la personne, par la religion de l'individu. N'est-ce
pas une chose affreuse à penser? Maman, ma
petite maman, toi qui connais ton enfant, qui
le comprends si bien, peux-tu croire que j'en
sois encore là? Hélas, ce n'est pas tout. En
approchant Rochard, j'ai eu la sensation d'être
infirme, comme si quelque chose en moi était
atrophié. L'homme était là devant moi, en chair,

les manches retroussées avec du poil sur les
bras. Ah! ces bras poilus, je ne pourrai plus
les oublier. Il était si peu « politique » et tellement homme, tellement différent du schéma
auquel j'avais pensé! Le choc de la surprise
aurait suffi à me paralyser. Dans mon désarroi,
j'ai songé à Gaigneux, à ce qu'il faut bien
appeler son équilibre, faute d'un terme moins
avantageux, à sa grosse ironie d'homme simple
quand il me reproche de n'être pas « dans le
coup », et j'ai eu l'humiliation de l'envier.
Maintenant encore, j'ai beau m'efforcer de
remettre le monde dans le moule des idées, je
ne parviens pas à écarter la certitude qu'en
affrontant Rochard, son regard de brute sour-
noise et ses gros bras poilus, j'ai fait le premier pas sur un continent mystérieux où je
n'apprendrai peut-être jamais à me diriger.
Je t'écris tout à la hâte, ma petite chérie, et
ne puis que te donner un aperçu bien rapide
des réflexions et des angoisses où me plonge
cette aventure. A mesure que je creuse le
sens de mon échec, je sens s'ouvrir en moi des
fondrières et s'élargir des fissures. Le croiras-
tu? j'éprouve en ce moment une envie absurde d'être auprès de ce vieux fou de Watrin,
comme si j'étais vraiment tenté de réapprendre
le monde dans ses divagations lyriques. Ma
douce petite maman, ne va surtout pas t'alarmer
de ce que je te raconte là. Ce ne peut être pour
moi qu'un mauvais moment à passer et j'ai

déjà le moyen de résoudre mes doutes : agir,
voilà le remède à de telles incertitudes. Ma
décision est venue tandis que je t'écrivais cette
lettre. Ce soir, vers dix heures, j'irai attendre
Rochard à la sortie du Progès. L'obscurité lui
conférera une sorte d'anonymat qui me mettra
à l'aise. Je lui dirai : Défends-toi, salaud. » Ou
plutôt non, je ne lui dirai rien. Je n'ai pas à
être chevaleresque avec un ennemi du peuple.
Je m'approcherai sans bruit et je lui porterai
un bon coup de genou dans le ventre. C'est
un coup très efficace qui se pratique assez
couramment dans les bagarres entre souteneurs,
et une pareille référence, tu dois t'en douter,
n'est pas sans m'inspirer quelque dégoût, mais
la révolution prend ses armes où elles se trouvent.
Ayant ainsi ébranlé Rochard, j'en aurai facilement raison avec quelques coups de poing bien
placés. J'ai acquis chez Watrin une expérience
très utile et qui portera ses fruits ce soir. Tu
n'as donc aucune inquiétude à avoir quant à
l'issue du combat. Du reste, je ne porterai cette
lettre que demain matin, après y avoir ajouté
un compte rendu de mon expédition. Je me
sens maintenant très en forme et je n'en suis pas
surpris, car c'est toujours pour moi un grand
réconfort de me confier à ma petite maman.
Je t'embrasse, chérie, de tout mon amour. »

XX

Dans la cour de la prison, il faisait jour encore, mais la clarté déclinante franchissait à
peine les barreaux, et la cellule était déjà
sombre. Les détenus avaient étendu les paillasses sur les dalles qu'elles recouvraient presque
entièrement. En attendant la nuit et le sommeil, ils devisaient, les uns allongés, les autres
assis à la turque ou accoudés à la romaine.
Le satyre, qui souffrait d'un furoncle à la fesse,
se déculottait près de la fenêtre, profitant du
reste de jour pour solliciter un avis du docteur.
La vue de son derrière arrondi et tendu au plus
haut fut accueillie par des plaisanteries et l'huissier, dont la détention avait dégourdi l'humeur
paillarde, proposa un remède qu'il portait, dit-il,
toujours sur lui. Buffat, le poulet, qui prisait peu
ces dépravations de langage, se leva de sa pail-
lasse et, après avoir pissé un peu à l'aveuglette
dans le trou des latrines, alla se coller contre la
porte de la cellule pour prêter l'oreille aux ru-
gissements intermittents de Léopold qu'un gar-

dien était venu chercher vers six heures du soir
afin de l'emmener au poste d'aiguillage. On appelait ainsi une petite cellule du bout du couloir où l'on enfermait pour quelques heures
les prisonniers à transférer au chef-lieu ou dans
telle ville où la justice les réclamait. Au début
de la semaine, l'assassin y avait passé une partie
de la nuit avant de prendre le train pour Paris.
Son départ avait d'ailleurs laissé à ses compagnons plus de regrets que celui du cafetier.

Alléguant son ignorance, le gardien s'était dé-
robé aux questions, mais Léopold ne doutait
pas d'être transféré au chef-lieu et d'y être
détenu durant plusieurs mois, car il paraissait bien improbable qu'on lui fît faire le
voyage pour le lâcher au bout de quelques
jours ou même d'une quinzaine. La perspective d'être ainsi arraché à Blémont pour aller
moisir, oublié, dans une prison lointaine, l'emplissait d'une rage meurtrière. Depuis que le
gardien l'avait bouclé au poste d'aiguillage, il
invectivait contre les puissances conjurées pour
sa perte, scandant ses malédictions et ses injures de coups de pied dans la porte et même
de coups de tabouret, ne suspendant ses gueu-
lées que pour prendre haleine ou refaire sa
salive, tant qu'il était moulu, harassé, toutes
les veines du cou, de la face et du crâne gon-
flées d'un sang noir, la cervelle en ébullition,
l'apoplexie à deux doigts.

« Je crache, hurlait-il, à la face aux com-

munos et aux autres vaches de la Résistance!
Thorez, je lui crache dessus, le gouvernement,
je l'emmerde! Vivent les Boches! Hitler au pouvoir! Hitler, c'est mon homme, je vous le dis
dans le nez! Pourris, dégueulasses, alcooliques,
vous aurez pas la peau de Léopold! C'est moi qui
vous crèverai tous! Vos de Gaulle et vos Thorez
et les autres Monglat, et vos tordus de la foire
d'empoigne, je les aurai en descente de lit! Et
moi je vous pisserai dans le dos en buvant
le coup de blanc avec le Maréchal! et avec
Laval! et avec Andromaque! Parce qu'Andromaque, elle vous emmerde aussi, vous et vos
Anglais et vos Amerloques! Et Hermione, et
Pyrrhus, et Oreste, et Pylade, et M. Didier, et
Racine, et Corneille, et La Fontaine, et
Mme de Sévigné, et Molière, ils vous dégueu-
lent! Ils vous méprisent parce qu'ils savent que
vous êtes que des cons et des ignorants! »

Ce fut là sa dernière lancée. Il était d'ailleurs à bout de souffle et non pas d'inspiration.
Depuis plus de deux heures qu'il gueulait, sa
voix s'éraillait, il avait la gorge serrée, nouée,
brûlée, la bouche sèche et la langue d'étoupe.
Après un dernier coup de pied dans la porte,
il s'avança vers le milieu de la cellule, étonné
et comme dépaysé par son silence. L'obscurité
y était à peu près complète. Comme toutes les
fenêtres des cellules donnant sur la rue, la
sienne était masquée par une hotte en bois, in-
terdisant au prisonnier la vue de l'extérieur,

sauf, par en haut, une échappée rectangulaire
sur le ciel. Léopold resta un moment immobile au centre de la pièce, puis vint à la fenêtre
et, levant les yeux vers le rectangle de ciel, il
lui parut que la soirée devait être avancée.
Sans doute ne tarderait-on pas à l'extraire de
sa cellule. Il y avait un train pour le chef-lieu
à dix heures et quelque. Une onde de fureur
lui monta au cerveau et il poussa son visage
entre deux barreaux pour sentir sur ses tempes
brûlantes la fraîcheur du fer. Il était dans cette
position depuis quelques secondes lorsque son
œil fut impressionné par une sorte de miroite-
ment. Devenu attentif, il reconnut qu'un trou
circulaire d'environ un centimètre et demi de
diamètre avait été pratiqué dans la hotte. Un
nœud du bois avait sauté à la jointure de deux
panneaux de chêne, vraisemblablement sous
l'effort d'un ancien occupant de la cellule. Tâ-
tonnant du regard, Léopold déplaça son visage
pour trouver l'axe de visée le plus propice et
aperçut, à quelque cinquante mètres de là, une
fenêtre ouverte qui s'inscrivait presque exactement dans le trou rond du bois. Une ampoule
électrique allumée brillait entre les deux battants de la fenêtre et un homme en bras de
chemise, un homme libre, s'appuyant des deux
mains sur le rebord de la croisée, semblait goû-
ter le calme et la fraîcheur du soir qui tombait
sur Blémont. Ainsi penché sur la rue, il se redressa pour allumer une cigarette et, tandis que

la flamme du briquet éclairait fugitivement son
visage, il tenait la tête droite comme s'il regardait devant lui le mur de la prison et ses
fenêtres aveugles. Le prisonnier eut l'impression que leurs regards s'étaient rencontrés, mais
l'homme libre quitta la fenêtre et sa silhouette
se perdit dans le fond de la pièce. La fenêtre
restait éclairée et Léopold, le cœur serré, ne
quittait pas son poste d'observation. Enfin la
lumière s'éteignit et la nuit étant presque faite,
il ne vit plus rien. Pourtant, il demeura immobile, attentif aux bruits de la ville qui montaient
dans la paix du soir, bruits d'un pas sur la chaussée, d'une voiture roulant sur la nationale, d'appels lointains, d'aboiements et, dans les intervalles de silence, la voix grave et monotone de
la rivière tombant du barrage. A plusieurs reprises, une femme appela le nom de Lucette
jusqu'à ce qu'une voix de jeune fille lui ré-
pondît, et Léopold se souvint d'une voisine,
Julie Gauffrier, lançant ainsi des appels inquiets tandis que sa fille s'accrochait au cou
d'un garçon dans un recoin d'ombre. Les
moindres bruits de l'extérieur lui restituaient
l'odeur et la couleur du soir sur la place Saint-
Euloge. Jamais, depuis qu'il était en prison, le
décor de sa libre existence passée ne s'était
imposé à son esprit avec une présence aussi
bouleversante. La prison, qui le séparait d'un
monde si proche où il se sentait appelé, lui
sembla une chose absurde, d'une réalité presque

contestable à laquelle il avait jusqu'alors trop
facilement consenti. La liberté était de l'autre
côté des barreaux, derrière cette hotte en bois
qu'un coup d'épaule suffirait à enfoncer. Sans
se demander comment il sauterait d'un
deuxième étage, avec une confiance furieuse
et irréfléchie, il s'attaqua aux barreaux. La
fenêtre était haute, Léopold monta sur l'escabeau et, dans son ignorance de la plus élémentaire technique des évasions, entreprit de ployer
l'un des barreaux avec le seul effort de ses
mains. Un peu surpris par la résistance qu'il
rencontrait, mais confiant dans sa force, il per-
sévéra. L'obscurité était maintenant complète.
Au bout d'un instant, il eut l'impression que
le barreau de fer s'infléchissait dans le sens de
son effort. Comme il poursuivait sa besogne
avec une ardeur accrue, il entendit derrière lui
le bruit d'une clef tournant dans la serrure et,
sautant à bas du tabouret, s'adossa à la fenêtre.
La porte s'ouvrit grande et la lumière du
couloir vint l'éclairer en face. A la vue du prisonnier, le gardien, qui avait fait un pas dans
la cellule, s'arrêta court. Léopold était effrayant.
Dans son énorme face de gorille, érubescente
et hérissée d'un poil de trois jours, les yeux à
demi clignés luisaient de colère, et la lèvre retroussée découvrait sa formidable dentition. Conscient de courir un danger, le gardien demeurait
à l'entrée de la cellule et mettait sa main sur
sa hanche, à proximité de son revolver.

« Qu'est-ce que tu viens foutre ici? gronda
Léopold.

— Ne fais pas le méchant, gros lard, je viens
t'annoncer que tu es libre. »

Comme le prisonnier restait bouche bée et
paraissait ne pas comprendre, le gardien ajouta :

« Je te dis que tu es libre, que tu rentres chez
toi ce soir. On descend au bureau pour te libé-
rer. Alors, tu t'amènes? »

Léopold ne bougea, ni ne répondit. Il se
méfiait. Ses trois semaines de détention l'avaient
instruit des habitudes de la prison.

« Depuis quand est-ce qu'on relâche les prisonniers à cette heure-là? demanda-t-il.

— Ce n'est pas l'habitude, convint le gardien,
mais pour ce soir, c'est comme ça. »

Léopold quitta sa cellule avec un reste de méfiance et ne crut vraiment à la nouvelle de son
élargissement qu'en arrivant au rez-de-chaussée
où le paperassier de service lui en donna confir-
mation. Pendant qu'il était procédé aux forma-
lités de la levée d'écrou, le directeur de la
prison entra dans le bureau et s'approcha de
Léopold avec un air de gravité, nuancé de bienveillance.

« Lajeunesse, lui dit-il, vous voilà rendu à la
liberté et j'en suis heureux pour vous.

— Bien aimable, grommela le cafetier.

— J'espère que vous oublierez très rapidement, reprit le directeur en appuyant sur les
mots, votre séjour dans cet établissement. Dites-

vous bien, mon ami, que la France est encore
en état de guerre. Ayez donc la sagesse de
reprendre vos occupations comme s'il ne s'était
rien passé et sachez, par votre discrétion, méri-
ter la mesure de bienveillance dont vous venez
d'être l'objet de la part des pouvoirs adminis-
tratifs. Dans une époque où la trahison est
partout à l'affût, les responsables de la sécurité
de l'Etat ont le devoir de suspecter tous les
citoyens, mais plus particulièrement ceux qui ont
déjà été placés en observation. Evitez à tout
prix de vous faire remarquer, je vous le dis
dans votre intérêt, par des propos inconsidérés.
Evitez aussi, dans la mesure du possible, de
répondre aux questions qui ne manqueront pas
de vous être posées et si vous y êtes obligé,
tenez-vous-en à la stricte vérité : il faut avoir
le courage de reconnaître ses propres torts.

— Ça va, j'ai compris la consigne. Vous n'êtes
pas près d'entendre parler de moi.

— Je vous le souhaite, Lajeunesse. Allons,
bonne chance, mon ami. »

Il était dix heures moins le quart, la nuit
était sombre. En passant rue de l'Arbre-Gercé
(qui s'était appelée jadis rue de l'Arbre-de-Jessé),
Léopold s'arrêta devant le pâté de maisons qui
faisait face au mur de la prison et essaya de
reconnaître la fenêtre qui lui était apparue par
le trou percé dans la hotte, mais il ne put y parvenir. La plupart des rues étaient obscures. La
municipalité, pour le retour du premier contin-

gent de prisonniers, avait fait l'effort de rétablir en partie l'éclairage de la ville, mais les ampoules électriques avaient été volées dès la deuxième nuit de leur mise en service. Soucieux des recommandations du directeur, Léopold évita la rue Paul-Bert éclairée par l'entrée du cinéma, devant laquelle stationnaient une cinquantaine de personnes sorties prendre le frais pendant l'entracte.

Quatre clients jouaient aux cartes et Rochard, debout derrière eux, suivait la partie avec intérêt. Le cordonnier de l'impasse d'Ajoul, solitaire et silencieux, buvait au comptoir son troisième verre de marc. Un camion traversa la place Saint-Euloge et fit trembler les rangées de bouteilles d'apéritif. Derrière le zinc, Andréa lisait le feuilleton de *Libération-Eclair*, l'hebdomadaire blémontois, lorsqu'elle entendit un bruit de pas dans la cuisine. Léopold, voyant entrer sa femme, mit un doigt sur ses lèvres pour prévenir une explosion tumultueuse.

« Pas la peine d'informer les clients, dit-il en l'embrassant. Je t'expliquerai tout à l'heure. »

Andréa eut une crise de larmes qu'il laissa passer sans impatience. Lui-même était ému et considérait la compagne de sa vie avec attendrissement. S'étant ressaisie, elle s'excusa et voulut l'interroger sur les circonstances de son retour, mais à la première question, il fit avec le pouce de la main droite un signe impératif.

Elle courut lui chercher un litre de blanc. Léopold en fit trois rasades coup sur coup et n'entreprit son récit qu'après avoir fait venir deux
autres litres. Tout en évoquant les mauvais jours
passés en prison, il ponctuait ses impressions de
fréquents coups de blanc. Andréa crut observer
que le vin dont il s'était déshabitué, lui montait
quelque peu à la tête. Soudain, il interrompit
son récit pour demander un crayon et du papier.
S'étant assis à la petite table de la cuisine, il
écrivit presque sans hésitation :

Passez-moi Astyanax, on va filer en douce.
Attendons pas d'avoir les poulets à nos trousses.

ANDROMAQUE

Mon Dieu, c'est-il possible! Enfin voilà un homme!

Il en était là, lorsque maître Mégrin frappa
à la porte du couloir. L'avocat venait s'excuser
auprès d'Andréa de n'avoir pu, selon sa promesse, aller rendre visite au prisonnier dans
l'après-midi. Léopold se réjouit fort de sa surprise et recommença pour lui le récit de sa
dernière soirée en prison.

« Mais le plus beau de l'affaire, c'est que tout
à l'heure, pendant que je racontais l'histoire
à la vieille, j'ai eu comme un coup de chaleur
dans la tête et je ne vous mens pas, monsieur Mégrin, mais je me suis senti des vers
qui me sortaient de partout. C'est bien simple,
je n'avais plus qu'à les écrire. A présent, j'ai

mon deuxième vers et, tenez-vous bien, j'en ai
un troisième, sans parler des autres qui viennent
derrière. Expliquez ça comme vous pourrez, mais
c'est un fait. Voyez-vous, monsieur Mégrin, je
vais vous dire une chose : en prison, c'est
presque obligé, l'homme médite. Résultat, j'ai
la poésie dans la viande. Moi, Léopold, la
poésie, je couche avec. C'est ma vraie femme.
Monsieur Mégrin, je vais vous dire encore
une chose. Une chose que je ne dirais pas
à n'importe qui. A la rentrée d'octobre, j'aurai
mes sept ou huit cents vers et j'en ferai la
surprise à M. Didier pour qu'il les donne à
étudier à ses élèves de troisième. »

Léopold commençait à être saoul, ce qui ne
lui était pas arrivé depuis près de vingt ans.
Ayant pris connaissance des trois vers, Mégrin
complimenta sincèrement l'auteur et lui demanda l'autorisation de les recopier.

Les quatre joueurs de belote étaient rentrés
chez eux, et le cordonnier, après son qua-
trième alcool, était sorti à son tour. Rochard,
comme chaque soir, rangea les chaises sur les
tables, retira le bec de cane de la porte d'entrée et, après avoir éteint les lumières, passa
dans la cuisine. Depuis quelques instants, il était
intrigué par un bruit de conversation et hésitait à reconnaître la voix du patron.

« Tiens, voilà mon arsouille », dit Léopold.

Lorsque Rochard s'approcha, il lui appliqua
un soufflet qui le fit trébucher, mais c'était

pour rire. Rochard le comprit bien et répondit
par un sourire de gratitude.

« Il a été correct? » demanda le cafetier.

Andréa n'avait eu qu'à se louer des services
de son aide. Constatant qu'il était près de
dix heures et demie, Mégrin se retira. Léopold fit avec lui quelques pas dans le couloir et, après les dernières civilités, revint vers
la cuisine, mais comme il se sentait la tête
lourde, il se ravisa et décida de prendre l'air
sur la place Saint-Euloge. Il n'était pas encore
au bout du couloir qu'il entendit l'avocat crier
et appeler au secours. « J'arrive! » jeta Léopold en prenant le galop. Dans l'obscurité, deux
formes s'étreignaient en gesticulant. « Il vous
a fait mal? — Un coup de genou dans le bas-
ventre, mais ça va. » Guidé par la voix de
l'avocat, Léopold se saisit de l'agresseur et
l'emporta sous son bras. L'homme se débattait en silence.

« Qu'est-ce qui s'est passé?

— Je venais de dépasser la boutique de Ca-
nosse quand l'animal m'est tombé dessus. Il
faisait noir, je ne l'ai même pas vu venir. Il
m'a porté un coup dans le bas-ventre et il
m'a frappé au visage, mais heureusement pour
moi, il était plutôt maladroit et j'ai pu me
cramponner à lui jusqu'à votre arrivée. Ce
doit être quelque vagabond, un crève-la-faim
qui en voulait à mon portefeuille et qui n'a
même pas eu la force de faire son coup.

— On va voir ça de près. »

Lorsque Léopold déposa son fardeau sur une chaise de la cuisine, il y eut d'abord un silence de stupeur et Mégrin s'écria, indigné :

— Comment? c'est vous qui vous livrez à des agressions nocturnes sur les passants? Vous, un professeur du collège de Blémont? C'est inouï! Allons, parlez! Je veux savoir pourquoi vous m'avez attaqué. »

Affalé sur sa chaise, les cheveux répandus dans la figure, le sang coulant de sa lèvre inférieure, Jourdan était livide et avait peine à retrouver son souffle. Léopold, en s'emparant de sa personne, ne s'était pas privé de le rudoyer un peu et, durant le transport, il lui avait plus ou moins cogné la tête et les membres contre les murs. Sous le regard ironique de Rochard, le professeur articula péniblement.

« Excusez-moi. Je me suis trompé. Je vous avais pris pour un autre.

— Qui me le prouve? Et m'auriez-vous pris pour un autre, l'agression n'en serait pas moins impardonnable. »

Jourdan eut un geste de lassitude comme pour éluder le débat. Il avait tiré son mouchoir et l'appliquait en tampon sur sa lèvre blessée.

« Je lui arrache la tête? proposa Léopold.

— Allons, restez tranquille, répondit l'avocat.

— Restez tranquille! C'est bien joli, restez tranquille! Et eux, est-ce qu'ils nous laissent

tranquilles? Ils m'ont envoyé en prison, maintenant voilà qu'ils vous attaquent parce que
vous êtes mon avocat. Si ça se trouve, demain,
ils foutront le feu à ma cambuse ou ils me
descendront à mon comptoir! Mais pardon,
j'existe. Je vais leur montrer les bonnes manières, à tous ces gens-là! Y a pas de communiste qui tienne! J'ai jamais eu peur de qui-
conque! Et d'abord, je m'en vais leur dire un
peu ce que je pense à ces fumiers-là! »

Léopold s'exaltait en parlant et, sous l'empire du vin blanc, retrouvait la colère qui
l'avait secoué derrière les verrous du poste d'aiguillage. Fonçant dans la chambre à coucher,
il en sortit avec un clairon dans la main droite
et dans la gauche un porte-voix, souvenir de
son ancienne profession de lutteur de foire.
Ses intentions étaient trop claires pour ne pas
alarmer sa femme et ses amis. Andréa se pendit
à son bras en lui rappelant les conseils du
directeur de la prison. Mégrin et Rochard lui-
même l'adjuraient de se montrer prudent, mais
rien ne put le retenir. Ecartant sa femme, il
quitta la cuisine.

Campé sur le trottoir devant la porte du
Progrès, Léopold emboucha son clairon et sonna
le *Rassemblement* qui éclata comme une aurore dans le parfait silence de la nuit, et porta
aux quatre coins de Blémont. Sur la place
Saint-Euloge, des fenêtres s'éclairaient. Léopold
se mit à beugler dans son porte-voix :

« Citoyens et citoyennes de Blémont, on vous cause! Ici, Léopold Lajeunesse, dit Léopold de Cambrai, champion d'Europe et des Balkans! Un homme sans peur et sans reproche qui a été emprisonné injustement par les communistes pendant trois semaines. Des voyous et des abrutis payés par Moscou ont voulu écraser dans l'œuf l'intelligence et la poésie! Mais l'intelligence se relève pour uriner au fondement de ces adversaires sans scrupules! Et la poésie se relève aussi pour crier avec les personnes loyales : A bas Thorez! A bas de Gaulle! A bas la patrie! »

Léopold interrompit sa harangue pour donner un coup de clairon. Appuyée par Mégrin et Rochard, Andréa le suppliait de s'en tenir là, mais ces premiers beuglements n'étaient pour lui qu'un hors-d'œuvre, à peine un prélude, et il lui restait à dire le plus copieux, le plus lourd.

Jourdan avait profité du tumulte pour s'esquiver et en vérité, personne n'avait eu la moindre envie de le retenir. Ayant regagné sa chambre, il soigna sa lèvre fendue et se mit à écrire :

« Chère petite maman bien-aimée — Je t'écris au retour de mon expédition qui s'est terminée d'une manière inattendue. Trompé par la nuit, j'ai attaqué, au lieu de Rochard, un avocat qui sortait du couloir du Progrès. C'est assez dire que l'aventure n'a pas tourné à mon avantage. N'importe, je suis content de moi. Je me suis porté contre l'adversaire avec résolution et j'ai réussi (non sans peine, il est vrai, puisque j'ai cru défaillir au moment où l'ennemi sortait du couloir) à surmonter mes appréhensions. La preuve est ainsi faite que je suis capable de mordre durement sur les réalités les plus ingrates et il ne saurait être question maintenant des doutes ridicules dont je t'ai fait part tout à l'heure. Quant aux péripéties et aux suites de la rencontre... »

XXI

ARCHAMBAUD sortit son complet le plus neuf,
un bleu foncé fileté de blanc, celui qu'il s'était
fait faire au marché noir en 43, et qu'il réser-
vait pour les cérémonies, les voyages à Paris,
les repas chez le patron de l'usine ou chez
d'autres notables. En le prenant dans le placard, il lui souvint de l'avoir porté pour la
première fois lors de la venue du Maréchal à
Blémont. Le vieux avait été reçu à l'hôtel de
ville et les ingénieurs et chefs de service de
l'usine figuraient en corps à la cérémonie. Au-
dehors, la foule avait envahi la place et débordait dans les rues avoisinantes et une grande
clameur de tendresse montait vers le balcon
de la mairie. Archambaud songea qu'il allait
se trouver tout à l'heure en face de cette même
foule prête à soutenir de ses acclamations les
paquets d'injures que ne manqueraient pas de
prodiguer les orateurs à l'adresse du Maréchal.
Anxieux de savoir comment il se comporterait
lui-même au milieu des officiels, il se mépri-

sait déjà. Sans doute s'abstiendrait-il d'applau-
dir, mais sa probité n'irait pas jusqu'à protester.
Seul en serait capable un de ces êtres naïfs
et compliqués du type Maxime Loin, qui ac-
cordent plus d'importance à ce qu'ils pensent
qu'à leur subsistance.

Pour l'instant, Loin était dans une grande
anxiété, car Mme Archambaud, prétextant une
migraine violente, avait décidé de rester à la
maison. En outre, elle prétendait n'avoir pas
trop de toute sa matinée pour se préparer à
recevoir Watrin et son fils qui devaient déjeuner
chez l'ingénieur. Loin lui représentait vaine-
ment qu'il était de son devoir d'assister à la
cérémonie et que l'absence d'une personne de
sa qualité ne manquerait pas d'être commentée
avec malveillance. Archambaud, qu'il essaya
plusieurs fois de mettre dans son jeu, n'attachait aucune importance à la décision de sa
femme. Germaine n'a qu'à faire ce qui lui
plaît, disait-il. Loin voyait venir avec crainte
le moment où il céderait de gré et de force,
mais surtout de gré, aux instances de Mme Archambaud. Sa conscience lui reprochait de
trahir son bienfaiteur, mais plus encore de trouver un attrait, même passager, à une créature
de quatre-vingt-cinq kilos et d'un peu de mous-
tache. Il croyait à l'existence d'une harmonie
préétablie entre les femmes jeunes, jolies, bien
faites, et les hommes appartenant à une élite
spirituelle et c'était sa conviction douloureuse

qu'un homme de valeur, tel qu'il jugeait être,
ne pouvait, sans démériter, consentir à l'étreinte
de Mme Archambaud.

Les enfants étaient sortis l'un après l'autre.
Marie-Anne devait rejoindre le fils Monglat dans
les ruines de la rue Emile-Bon, près de la gare.
Pierre était allé se perdre solitairement dans
la foule, sans autre but que de fuir l'écœurant
voisinage de Loin. Archambaud n'avait plus qu'à
enfiler son veston lorsque Watrin entrouvrit la
porte pour lui demander de l'aide. N'ayant
qu'un complet, celui qu'il portait tous les jours,
le professeur avait voulu faire honneur à son
fils en mettant un faux col cassé et n'arrivait
pas à ajuster son bouton de col. Sa cravate
verte, rehaussée de motifs grenat, était posée
sur la table.

« Excusez-moi, dit Archambaud, mais vous
ne pensez pas qu'il vaudrait mieux mettre
une cravate noire?

— Pourquoi?

— Pour votre fils. Comme vous allez lui annoncer la mort de sa mère...

— Vous avez raison, j'aurais dû y penser. Je
trouve qu'il n'y a rien de plus charmant que
cette habitude de porter le deuil d'un parent
ou d'un époux. Elle procède d'un si joli sentiment. Ah! les hommes sont des êtres merveil-
leux. Dire que l'idée ne m'est jamais venue
de porter le deuil de Thérèse. Il est vrai que
sa mort a été pour moi une grande joie.

Tout de même, j'avais là l'occasion de lui faire une gentillesse et je regrette de n'y avoir pas pensé. »

Mme Archambaud, impatiente, vint les presser de ne pas se mettre en retard. Elle noua elle-même la cravate noire du professeur, ajusta les manchettes de son mari, tendit à chacun son veston à enfiler, et les poussa tous deux dans le couloir, sous le regard sombre de Maxime Loin.

« Je ne vois pas pourquoi, dit Archambaud, Germaine nous presse tant. Nous avons encore plus d'une demi-heure avant le train. Vous n'avez pas envie de boire quelque chose? »

Montant vers la gare, une foule endimanchée déferlait dans les rues entre les maisons pavoisées. L'usine avait donné congé à ses ouvriers et la plupart des boutiques étaient fermées. Les habitants des plus proches villages étaient venus nombreux. En traversant la place Saint-Euloge, Watrin entendit plusieurs fois prononcer le nom de Léopold, régulièrement ponctué par des rires de gaîté et il s'inquiéta. Au Progrès, Rochard se démenait avec économie, face à une dizaine de buveurs alignés au zinc. Le professeur demanda si on avait des nouvelles du patron.

« Ça va », répondit simplement Rochard.

Les clients parlaient de Léopold, de coups de clairon, de coups de gueule, et s'esclaffaient bruyamment.

« Alors, quoi, dit l'un d'eux, en s'adressant à Rochard, il ne va pas se montrer un peu? Où c'est qu'il est?

— J'en sais rien. Moi, je fais mon travail. Le reste n'est pas mon affaire. »

N'osant reparaître derrière son zinc, Léopold se cantonnait dans la cuisine et se repentait amèrement de son éclat de la veille. Vu l'état d'ébriété dans lequel il était alors, le cafetier n'avait retrouvé au matin que des souvenirs confus. Il se rappelait les accents du clairon emplissant la nuit de Blémont, mais le ton et la substance de sa harangue se perdaient dans une obscurité redoutable.

« Enfin quoi, qu'est-ce que je leur ai raconté, au juste? demandait-il à Andréa.

— De toutes les couleurs que tu leur en as raconté. Y en avait pour tout le monde : La Résistance, l'armée, la police, les communistes surtout.

— Ah! bon Dieu! gémissait Léopold. Et qu'est-ce que j'en disais des communistes?

— Ce que tu en disais? Qu'ils étaient des cons, des assassins, des cochons, des vendus...

— Ah! bon Dieu de bon Dieu! Quand même, je n'ai nommé personne?

— Non, tu t'es gêné. Gaigneux, Jourdan, Ledieu, Fougerot, ils y ont tous passé. Et le directeur de la prison. Plus bas que terre, que tu l'as traité.

— Le directeur! Misère! Et qui encore?

— Monglat. Qu'est-ce que tu n'as pas raconté sur Monglat... qu'il était un menteur, un voleur, qu'il avait gagné plus d'un milliard avec les Boches.

— Ah! nom de Dieu! C'est la fin de tout. Monglat!

— Tu causais souvent aussi d'un nommé Racine.

— Pour celui-là, je n'ai pas pu en dire de mal. Racine, par le fait, c'est un peu mézigue. Naturellement que je ne vais pas me comparer à un homme qui a écrit trente ou quarante mille vers, moi qui n'en ai encore que trois, mais lui aussi a commencé par le commencement. Hier soir, justement, j'étais bien parti. Du train où j'y allais, j'en serais peut-être à mon quinzième vers aujourd'hui si j'avais su me retenir de leur envoyer leurs quatre vérités, à ces cochons-là. Mais allez donc travailler quand vous attendez les gendarmes. A l'heure de maintenant, un poète, on vous le flanque en prison avec les satyres et les assassins. Et rien à boire. Eh bien, moi, leur prison, je n'y retournerai pas. Et ils peuvent venir me chercher. Ils peuvent m'envoyer les gendarmes, la police et les F. F. I. par-dessus le marché, je me charge de les recevoir. »

Telles étaient, au moment où Watrin et Archambaud quittèrent le Progrès, les dispositions de Léopold qui passait par des alternatives de révolte et de découragement. Au cours de la

journée, le vin blanc aidant, la colère devait
l'incliner de plus en plus à la révolte. Il ne
doutait pas d'être arrêté dans les deux jours et
Andréa, en proie à la même certitude, le pressait de s'enfuir dans la campagne où il avait
la possibilité de trouver un asile sûr. Léopold objectait qu'en se soustrayant ainsi à une
arrestation, il risquait de s'exiler pour un très
long temps et qu'à tout prendre, mieux valait
pour lui d'aller en prison, jurant d'ailleurs
l'instant d'après qu'il ne se laisserait pas enfermer. De temps à autre et sans conviction, il
caressait l'espoir qu'à l'occasion du retour des
prisonniers, on passerait l'éponge sur son in-
cartade.

Gendarmes et agents contenaient la foule autour d'un large espace en demi-lune, laissé
libre devant l'entrée de la gare. A gauche de
la porte se tenaient le maire, les conseillers
municipaux, le sous-préfet, le chanoine Bertin,
le curé Jaillet, les ingénieurs de l'usine et divers notables, parmi lesquels Monglat père.
A droite, huit F. F. I. en armes, les représen-
tants du parti communiste et ceux du parti
socialiste et le corps enseignant de Blémont. Le
chef de gare avait prêté son balcon du premier
étage à l'Harmonie blémontoise. Les socialistes
déployaient un très grand drapeau tricolore
qu'ils avaient fait confectionner en secret pour
la circonstance, mais les communistes, ayant eu
vent de quelque chose, en arboraient un plus

vaste et qui était à franges dorées. Jourdan,
rompant avec le protocole, s'était séparé de ses
collègues pour rejoindre le drapeau du parti,
mais sa mésaventure de la veille était déjà
connue des camarades qui s'en entretenaient à
voix basse et s'en amusaient. Gaigneux lui-
même, bien que la conduite résolue du jeune
professeur le lui rendît presque sympathique,
ne pouvait s'empêcher de sourire à chaque fois
que son regard se posait sur la lèvre tuméfiée
de l'agresseur.

Le chef de gare apparut sur le pas de la
porte et annonça que le train avait un quart
d'heure de retard. L'assistance était grave, un
peu émue. Jourdan fut vivement contrarié par
le retard du train. Sentant flotter autour de
lui l'ironie, d'ailleurs bienveillante, de ses camarades, il était à la fois peiné et intimidé.
D'un ton presque agressif, il les entreprit sou-
dainement sur le chapitre de Léopold et la
nécessité de sanctionner sévèrement ses reten-
tissantes injures à l'égard du parti. Un silence
hostile accueillit sa proposition. On était las
des histoires de Léopold, sans compter que le
personnage était sympathique. A la différence
de Jourdan qui se sentait constamment communiste et jusque dans les plus humbles circonstances de la vie quotidienne, les camarades
étaient bien loin d'avoir cette conscience presque
physique de leur mission et, essayaient-ils de se
situer dans l'existence, c'était en se référant à

leur travail, à leur famille, à leurs amitiés, à
leurs habitudes, à des liens personnels avec le
monde qui les entourait. Aussi restaient-ils sen-
sibles à l'humour que comportait pour un Blémontois la tonitruante sortie de Léopold.
Comme le professeur revenait à la charge, l'un
d'eux lui répondit : « Tu nous casses la tête
avec ça. On l'a sorti de prison hier, on ne
va pas l'y remettre aujourd'hui. » Et un autre
ajouta : « Tu n'as qu'à le dérouiller et ce
sera réglé. » Ces dernières paroles, évoquant
Jourdan aux prises avec Léopold, provoquèrent
un accès de gaîté qui alla jusqu'au fou rire.

Jourdan, les mâchoires crispées, tourna le
dos aux rieurs. Irrité, il leur en voulait surtout de l'indulgence perverse dont ils faisaient
preuve à l'égard du cafetier. « Rien de plus dangereux chez le travailleur français, songeait-il,
rien de plus pernicieux que ce sens de l'humour et du pittoresque, qui vient affaiblir les
réactions normales de la conscience de classe.
C'est ce manque de gravité-là qui fait justement
le jeu de l'adversaire. La bourgeoisie le sait
bien puisqu'elle se sert de ses Fernandel, de ses
Chevalier, de ses Edith Piaf pour proposer au
prolétariat la tragédie sociale sous des aspects
récréatifs, comiques, poétiques, attendrissants.
Le rire, la tendresse, la poésie, voilà les vrais
ennemis du peuple. Il nous faut un prolétariat en proie aux seuls sentiments de haine,
de tristesse et d'ennui. » Tandis que les

camarades, derrière lui, parlaient tout bêtement
de l'atelier, des gosses ou du film qu'ils étaient
allés voir la veille, il tournait sa mauvaise humeur contre le ciel trop bleu, la brise chargée
des odeurs des champs et surtout cette grande
foule trop bien vêtue qu'il aurait voulue lo-
queteuse, morfondue, pataugeant sous un cou-
vercle de nuages noirs, dans une gadoue pesti-
lentielle. Seule, la vue des ruines, dont la longue
perspective s'amorçait à gauche de la gare, lui
était de quelque réconfort. Les deux hôtels,
le café et l'imprimerie qui bordaient autrefois
la place n'étaient plus que des alignements de
moellons et des tronçons de murs, sur lesquels
s'étaient juchés quelques dizaines de Blémontois.

Derrière les décombres de l'imprimerie, dans
les ruines de la distillerie Monglat, Marie-Anne
et Michel devisaient en tête-à-tête, abrités des
regards des curieux par les pans de murs qui
délimitaient autrefois le bureau du marchand
de vin. Vêtu et coiffé de noir, col cassé et cravate gris perle, le fils Monglat parlait depuis
trois quarts d'heure et, d'écouter, Marie-Anne
était un peu abrutie.

« Nos ancêtres les chevaliers, qui chevau-
chaient bardés de leur armures de fer, menaient
une rude existence, mais toute de droiture et
d'idéal. Et ils étaient heureux. Pourquoi? parce
qu'ils avaient leur conscience pour eux. Aujourd'hui, on ne pense plus qu'à l'argent, le

niveau moral descend tous les jours un peu plus, et on est moins heureux qu'autrefois. Je pense qu'il est temps de pousser un cri d'alarme et de revenir à la simplicité de nos pères. Pour ma part, j'ai choisi de vivre dans la dignité. Notre bonheur, ma chérie, ne devra rien qu'à mon travail. J'ai des économies, j'achèterai un grand magasin de chaussures et avec le fruit de nos efforts, nous vivrons dans une aisance modeste, mais solide, qui nous permettra d'élever nos enfants et d'en faire plus tard des hommes d'honneur et des femmes d'intérieur. J'ai décidé que notre mariage se fera en octobre.

— Mais ton magasin, tu l'achètes à Paris?

— Non, ce sera soit à Bordeaux, soit à Lyon. J'ai pensé aussi à Lille.

— Mais moi, il faut que je sois à Paris. Justement, je commence mes cours de théâtre en octobre.

— Voyons, chérie, il n'est pas question de théâtre. Nous parlons sérieusement.

— Mais je parle très sérieusement. »

On entendit le sifflet encore lointain d'une locomotive, puis la rumeur de la foule.

« Voilà le train, dit Michel en se levant du tas de pierres sur lequel ils étaient assis. Pendant que j'y pense, tu n'as rien dit à Maxime Loin ni à personne de la combinaison dont je t'ai parlé hier soir?

— Non, pas encore.

— Ça ne marche plus. Je reçu une lettre

ce matin. Il faut attendre une dizaine de
jours. »

Marie-Anne s'était levée à son tour et, consi-
dérant le fils Monglat, le trouvait moins beau
qu'à son ordinaire. Le noir ne l'avantageait
pas. Il paraissait plus âgé d'au moins dix ans
et avait l'air entre deux messes. Le regard de la
jeune fille le gêna et il détourna le sien sur
l'ouverture de la porte qui encadrait un paysage
de ruines.

« La vérité, déclara-t-il avec effort, c'est que
je ne peux rien faire en ce moment, à cause
de mon père. Il est bouleversé par l'histoire
Léopold. »

Le train arrivait en gare. Michel ôta son
chapeau et posa un baiser sur le front de Marie-Anne. Avant de la quitter, il exprima le
regret de ne pouvoir la rencontrer dans l'après-
midi. Son père ayant pris rendez-vous avec le
préfet, il lui fallait l'accompagner au chef-
lieu.

« Ça ne fait rien », dit-elle en passant la
porte.

Seuls, les plus proches parents des prisonniers
avaient été autorisés à passer sur le quai. Quand
les soldats descendirent du train, il y eut une
mêlée inquiète dans laquelle Watrin se trouva
perdu un moment. Les embrassades étaient
presque silencieuses. On n'avait rien à se dire
qui pût tenir en quelques phrases et on échangeait plus de regards que de paroles. Watrin

évoluait maladroitement dans la confusion des
civils et des militaires, heurtait les gens, tré-
buchait sur des bagages et, comme un oiseau
effaré, tournait la tête en tous sens. Il cherchait un garçon de vingt-trois ans à la figure
un peu poupine et ce fut un homme de vingt-
huit, aux traits plus affirmés et plus mâles,
qui vint à lui. Les deux hommes s'embras-
sèrent. Le jeune Charles Watrin était accom-
pagné d'un soldat plus âgé que lui de sept
ou huit ans, un petit homme brun aux yeux
rieurs, qui promenaient autour de lui des regards curieux.

« C'est Fernand Gallien, dit Charles à son
père. On était au même commando. »

Gallien serra la main du professeur et s'éloigna discrètement. Il savait n'être attendu de
personne, car la nouvelle de la mort de son
père lui était parvenue en 43 et il ne lui restait qu'une tante âgée et impotente qui ne pouvait se déplacer.

« Et maman? » interrogea Charles.

Watrin n'y pensait plus. Il répondit en souriant :

« Ta maman est morte. »

Le garçon changea de visage.

« Elle a été tuée dans le bombardement. Elle
était chez des amis. La maison a été anéan-
tie. »

Les yeux secs, Charles, plein d'horreur, essayait d'écarter la vision de sa mère écrasée

comme un gros insecte et de retrouver les
images paisibles et aimables des jours d'autrefois. Watrin, remué de tendresse et de compassion, voulut le presser contre lui, mais s'y prit
maladroitement et s'embarrassa dans les bagages
déposés à ses pieds. Charles se dégagea de son
étreinte avec impatience. La locomotive cra-
chait une épaisse fumée qui se répandait sous
la verrière de la gare en un brouillard puant.
Le train démarra, emportant vers leurs desti-
nations respectives d'autres prisonniers libérés
qui chantaient aux portières la joie du retour.

« Quelle chose étonnante qu'un train, dit
Watrin. Et ces rails qui s'enfuient dans la
campagne, deux par deux, propres, luisants,
pimpants, quelle invention charmante. J'aime
bien les rails. »

Il avait un sourire d'émerveillement. Surpris
par cette légèreté d'humeur, le soldat considérait son père d'un œil méfiant et devinait
déjà que son veuvage n'avait jamais été pour
lui une épreuve très cruelle. De son côté, Watrin se rendit compte que son attitude n'était
pas accordée aux sentiments qu'éprouvait son
fils et voulut revenir à la mort de sa femme,
mais il n'en eut pas le temps. Le commissaire
de police, assisté de deux agents, s'occupait à
grouper les soldats pour les conduire devant
la foule et les autorités. Derrière eux, les parents refluaient à l'intérieur de la gare et se
pressaient aux fenêtres de la salle des pas per-

dus et de la salle d'attente pour assister au dé-
roulement de la cérémonie. Une grande clameur accueillit les soldats débouchant sur la
place. Ils étaient une quarantaine de Blémontois et quelques cultivateurs des communes voi-
sines, tous chargés de mallettes, de valises ou
de ballots. D'eux-mêmes, presque machinale-
ment, ils s'alignèrent sur deux rangs comme
pour un dernier appel. Quand la *Marseillaise*
éclata, ils joignirent les talons, le menton haut,
le regard fixe. Mais, peu à peu, les têtes se
tournaient vers la gauche. Sur le chemin du
retour, les prisoniers avaient appris le bombardement de Blémont. Bien que leur voyage à
travers l'Allemagne les eût familiarisés avec le
spectacle des ruines, ils n'avaient pas imaginé
leur propre ville ainsi réduite au tiers, ni ce
grand champ de décombres où se trouvaient
enfouis tant de souvenirs réchauffés pendant
cinq ans de captivité. Devant ces visages de
soldats, figés par la surprise, ces yeux agrandis
par la vision du désastre, la foule reprenait
une conscience nouvelle de son malheur. Le
sentiment d'une grande détresse commune
étreignit l'assemblée. Des femmes sanglotaient,
des hommes s'efforçaient de maîtriser leur émotion. Parmi les soldats, certains cherchaient du
regard l'emplacement d'une maison où ils
avaient eu leur foyer. Charles Watrin fixait
les tilleuls de l'ancienne place d'Agut, situant
ainsi exactement le lieu où il avait laissé sa

mère en février 40, à sa dernière permission,
mais son camarade Fernand Gallien, qui se
trouvait au premier rang à son côté, ne trouvait
pas de repère qui lui permît de situer la maison paternelle.

La *Marseillaise* terminée, le maire s'avança
sur le front des soldats. Il avait les yeux humides et le papier sur lequel était écrit son
discours tremblait dans sa main. « Mes chers
enfants, commença-t-il, après cinq années de séparation qui ont été pour vous... » Il dit les
souffrances morales et physiques des prisonniers, l'anxiété et la tristesse des familles de-
meurées sur le sol natal, l'espoir jamais défail-
lant. Soudain, il y eut un léger remous au
bord de la foule. Les agents chargés de contenir les spectateurs s'écartèrent pour laisser passer un groupe de cinq hommes d'entre vingt
et vingt-cinq ans, qui se dirigèrent posément
vers les militaires. L'un d'eux, le plus grand,
saisit le soldat Fernand Gallien par le bras,
le tira hors du rang et, après lui avoir porté
un coup de poing en pleine figure, le jeta
à terre. A son exemple, ses quatre compagnons
se ruèrent sur le prisonnier à coups de poing
et à coups de pied, frappant à la tête et au
corps. Gallien se débattait faiblement, perdant
son sang par la bouche et par le nez avec abondance. Le maire était devenu très pâle, mais
décidé à ne rien voir, il poursuivait son discours d'une voix vacillante : « C'est avec une

grande fierté et une immense joie que notre
vaillante cité accueille aujourd'hui ses fils les
plus chers... » Le commissaire avait tourné le
dos à l'exécution et se dirigeait vers le groupe
des conseillers municipaux. Les soldats, pensifs,
restaient à leur rang et, tirant du spectacle une
leçon de prudence, se pénétraient de l'idée
qu'ils étaient maintenant en liberté surveillée
et qu'il leur faudrait d'abord reviser les amitiés et les affections qu'ils avaient cru retrouver
au pays. Seul, Charles Watrin, poussé par un
mouvement généreux, fit un pas en avant, mais
rentra dans le rang aussitôt. Le maire trémo-
lait d'une voix fatiguée : « Votre sacrifice,
votre admirable résistance morale... » A l'ombre
du drapeau tricolore, Gaigneux se sentait mal
à l'aise et aurait souhaité pouvoir intervenir
ou au moins, s'esquiver, mais il gardait assez de
sang-froid pour ne pas céder à une tentation
aussi absurde. Tout comme son camarade Jourdan qui, lui, jouissait du spectacle sans arrière-
pensée coupable, il comprenait parfaitement
l'utilité et le bien-fondé d'un châtiment admi-
nistré en public. Ce Fernand Gallien, ancien
communiste en rupture depuis les accords ger-
mano-russes et précédé à Blémont par la réputation de vichyssois enragé qu'il s'était acquise
en captivité, ne méritait certes pas un mouvement de pitié. La correction qu'il était en train
de recevoir ne pouvait être que d'un bon exemple
pour la population blémontoise. Enfin, et c'était

là le plus important, l'accueil réservé à leur camarade ne manquerait pas de faire réfléchir les
autres prisonniers qui, au cours d'une longue
captivité, avaient nourri un sentiment trop exaltant de la liberté.

« La grandeur de la France... Le sinistre
vieillard... la clique des traîtres vichyssois... »
Le maire prit respiration et les applaudissements éclatèrent. Bachelin, le patron de l'usine,
applaudissait à bras tendus et surveillait ses
ingénieurs. En dépit de la promesse qu'il s'était
faite, Archambaud n'eut pas l'audace de refuser
ses applaudissements. Laissant Gallien sur le carreau, les cinq exécuteurs se retiraient tranquillement, sans vaine forfanterie, avec la bonne
conscience du travail bien fait. Au premier
rang des spectateurs, une fillette de trois ans,
dans les bras de son père, dit en montrant du
doigt les cinq hommes : « Méchants, méchants. » Le père se tourna aux voisins avec
un faible sourire, mais ne rencontrant que des
visages fermés et prudents, il baissa la tête, et
son pâle sourire s'effaça tandis que son front
se barrait d'un pli d'inquiétude.

Bien en vue, entre la foule inerte et le premier rang des soldats, Gallien restait allongé
sur le dos, le visage sanglant, la bouche tordue,
les yeux noyés de rouge, les lèvres et les paupières éclatées. Sa poitrine se soulevait à une
cadence précipitée, il poussait de petits gei-
gnements couverts par le discours du maire,

qui touchait à la fin de sa péroraison. « ...Pour
devenir, auprès de vos frères de la Résistance,
les artisans de son impérissable grandeur. » Applaudissements, la foule, les municipes, les communistes, les curés, les socialistes, les ingénieurs,
Bachelin, Archambaud. Ayant fait compliment
au maire de son éloquence, le sous-préfet quitta
le corps des officiels pour aller porter aux prisonniers le salut du gouvernement. Jeune, portant joliment l'uniforme, le visage aimable, le
regard profond, il allait d'une démarche aisée,
sans du tout voir l'homme ensanglanté gisant
sur le dos, lorsqu'un incident vint troubler son
assurance. Le professeur Watrin, ayant franchi
les rangs des soldats, se penchait sur le blessé
et, avec son mouchoir, essuyait le sang qui coulait sur son visage. Comme il passait la main
sous son dos pour tenter de l'asseoir, Gallien
poussa un cri de douleur. Le sous-préfet s'était
arrêté, surpris, et cherchait une contenance.

« Venez m'aider », lui dit Watrin.

Le sous-préfet eut un haut-le-corps et détourna la tête, quêtant du regard une inspiration auprès des officiels. Watrin, la main
levée, cherchait autour de lui un homme de
bonne volonté. Archambaud voulut être cet
homme, mais ne put trouver l'usage de ses
jambes. Par la suite, il ne devait jamais penser,
sans rougir, à ces quelques secondes pendant
lesquelles il s'était senti rivé à sa place comme
s'il eût été une molécule organique de la foule.

Le professeur, s'avisant qu'il avait un fils, se tournait vers lui :

« Charles, viens m'aider », ordonna-t-il.

Charles se dandina, rouge et hésitant, mais comme son père insistait, il sortit du rang. Les deux hommes soulevèrent le blessé avec précautions et l'emportèrent dans la salle des pas perdus où ils l'étendirent sur la banquette des bagages. Fernand Gallien semblait mal en point. L'aspect de son visage qui portait plusieurs blessures ouvertes était impressionnant, mais le professeur s'inquiétait surtout de ce qu'il ne pouvait voir. Le soldat se plaignait de très vives douleurs qu'il ressentait par tout le corps et le moindre mouvement lui arrachait un cri. Watrin gagna le seuil de la porte d'où il dominait le lieu de la cérémonie et, coupant le discours du sous-préfet, il cria dans ses mains en porte-voix :

« On demande d'urgence un médecin! »

L'appel demeura sans réponse. Interrompu au moment où il promettait aux prisonniers une rapide et superbe reconstruction de leur vaillante cité, le sous-préfet donnait des signes d'impatience, mais Watrin reconnut la barbe du docteur Moreux dans le groupe des notables.

« Docteur Moreux, je vous prie de venir donner des soins à un blessé! »

Le docteur s'effaça derrière un chapeau melon et resta muet.

« Docteur Moreux! s'emporta Watrin, vous

n'avez pas le droit de vous dérober! Je vous somme de venir voir un blessé dont l'état réclame des soins immédiats! »

La foule était attentive et silencieuse. Exaspéré, le sous-préfet fit signe au commissaire de police et lui dit à mi-voix :

« Voyons, monsieur Lachaume, c'est intolérable. Finissons-en. »

Le commissaire Lachaume s'empressa et fit venir auprès de lui deux agents.

« Docteur Moreux! reprit le professeur, vous porterez la responsabilité... »

Il ne put aller au bout de sa phrase. Le commissaire surgissait contre lui et le repoussait fermement dans la salle des pas perdus en l'exhortant à la sagesse.

« Allons, monsieur Watrin, soyez raisonnable. Si chacun se met en tête de faire du tapage, il n'y a plus de fête possible.

— Laissez-moi parler! J'accomplis ici un devoir d'humanité!

— Monsieur Watrin, vous allez retourner à votre place bien tranquillement et suivre la cérémonie...

— Je me fiche de la cérémonie. Il y a là un homme qui souffre...

— Ce n'est pas votre affaire, coupa le commissaire d'une voix irritée.

— Je reconnais que c'est la vôtre, mais puisque vous manquez au devoir de votre fonction...

— Puisque vous m'y obligez, je vais prendre à votre égard les mesures qui s'imposent. »

Le commissaire fit un signe à ses deux agents qui saisirent Watrin chacun par un bras.

« Conduisez M. le professeur Watrin hors de la gare. Vous ferez le tour par les ruines. »

Watrin donna un dernier regard au blessé qui continuait à gémir. Charles s'était discrètement esquivé. « Délivrée de ses ennemis, de tous ses ennemis, une France jeune, ardente, guidée par une élite dont l'intelligence, la hauteur des vues et l'humanité font l'admiration du monde entier... », clamait l'orateur.

XXII

ENCADRÉ par les deux agents et poursuivi par la
voix du sous-préfet, Watrin passa sur le quai de
la gare, longea la voie ferrée sur une cinquantaine de mètres et, franchissant une double rangée de maisons épargnées par le bombardement,
descendit parmi les ruines. Ses gardes du corps
l'avaient abandonné. Il allait au hasard, la tête
encore chaude, entre les pans de mur, les alignements de moellons et les éboulis. La marche
détendit ses nerfs et apaisa son émotion. Il se
prit à considérer le comportement prudent de
son fils, mais sans colère ni indignation. Eu
égard à l'amitié qui le liait à Fernand Gallien,
Charles n'avait pas fait montre de beaucoup de
vaillance, ni d'une grande fierté. On imagine-
rait facilement qu'un garçon de vingt-huit ans,
voyant maltraiter et humilier son camarade de
captivité, va voler à son secours ou au moins
manifester hautement sa réprobation. En fait,
Charles s'était désolidarisé de Gallien et l'aurait

laissé crever sans même une parole de sympathie si son père ne lui avait forcé la main.
Pourtant, Watrin n'en concevait aucun mépris
à l'égard de son fils, imaginant quelle avait pu
être la stupeur d'un homme revenu au pays après
cinq ans d'absence pour assister à une agression
perpétrée avec le consentement de la foule et
des autorités. Devant le mystère des conventions
nouvelles qui réglaient l'ordre moral, le jeune
homme ne pouvait rien faire qu'il eût été
assuré de n'être pas un crime et en fait, il avait
montré un grand courage en aidant son père
à transporter le blessé. Ce n'était rien de moins
qu'un défi à la morale. Le professeur regrettait
presque maintenant d'avoir été aussi dur pour
le docteur Moreux qui n'avait pas voulu
répondre à son appel. Tout comme le maire,
le sous-préfet, les curés et le commissaire de
police, le docteur Moreux s'était rangé du côté
de la morale. C'était d'ailleurs le même souci
qui avait inspiré ces bonnes gens, l'année passée
au mois d'août, alors qu'ils prenaient tacitement
à leur compte le supplice du milicien.

Passant auprès de l'hôtel d'Houy, Watrin
pénétra dans le jardin par l'une des brèches du
mur de clôture. Une bombe ayant éclaté dans
la cave, il ne restait pas pierre sur pierre de
l'hôtel, mais le jardin, situé en contre-bas de la
maison, avait moins souffert. Les pelouses étaient
jonchées de débris projetés par l'explosion;
l'herbe envahissait les allées, des bouquets d'or-

ties poussaient un peu partout et, dans un angle
du mur de clôture, une bombe avait creusé un
large cratère. En revanche, les beaux arbres
étaient pour la plupart intacts comme aussi les
bosquets et les massifs de buis et le lieu gardait
l'ancienne harmonie des lignes, malgré les
pierres, les gravats, les éboulis et les herbes folles
qui lui donnaient un charme d'abandon roman-
tique. Oubliant son aventure, Watrin songeait
à la vieille marquise d'Houy, qui avait eu vingt
ans vers 1880, et l'imaginait jeune, mince,
flexible, ombrelle et robe à tournure, déambu-
lant sous les frondaisons entre le chanoine de
Blémont et le colonel des hussards. En arrivant
au fond du jardin, il découvrit, creusée dans une
butte de terre, une grotte artificielle d'où jail-
lissait une petite source dont l'eau s'écoulait sur
un lit de rocailles. L'endroit était frais, cerné
par des bosquets qui poussaient à l'ombre de
deux gros hêtres. Comme il approchait de la
grotte pour entendre chanter la source, le professeur sursauta, surpris par la présence d'une
jeune fille brusquement surgie d'une niche de
verdure où elle était assise sur un banc de pierre.
Croyant contrarier un rendez-vous, il s'abstint
de manifester son étonnement en reconnaissant
la fille des Archambaud. Elle avait pleuré, son
visage était rouge, elle tenait un mouchoir roulé
en boule. Il se disposait à lui abandonner le
terrain après une parole banale sur la fraîcheur
des ombrages, mais elle éclata en sanglots, le

visage enfoui dans ses mains. Watrin ne crut pas devoir la laisser seule et, en attendant qu'elle s'apaisât un peu, il regarda au fond de la grotte miroiter l'eau de la source. Marie-Anne cessa de sangloter. Laissant tomber ses deux mains, elle leva sur lui ses yeux en pleurs et, soudain, dit avec un accent de colère, comme si elle le chargeait d'un reproche qu'elle ne pouvait contenir plus longtemps :

« Je viens de rentrer à la maison et j'ai trouvé maman qui embrassait le collaborateur sur la bouche! »

Watrin ne fit que hocher la tête. Quelques secondes passèrent et Marie-Anne, avec le même accent de colère interrogea :

« Qu'est-ce que vous en pensez, vous?

— Presque rien.

— Une femme de son âge! Qui a une fille de dix-huit ans! »

Watrin plaida autant qu'il put la cause de Mme Archambaud. L'âge ne faisait rien à la chose, ni l'expérience qui est plutôt une incitation. A ses yeux, la faute de Mme Archambaud était de n'avoir pas pensé à fermer la porte à clé. Pour le reste, il n'y voyait qu'un accident. Nous sommes si riches, disait-il, si secrets à nous-mêmes, tant de sources bouillonnent en nous, et il y a tant de routes, de chemins, d'allées et de sentiers qui s'ouvrent à chaque instant devant nos pas, que le fait de s'égarer dans l'un ou dans l'autre n'a rien qui doive surprendre

beaucoup. Il affirma aussi que la vie était un
grand fleuve magnifique dont le courant nous
emportait entre des rives peuplées de chênes,
d'ibicus, de roseaux, de sapins, de cocotiers, de
flamants roses, de roses trémières, de lapins
blancs, de cerisiers en fleurs, de cannes à pêche
et d'éléphants, qu'il fallait conduire sa barque
de façon à ne pas gêner celles des autres, sans
oublier jamais de s'enchanter aux mille et mille
merveilles chatoyant à perte de vue, sans non
plus se demander toujours si les eaux du grand
fleuve ne rouleraient pas par hasard des rats
crevés, des ordures ou des vieilles rentières
étranglées. Marie-Anne trouvait que ce n'était
pas bien la question. Elle aurait souhaité que le
professeur situât l'aventure de sa mère dans un
cadre moins vaste.

« Monsieur Watrin, je suis très malheureuse.
Je ne pourrai plus me trouver en face de maman.

— Allons, allons, dirait-on pas que le monde
a changé de visage tout d'un coup.

— Justement, il a changé de visage.

— Eh bien, il faudra ne rien laisser paraître
de votre désarroi. Pensez dans quelle anxiété doit
être Mme Archambaud en ce moment et quels
seraient sa douleur et son affolement si elle
ne vous voyait pas rentrer à midi. Pensez aussi
que la pauvre femme vous observera en tremblant et qu'il dépendra de vous qu'elle surmonte
son humiliation et son désespoir. Il faudra toutes
les ressources de votre tendresse, toute l'ingénio-

sité de votre cœur généreux pour guérir une plaie aussi profonde, aussi brûlante. »

Vu sous cet aspect pitoyable, l'égarement de Mme Archambaud attendrit Marie-Anne. Son dégoût et sa rancœur fondaient dans un élan de charité. Watrin était très content de lui. Comme il se disposait à quitter les lieux, elle eut une nouvelle crise de larmes et le retint par la manche de son veston.

« Monsieur Watrin, j'ai un amant aussi. »

Le professeur sembla plus touché par cette révélation-là que par la première. Marie-Anne ajouta d'une voix brisée :

« Il veut acheter un magasin de chaussures et m'épouser.

— Alors, c'est très bien.

— Il a l'air d'un gros curé en civil et il n'a en tête que de faire remonter le niveau moral.

— Vraiment? dit le professeur. C'est épatant. On se sent tout heureux de penser qu'il existe des êtres aussi charmants. Cher gros curé en civil, on l'aime déjà, et son niveau moral et son magasin de chaussures. Ah! les hommes, Marie-Anne, les hommes! Quelles créatures adorables! Ils vont, ils viennent, ils sont cafetiers, professeurs, cordonniers, présidents, communistes, facteurs, ajusteurs, ingénieurs, cantonniers, ils ont chacun sa tête à soi avec quelque chose dedans bien à soi aussi, ils sont rusés, malins, gentils, et ils se démènent, ils s'aiment, ils se jouent des tours, ils se tuent. Des vrais petits diables. Voyez,

Marie-Anne, j'aime bien les éléphants et les
autres bêtes aussi et les arbres et les oiseaux.
Naturellement, les oiseaux. Mais j'aime mille
fois mieux les hommes, parce qu'ils sont mille
fois plus beaux. N'est-ce pas?

— Si vous voulez, répondit Marie-Anne, mais
lui, je le trouve bête. Il ne veut pas que je fasse
du théâtre. Il décide que nous vendrons des
souliers. Mais pourquoi serait-ce lui qui déciderait? Parce qu'il a de l'argent? Je me fiche de
son argent. Et ce complet noir, ce feutre noir,
ce faux col de marié. Tenez, je vois à qui il
ressemble. C'est à Lablatte, vous savez, le gros
sacristain visqueux de Saint-Euloge. Monsieur
Watrin, qu'est-ce que vous pensez de la virginité
des filles?

Watrin n'y avait jamais réfléchi. La fanfare
blémontoise, qui avait donné plusieurs fois
depuis le discours du sous-préfet, se fit entendre
encore un coup, mais plus lointaine.

« C'est le vin d'honneur à la mairie. Il est
temps que je me dirige de ce côté-là pour
prendre mon fils. »

Ensemble, ils quittèrent l'hôtel d'Houy et sor-
tirent des ruines près du grand carrefour où ils
se séparèrent. Sur le chemin de la maison, Marie-
Anne s'arrêta un instant pour attendre Gaigneux qui venait du centre de la ville. Sa présence au vin d'honneur n'ayant pas été jugée
indispensable, il avait lâché le cortège en route.
L'attente de Marie-Anne et le sourire dont elle

l'accueillit lui firent un sensible plaisir. Ils
échangèrent quelques paroles sur le retour des
prisonniers. La jeune fille se tournait parfois
vers lui avec un regard un peu triste dans lequel
il croyait deviner une obscure confidence. En
bas de l'escalier, elle mit sa main dans la sienne
et l'y laissa pendant la montée des deux étages.
A la porte de l'appartement, elle lui serra la
main avec force, et il fut bouleversé par la tristesse de son sourire.

Marie-Anne était allée directement à la salle
à manger, sans s'arrêter à la cuisine où Mme Archambaud et la femme de Gaigneux s'activaient
en silence, chacune pour son compte. Elle pensait avec anxiété à l'instant où elle se trouverait
en face de sa mère. Heureusement, Loin se
tenait caché dans la chambre des jeunes gens.
Mme Archambaud, en entrant dans la salle à
manger, ne chercha pas à éviter le regard de
sa fille. Contrairement aux supputations de
Watrin, elle ne semblait nullement torturée par
la honte et l'angoisse. Plutôt que de la gêne,
elle éprouvait de l'agacement et presque de
l'irritation à se trouver dans une situation qui
faussait un rapport d'autorité. En face de Marie-
Anne rouge et balbutiante, elle se tenait droite,
le menton haut, l'œil inquisiteur, et parlait du
ton sévère qu'elle eût pris pour la réprimander.

« Tu n'es plus une enfant. Tu es en âge de
comprendre qu'aucune femme n'est à l'abri de
certaines tentations. Ton père a cru bon d'intro-

duire ici un homme avec lequel il nous condam-
nait à une intimité de chaque instant. Bien
entendu, il ne s'est pas soucié du danger qu'il
faisait courir à sa femme et à sa fille. Heureusement, j'y ai pensé pour lui et c'est en m'effor-
çant de te préserver que je me suis trouvée prise.
Je préfère d'ailleurs que ce soit moi qui aie
succombé. Quand je pense à ce qui aurait pu
t'arriver. Enfin, n'en parlons plus. Tiens, tu vas
mettre le couvert et venir m'aider à la cuisine.
Tu sais que nous sommes sept à déjeuner. »

Mme Archambaud avait tenu à célébrer conve-
nablement le retour du prisonnier. Voilà ce
qu'il y avait à manger : œufs durs et tomates en
salade, filets de harengs, soufflé au fromage,
rôti de bœuf, asperges à la sauce blanche, salade,
tarte, fraises. Et il y eut de trois vins. En dépit
de quoi, le déjeuner resta morne d'un bout à
l'autre, les convives ayant tous une raison d'être
sombres ou inquiets. Pierre, à l'issue de la cérémonie, avait rencontré le professeur Jourdan qui
lui avait fait part de certains scrupules patrio-
tiques et lui conseillait maintenant de livrer le
traître fasciste. Ils devaient avoir à ce sujet un
entretien dans la journée de lundi et Pierre,
qui s'était montré rétif tout à l'heure, ne doutait guère de se laisser convaincre par son
maître, ce dont il ressentait déjà moins d'effroi
que de satisfaction. Pour Maxime Loin, il rumi-
nait sa honte et son dégoût de lui-même, enfermé
dans un mutisme douloureux, n'osant seulement

lever les yeux et se désespérant à la pensée que
Marie-Anne l'avait surpris dans les bras d'une
femme de quatre-vingt-cinq kilos qui, suppléti-
vement, était Mme Archambaud.

Aimable et réservé, le fils de Watrin promenait autour de la table des regards prudents et,
redoutant les pièges de la conversation, se montrait avare de paroles. Aux questions qui lui
étaient faites, il répondait sans hâte, après avoir
cherché dans les yeux de ses interlocuteurs les
mots qu'ils attendaient de lui. En présence de ces
gens qui savaient jouer le jeu, qui en connaissaient les conventions et les limites, il se sentait
en état d'infériorité et, sans avoir précisément
peur, il cherchait dans leurs attitudes et dans
leurs propos les enseignements qui lui permet-
traient de se diriger dans un monde où l'art de
déguiser semblait être la plus haute vertu.
Comme la maîtresse de maison le prenait à
témoin de l'insolence de Maria Gaigneux et des
communistes en général, il s'abstint de répondre
et se tira d'affaire par un sourire insignifiant et
il sut s'en tenir à ce même sourire au moment
où il fut question de son frère aîné qui avait
déserté en 39 et s'était enfui au Mexique. On
ne le vit quitter cette réserve que lorsque Archambaud l'interrogea sur l'état d'esprit politique
qui avait régné dans les stalags. Charles expliqua
que, dès après l'armistice de 40, il avait flairé le
complot qui se tramait contre la nation sous
les auspices du Maréchal. Malheureusement,

beaucoup de ses compagnons s'étaient laissé prendre aux mensonges de Vichy, trop nombreux même étant ceux qui avaient persévéré dans une erreur criminelle. Mais lui n'avait jamais été dupe et n'avait du reste pas caché ses opinions.

« J'avais tout de suite compris que la clique maréchaliste se réjouissait de la défaite de la France et chercherait à l'enfoncer de plus en plus. J'ai dit tout de suite : de Gaulle.

— Naturellement, dit Archambaud. C'est comme moi. »

Et l'ingénieur eut un sourire apitoyé qui laissa le jeune Watrin tout pensif.

XXIII

Le dimanche matin, Léopold s'éveilla vers cinq heures et ne put tenir au lit. Par une fenêtre sur fond de cour, un jour blême, pâteux, entrait dans la chambre à coucher dont l'armoire à glace renvoyait une image livide, noyée dans des reflets d'étain. Ayant avalé un verre de blanc préparé sur la table de nuit, Léopold, en chemise, bâilla devant la fenêtre, s'étira, se gratta la cuisse, se gratta l'échine, enfila un pantalon, passa aux vécés, de là à la cuisine, déjeuna d'un demi-litre de blanc et se lava la figure avec un coin de l'essuie-main. Dispos, l'esprit alerte, il inclinait à l'optimisme et une deuxième arrestation lui paraissait maintenant improbable. La veille, après dîner, Ledieu et Monfort, deux communistes importants, étaient venus boire un marc au zinc du Progrès où ils avaient échangé quelques mots avec Rochard, comme s'il ne s'était rien passé. Du reste, à en juger par les renseignements recueillis de droite et de gauche, son algarade de l'avant-veille avait provoqué chez les Blémontois plus de gaîté que d'indignation. Toutefois, Léopold jugeait prudent de ne pas reparaître devant les clients avant deux ou trois jours.

Profitant de l'heure matinale, il alla visiter la salle déserte du Progrès. Tout y était en ordre, le comptoir net, les bouteilles alignées à leurs places, les chaises sur les tables, pas de verres à la traîne, ni de soucoupes. Rochard s'acquittait proprement de sa tâche. Peut-être le garderait-on définitivement. L'âge venant, Léopold éprouvait le besoin de quelqu'un à qui botter les fesses. Il arrosa le plancher, balaya, rangea les chaises, vint s'asseoir derrière son zinc et se versa un grand blanc. A six heures moins le quart, le dimanche, la place Saint-Euloge était encore endormie et nul bruit de l'extérieur ne troublait la paix du Progrès. Songeant aux heures studieuses qu'il avait passées là en compagnie du professeur Didier et de ses jeunes élèves, un sourire de tendresse éclaira sa face de gorille. Mentalement, il faisait l'appel de la classe de troisième : Charlet, Hautemain, Luret, Odette Lepreux... et à l'appel de son nom, chacun des élèves prenait sa place à la table accoutumée. La classe entière finissait par avoir une présence presque réelle. Des bribes de conjugaisons latines revenaient aux oreilles de Léopold. M. Didier, triste et sévère, passait

entre les tables jeter un coup d'œil sur les
cahiers de préparation et, par la bouche d'Odette
Lepreux, Andromaque exhalait sa plainte mélo-
dieuse. Un peu oubliée pendant les dernières
vingt-quatre heures, elle surgissait dans un décor
familier, telle qu'il la voyait d'ordinaire dans
sa robe de 1900, avec les manches à gigot et la
chaîne de montre en sautoir. Il sentit dans ses
veines se rallumer la fièvre créatrice. Un moment, il se concentra, la tête entre les poings,
les yeux agrandis, fixés sur une mousse de
lumière qu'accrochait le rebord du zinc. Prenant un crayon et une feuille de papier, il
commença par écrire les trois vers qu'il avait
déjà faits. Le dimanche matin, le café ouvrait
tard. Léopold avait devant lui deux heures de
tranquillité absolue. Andromaque était là, si
proche, si vraie, qu'il lui semblait entendre sa
confidence. En une heure, il eut écrit deux nouveaux vers. Le troisième lui vint plus lentement,
mais ce fut celui qui lui donna le plus de satisfaction. L'ensemble se présentait ainsi :

LÉOPOLD

Passez-moi Astyanax, on va filer en douce.
Attendons pas d'avoir les poulets à nos trousses.

ANDROMAQUE

Mon Dieu, c'est-il possible. Enfin voilà un homme!
Voulez-vous du vin blanc ou voulez-vous du rhum?

LÉOPOLD

Du blanc.

ANDROMAQUE

*C'était du blanc que buvait mon Hector
Pour monter aux tranchées, et il avait pas tort.*

Arrivé là, Léopold resta longtemps le crayon en l'air. Il aurait voulu faire entendre à Andromaque qu'il avait lui-même fait la guerre en 1914, sans toutefois se donner des airs trop avantageux. A plusieurs reprises, Andréa avait voulu pénétrer dans la salle, mais s'était vue à chaque fois refoulée d'un geste sans appel. Lorsque Rochard se présenta vers huit heures, il était temps d'ouvrir l'établissement, et Léopold, contraint d'abandonner les lieux, se retira dans la cuisine afin d'y poursuivre ses travaux. L'idée à laquelle il s'était attaché commençait à prendre forme dans son esprit. Bientôt, la réalisation devint imminente. Il tenait ses deux rimes, *savamment* et *régiment,* il ne fallait plus que rogner çà et là quelques pieds superflus. C'est alors qu'Andréa, la mine défaite, vint l'avertir que les gendarmes étaient là. Léopold se leva de son siège en poussant un rugissement de fureur indignée. Il lui semblait qu'on eût, à dessein, choisi de l'arrêter au plus chaud de son inspiration et voulu outrager en lui le poète et le penseur. En trois enjambées, il fut dans la salle du café où l'attendaient deux gendarmes et un brigadier. Celui-ci tenait un papier à la main. Rochard, qui se trouvait derrière le zinc, observa que les deux gendarmes surveillaient

avec une attention soupçonneuse les moindres
gestes du cafetier. Le brigadier voulut parler,
mais sa voix fut couverte par le tonnerre de
Léopold.

« Nom de Dieu de bon Dieu, ça va-t-il finir,
ces comédies-là? Vous vous figurez peut-être que
la poésie est aux ordres de la maréchaussée?
Mais la poésie, elle se fout de vos képis de
gendarmes et de vos ceinturons en peau de
vache!

— Pas d'insolences, Léopold : j'ai un mandat...

— De quoi? un mandat? Vous repasserez! Si
vous n'avez rien d'autre à faire que de venir
casser les pieds aux honnêtes gens, moi j'ai un
poème qui m'attend. Qu'est-ce que vous imaginez. que je suis Léopold le bistrot? J'ai la
prétention d'être un peu plus que ça et si vous
voulez savoir quoi, demandez à M. Didier. Il
vous dira que ça s'appelle un poète tragique.

— S'agit pas de ça, dit le brigadier. Je me
fous de ce que vous êtes...

— Silence! tonna Léopold, ivre d'indignation.
Un poète tragique, vous lui devez le respect,
vous m'avez compris? Et d'abord, tirez-vous de
mon établissement! Allez vous torcher avec vos
mandats! »

Il eut un geste injonctif qui pouvait passer
pour un geste de menace et qui parut inquiéter
les gendarmes. Rochard, derrière le zinc, et
Andréa, sur le seuil de sa cuisine, n'osaient inter-

venir, sachant avec certitude que leurs exhortations les plus mesurées ne pouvaient qu'exaspérer sa fureur.

« Passez-lui les menottes », commanda le brigadier.

L'un des gendarmes, sans quitter le cafetier
des yeux, tira les menottes d'une poche de sa
vareuse tandis que sa main restée libre se portait à son ceinturon vers l'étui à revolver. La vue
des bracelets d'acier acheva de rendre Léopold
enragé.

« Oui, mes vaches, gronda-t-il, je m'en vais
vous aider. »

Il se porta en avant avec l'intention de s'em-
parer des menottes. Les deux gendarmes tirèrent
presque en même temps. Andréa poussa un cri
de frayeur. Léopold s'était immobilisé, l'air
étonné et comme incrédule. Une balle l'avait
atteint au ventre, l'autre sous le sein droit et le
sang commençait à rougir la chemise. Il s'ébranla
en grognant et fonça droit devant lui, d'un
lourd galop de proboscidien. Deux coups de feu
claquèrent encore et une balle lui traversa la
mâchoire d'une joue à l'autre, tandis que la
deuxième se logeait dans le haut du bras gauche.
Les gendarmes s'étaient écartés pour laisser
passer l'avalanche, mais le brigadier, moins
prompt, fut happé par la main du cafetier et
projeté contre le mur au pied duquel il tomba
étourdi. Andréa, terrorisée, poussait des hurlements pendant que les coups de feu claquaient

à une cadence accélérée. Affolés par la capacité
de résistance de Léopold qui ne paraissait pas
sérieusement incommodé par la fusillade, les
gendarmes vidaient leurs chargeurs dans son
vaste dos. Il s'était arrêté et, au mouvement de
sa tête qui ballottait de côté et d'autre, on put
croire qu'il allait enfin s'écrouler, mais il vira
sur lui-même d'un pas encore très ferme et se
tourna à ses agresseurs. La mâchoire inférieure
pendante et laissant échapper une cascade de
sang qui tombait sur son ventre, il les regardait
d'un œil lucide. N'ayant plus une balle à tirer,
les gendarmes, épouvantés, reculaient vers le
zinc. Soudain, il parut se désintéresser de leur
présence et, saisissant le dossier d'une chaise qui
se trouvait près de lui, s'assit à une table. Sa
respiration était courte, bruyante, mais il se
tenait d'aplomb, le buste très droit, fixant du
regard, au fond de la salle, la réclame d'apéritif
sous laquelle s'asseyait M. Didier pour faire son
cours aux élèves de troisième. Il tomba en avant,
la tête sur la table.

Bientôt, la nouvelle se répandit en ville que
les gendarmes, venus arrêter Léopold dans son
établissement, s'étaient vus dans l'obligation
d'abattre le forcené qui avait grièvement blessé
l'un d'entre eux.

Michel Monglat fut informé vers neuf heures.
Il s'était attardé dans sa chambre en conversation
avec l'homme de fer qu'il avait descendu la
veille du grenier et installé en face de son lit.

Henriette, la servante, entra sans frapper, surprise de le trouver là passé neuf heures, lui si
matinal d'habitude. Elle était allée en ville chercher le pain et, au retour de ses emplettes,
montait au premier faire les lits.

« Vous ne savez pas ce que je viens d'apprendre? Les gendarmes ont tué Léopold dans son
café à coups de revolver. »

Michel pâlit et, après un regard à l'homme
de fer, descendit au rez-de-chaussée. Avachi dans
son fauteuil, Monglat bâillait derrière son bureau
encombré de paperasses en désordre. Parce que
c'était dimanche, il avait mis une chemise propre, déjà salie de café, de cendres mouillées,
et sa figure bouffie, rasée de la veille, lavée à
peine, avait son habituelle expression de lassitude et d'écœurement. La porte s'ouvrit sans
qu'il levât les yeux et ce fut à ses chaussures
qu'il reconnut son fils. Les pieds s'étaient immo-
bilisés au milieu de la pièce. Surpris par cette
station silencieuse de Michel, qui se prolongeait
anormalement, le père leva la tête.

« Qu'est-ce que tu as? » demanda-t-il.

Michel, toujours silencieux, continuait à fixer
son père.

« Qu'est-ce que tu as à rester planté là?

— Prends une feuille de papier, dit Michel,
et écris ce que je te dicte. Dépêche-toi. »

Tout en protestant, Monglat prit un stylo et
un bloc de papier.

« Note d'abord la date. « Mon cher fils »...

Ecris, « Mon cher fils. La vie m'étant devenue
« insupportable... »

— Qu'est-ce qui te prend? Tu deviens fou!

— « La vie m'étant devenue insupportable,
« j'ai décidé de mettre fin... »

— Tu deviens fou, répéta Monglat en
posant son stylo. Pourquoi veux-tu que je me
suicide?

— Pour laver l'honneur de notre nom et pour
que la justice s'accomplisse.

— Mais qu'est-ce que tu racontes? Quel honneur? Tu sais bien que je m'en fous, de l'honneur. Toi aussi, du reste.

— Détrompe-toi. Malgré les tristes exemples
que tu m'as mis sous les yeux, l'honneur est
pour moi la chose qui compte le plus au monde.
Mais je ne vais pas perdre mon temps à discuter
avec un individu de ton espèce. Oui ou non,
veux-tu faire ce que je te dis?... Bon, tu ne veux
pas. Je vais donc faire le nécessaire pour que tu
sois en prison avant la fin de la semaine. »

Monglat n'en croyait pas ses oreilles. Rien ne
l'avait préparé à une telle attitude de la part de
Michel qui s'était toujours montré un complice
discret, avisé et au-dessus de toute espèce de
scrupule. Il lui fit part de l'étonnement qu'il
ressentait en face de ce revirement soudain où
il était bien obligé de voir une trahison. A quoi
Michel répondit qu'il reprochait justement à
son père de l'avoir associé pendant l'occupation
à ses trafics dégoûtants, envoyé ensuite au maquis

pour se ménager une façade sur la Résistance
et, depuis la libération, contraint à devenir un
chien de garde au service de son sale argent.

« Mais c'est bien fini. Tu vas payer l'assassinat de Léopold...

— Ne parle pas si fort, dit Monglat en jetant
un coup d'œil vers la fenêtre entrebâillée.

— Tu vas payer l'assassinat de Léopold! cria
Michel. Et puisque tu ne veux pas te suicider,
je te ferai foutre en prison! »

Monglat se souleva de son fauteuil. Il était
jaune de colère. Appuyé des deux mains sur
son bureau, le visage tourné vers la fenêtre, il
regarda Michel de côté et lui dit d'une petite
voix dure :

« En voilà assez. Si tu dis encore un mot, c'est
moi qui te fais arrêter. Imbécile. Tu te crois
peut-être quelqu'un? mais si tu n'étais pas le
fils d'un milliardaire, si je ne m'étais pas enrichi
avec les Boches, tu serais juste bon à faire un
chauffeur de taxi. Me faire flanquer en prison?
Tu oublies que c'est moi qui ai l'argent et moi
seul. Léopold, tu vois ce qu'il lui en a coûté de
faire le flambard avec moi. Alors, tiens-toi tranquille. Je n'ai qu'un mot à dire et je t'expédie
en prison ou au cabanon ou plus loin. »

Michel, interdit, décontenancé, restait planté
au milieu de la pièce. Monglat se mit à rire
tandis qu'une lueur s'allumait dans ses yeux
troubles.

« Tu es si bête que tu n'as même pas appris

à me connaître. Tu me crois toujours le bon
vivant d'avant la guerre, le papa rigolard qui
rencontrait son fils au bordel à deux heures
du matin. J'ai changé, Michel. Je suis riche. Je
tremble pour mes millions. Je suis méfiant. Je
n'ai plus d'amis, plus de plaisirs. Je ne peux rien
désirer sans me trouver en face de ma galette.
Il ne me reste qu'une joie, c'est la souffrance
des autres, le mal que je peux leur faire et
celui qu'ils se font eux-mêmes. Je suis condamné
à mon argent, je ne peux aimer personne, pas
même moi, mais je hais tout le monde. Mon
régal, c'est de lire dans les journaux les listes
de fusillés, le compte rendu des procès, les dénon-
ciations. Ça me fait jouir. Des juges bien dégueulasses, des journalistes indicateurs, des besogneux
de la Résistance et des vaniteux, qui hurlent à
la mort ou qui vendent leurs copains pour une
petite place au soleil ou un reflet à la bouton-
nière, et les bons cons de la collabo, les sincères,
les paumés, les salauds aussi, tout ça en vrac au
poteau, en prison, aux travaux forcés. Ça me
fait jouir. Ça me fait jouir. Moi le gros dégueu-
lasse, le vendu numéro un, je suis considéré, le
préfet à mes bottes, les sourires de monsieur le
ministre. C'est pour moi qu'on fusille les miteux,
les plumitifs, les subalternes, pour rassurer la
grosse épargne. J'en suis très touché. »

Monglat cracha contre le mur, pour le plaisir
d'être malpropre et après avoir rallumé un
mégot froid posé sur la table, se dirigea vers son

fils qui le regardait en écarquillant des yeux
stupides d'étonnement.

« Et le collaborateur que tu voulais dédoua-
ner, comment s'appelle-t-il?

— Maxime Loin, laissa échapper Michel.

— Hon, très bien. Maxime Loin, c'est le
poteau à coup sûr, les crachats, les injures, la
prévention à coups de matraque, tout le grand
jeu. Je vais bien me régaler. N'empêche que
sans moi, voilà un cochon de fasciste qui échap-
perait à la justice des patriotes. Où est-ce qu'il
se cache? »

Michel, qui s'était un peu ressaisi, eut un
geste d'ignorance.

« Arrange-toi pour le savoir aujourd'hui. Je
suis pressé.

— Tu ne ferais tout de même pas une chose
pareille! protesta Michel.

— Pas un mot, je t'ai dit, ou je te fais coffrer.
Alors, comme ça, tu t'amenais ici en moraliste
et en justicier. Monsieur me reproche de lui
avoir donné de mauvais exemples, de l'avoir
associé à mes ignobles combinaisons. Gros imbécile, avant de juger les autres, apprends à te
connaître un peu. Crois-tu que si j'avais eu un
fils dont j'aie pu être fier, j'aurais fait toutes
les saloperies que tu m'as vu faire depuis
quatre ans? Il aurait peut-être suffi d'un fils qui
me soit un peu supérieur pour me dégoûter de
prendre ce chemin-là, mais tu m'as toujours
ressemblé trait pour trait. Au collège, un cancre

comme moi, malfaisant et prétentieux. A vingt
ans, tu ne pensais qu'à la nourriture et aux
filles. Tricheur et rusé, mais encore plus bête,
et bonasse sans avoir de cœur. Le portrait de ton
père tout craché. Je t'en foutrai de me faire la
morale, va. Regarde-toi bien, tu n'es qu'un
salaud comme moi. Allons, sors d'ici, je t'ai
assez vu. Et ne reparais devant moi qu'avec tous
les renseignements sur l'endroit où se cache le
traître fasciste. »

Monglat regagna sa place derrière son bureau
en suivant la sortie de son fils avec un sourire
qui se fondit du reste dans une expression
d'extrême fatigue. Michel, très troublé, remonta
l'escalier et alla s'accouder à la fenêtre de sa
chambre. Un peu surprenants de la part d'un
homme accablé et toujours gémissant, les propos du père, à la réflexion, l'étaient beaucoup
moins. Sans parler de l'arrestation de Léopold,
qui s'expliquait suffisamment par la panique de
Monglat, celui-ci avait à son actif certaines tra-
hisons d'un caractère purement gratuit qui
annonçaient sans éclat, mais sans équivoque non
plus, les sentiments qu'il venait d'étaler avec
tant de complaisance. Peut-être fallait-il voir
dans ces discours une outrance calculée, mais
ils contenaient à coup sûr une grande part de
vérité, et rien n'empêchait de supposer que
l'homme, poussé par la peur, pût vraiment expédier son fils en prison ou lui réserver le sort de
Léopold. Mais plus inquiétante pour Michel

que ces menaces supendues sur sa tête, était
l'idée d'une ressemblance morale entre son père
et lui. Il avait beau la repousser de toutes ses
forces, elle s'imposait à son esprit avec une évidence cruelle. En scrutant ses souvenirs, il retrouvait maintes circonstances où l'un et l'autre
s'étaient spontanément accordés sur des façons
de sentir, si particulières qu'ils avaient eu tous
les deux le sourire que provoque chez des interlocuteurs ce genre de rencontres. La ressemblance frappait d'ailleurs de nombreuses personnes. L'avant-veille encore, Michel se trouvait
dans un groupe à la Pomme d'Or et l'avocat
Mégrin lui avait dit avec un sourire qui prenait
maintenant sa véritable signification : « C'est
étonnant, mais quand je te regarde, je crois
revoir exactement Monglat tel qu'il était à ton
âge. » Et Mégrin ne parlait certainement pas
d'une ressemblance physique, qui était assez
lointaine. Il s'agissait pour lui de quelque chose
de plus profond et de plus secret. A vivre de
la même vie, avec les mêmes préoccupations et
le naturel aidant, il n'y avait rien d'extraordi-
naire à ce que le fils fût ainsi façonné à l'image
de son père. Sans doute connaîtrait-il plus tard,
lui aussi, cette fièvre de méchanceté sénile où
Monglat trompait le vide désespérant de son
existence. Michel voulut interroger l'homme de
fer, mais il n'accordait déjà plus aucune valeur
à cette fiction sur laquelle il s'efforçait de vivre
depuis trois jours. Vers onze heures, il se rendit

en ville et, n'y ayant pas rencontré Marie-Anne, alla déambuler dans les ruines en face de ses fenêtres.

Le professeur Watrin venait d'apprendre aux Archambaud et à Loin la fin dramatique de Léopold. Il était sorti vers neuf heures prendre son fils à l'hôtel où il avait couché, mais Charles était déjà parti, préférant sans doute être seul pour se rendre sur la tombe de sa mère. Watrin avait fait une longue promenade dans la campagne et, au retour, flânant par les rues de Blémont, rencontré son collègue Fromantin qui lui avait asséné la nouvelle.

Archambaud accueillit la nouvelle avec une tranquille amertume. Il prétendait être responsable, au même titre que ses concitoyens, de la mort de cet innocent.

« Je n'ai pas eu le courage de m'élever contre l'arbitraire de sa première arrestation et quant au meurtre, je me sens tout prêt à me solidariser, par mon silence, avec les assassins. Mais j'ai déjà commis tant de crimes de ce genre que je n'en suis plus à un près. »

Marie-Anne eut une pensée émue pour Léopold, mais se désintéressa de la conversation aussitôt, car elle venait d'apercevoir le fils Monglat errant parmi les ruines. Il allait lentement, l'air morose, et montait parfois sur un tas de pierres pour se mettre mieux en vue. Cachée derrière la fenêtre, Marie-Anne l'observait avec malveillance et, comme s'il avait pu la voir, mettait dans son regard une ironie agressive.

Des grands pas d'hommes solidement chaus-
sés résonnèrent dans le couloir. Archambaud
prit Loin par le bras et le poussa dans la
chambre du professeur. Les pas s'étaient arrêtés
au milieu du couloir et l'un des deux visiteurs
frappa à la porte de Gaigneux.

— Fausse alerte, murmura l'ingénieur.

— Il n'y a plus lieu de s'inquiéter pour
Maxime, fit observer Watrin.

— Je voudrais bien savoir pourquoi il n'y
a plus lieu de s'inquiéter. La situation est la
même qu'au premier jour, sauf que nous sommes
beaucoup moins prudents. A vrai dire, il y a
toutes chances pour qu'elle se soit aggravée.
Depuis trois semaines, le hasard nous est favorable, mais c'est une raison de nous méfier, car
le simple calcul des probabilités joue déjà contre
nous. D'ailleurs, je suis en train de m'occuper
du départ de Maxime. Comme la chose n'est pas
encore au point, je ne lui en ai rien dit. C'est
Manin, le chef magasinier de l'usine, qui le
ferait partir en camion pour Perpignan, chez des
parents à lui. De là, il pourrait sans doute passer en Espagne. Manin est un très brave homme
en qui j'ai toute confiance et pourtant... j'ose
à peine le dire, mais quand j'ai entendu des
pas dans le couloir, j'ai tout de suite pensé... »

Gaigneux, les joues barbouillées de savon et le
rasoir à la main, accueillit ses deux camarades
Ledieu et Monfort. Il les fit asseoir et acheva de

se raser devant une petite glace pendue à l'espa-
gnolette de la fenêtre.

« Je suis tout seul à la maison, dit-il, Maria
est allée avec les gosses passer la journée chez
ses cousins de La Chesnée. »

Ce qu'il ne disait pas, c'est qu'elle était allée
assister à un baptême. Et ce qu'il ne savait pas,
Maria s'étant gardée de lui en rien dire, c'est
qu'elle profitait de l'occasion pour baptiser leur
dernière née qu'il entendait, lui, préserver des
entreprises de la superstition. Ledieu et Monfort, informés par leurs femmes de cette petite
trahison, échangèrent un sourire derrière son
dos. Il se passa un linge mouillé sur la figure
et essuya son rasoir.

« Alors, demanda Ledieu, qu'est-ce que tu
penses de ce qui arrive?

— Ce qui arrive?

— Je m'en doutais, tu n'es pas sorti, tu ne
sais rien. Ce matin, vers huit heures, les gendarmes sont allés au Progrès arrêter Léopold et
ils l'ont descendu à coups de revolver. »

Gaigneux, stupéfait, resta d'abord muet.

« Joli travail, hein? fit Monfort.

— Mais, bon Dieu! qui est-ce qui a donné
l'ordre d'arrêter Léopold?

— On venait justement voir si tu avais ton
idée là-dessus.

— J'ai été voir le lieutenant de gendarmerie,
dit Ledieu. Il ne m'a pas appris grand-chose. A
ce qu'il paraît, c'est la préfecture qui a tout

déclenché. Mais sûrement que derrière le préfet,
il y a quelqu'un de Blémont. Ça, le lieutenant
ignore et il m'a paru sincère. Je me suis demandé
si ce ne seraient pas les socialistes, histoire de
nous mettre dans le pétrin. Ils auraient réussi,
les vaches. A l'heure qu'il est, la chose ne fait
pas de doute à Blémont pour personne : le parti
communiste a fait assassiner Léopold. Tu parles
si les socialistes vont s'en donner.

— Il faudra bien qu'on sache d'où vient le
coup, prononça Gaigneux. On fera cuisiner le
préfet. Au besoin, un de nous fera le voyage.
Personnellement, je ne crois pas que ça vienne
des socialistes. Ce n'est pas dans leur manière.
Vous n'avez pas interrogé Rochard?

— Je l'ai rencontré, dit Monfort. Il allait
demander à Lurin de passer au Progrès prendre
les mesures de Léopold. Naturellement, je lui
ai demandé ce qui s'était passé, en prenant mon
air le plus vache. D'après lui, quand les gendarmes sont venus le cueillir, Léopold s'est
fâché, il a foncé dans le tas et il a estourbi le
brigadier. En somme, les gendarmes n'auraient
fait que se défendre. Reste à savoir si c'est
vrai. »

Les trois hommes s'étaient approchés de la
fenêtre. Leurs regards plongeaient dans l'impasse Ernestine. Ledieu et Monfort continuaient
à discuter les problèmes que soulevait la mort
de Léopold, mais Gaigneux paraissait s'être
retiré du débat. Il avait l'air de penser à autre

chose. Comme Ledieu et Monfort lui en faisaient
la remarque, il les regarda avec une étrange
insistance qui devait nécessairement attirer leur
attention sur les paroles qu'il allait prononcer.

« Tiens, dit-il lentement, voilà le fils Monglat
qui rentre chez lui. »

Les deux visiteurs suivirent des yeux le fils
Monglat jusqu'à la grille de la maison paternelle, le temps de méditer sur les accusations
portées par Léopold contre le distillateur. Gaigneux les regardait.

« Je crois que ce n'est pas la peine de cuisiner
le préfet.

— Je n'avais pas pensé à Monglat », murmura Ledieu.

Le silence s'établit entre les trois hommes.
Ils songeaient au pouvoir que détenait cet
homme effacé et inconsistant, et aux protections
dont il était l'objet dans les hautes sphères
communistes. Le parti devait y trouver son
compte, mais il était difficile de s'en féliciter.

« Alors? demanda Monfort avec mauvaise
humeur, on encaisse le coup?

— Je ne vois pas ce qu'on peut faire d'autre,
soupira Ledieu. Protester qu'on n'est pour rien
dans la deuxième arrestation de Léopold? Personne ne nous croira. Et si les gens nous
croyaient, ils diraient : « Tiens, tiens, mainte-
« nant on emprisonne et on fusille sans passer
« par les communistes. » De toutes manières,
on n'en sort pas. Les socialistes ont la partie

belle. Ils doivent déjà travailler ferme à monter
l'opinion contre nous. »

En pensant au bénéfice que les socialistes
allaient retirer de l'aventure, Ledieu eut un
geste rageur. Monfort dit en s'adressant à Gaigneux :

« Si on t'avait écouté et qu'on ait foutu
Rochard en l'air au lieu de suivre cette andouille
de Jourdan, on n'en serait pas là aujourd'hui. »

Tandis que Gaigneux et Monfort échangeaient des vues sur les communistes d'éducation
bourgeoise, Ledieu arpentait la chambre en
réfléchissant. Lorsqu'il revint auprès d'eux, il
avait les yeux brillants, le visage animé.

« Il y a quand même un moyen de s'en tirer,
déclara-t-il. Le moyen, c'est de découvrir un
complot. Par exemple, faire arrêter Rochard avec
deux ou trois autres, et les accuser d'avoir été
en cheville avec Léopold pour préparer un atten-
tat fasciste. Les preuves, on les trouverait. »

Gaigneux se cabra et Monfort ne cacha pas
non plus qu'il répugnait à une telle machina-
tion :

« Tout ça, c'est pas du sérieux. C'est gangster
et cinéma.

— Il faut raisonner un peu, dit Gaigneux.
Si nous, on devient les pires dégueulasses,
j'estime qu'on n'est plus qualifié pour faire la
révolution ni pour la proclamer. Il y a des
types, c'est malheureux, pour qui c'est un métier
d'être communiste. Pour d'autres, c'est un moyen

d'échapper au fisc, au contrôle, à l'épuration, ou un atout dans leur profession. Tous ces gens-là, il n'y a rien de bon à en attendre et j'ai peur qu'on s'en aperçoive un jour, quand il sera trop tard. En définitive, la force du parti, c'est les gens comme nous, les gens honnêtes et du fait qu'ils sont honnêtes. Mais si on se met à faire des faux témoignages, si on se met à fourrer des innocents en prison sous prétexte d'arranger les affaires du parti, à partir de ce moment-là, on n'est plus des hommes sur lesquels on peut compter. »

Ledieu, qui tenait à son idée, la défendit avec vigueur, représentant à ses compagnons le péril que comportait l'inaction pour les communistes, et la marée montante des S.F.I.O. à Blémont. Un militant n'a pas le droit, disait-il, de sacrifier à sa bonne conscience les intérêts supérieurs du parti; est-ce que les capitalistes avaient des scrupules? Les arguments lui venaient, nombreux, appuyés de solides références. Monfort, tout en disputant, sentait vaciller ses scrupules et commençait à admettre la nécessité d'une action qu'il réprouvait encore. Mais Gaigneux, l'air froid et indifférent, s'abstenait de participer à la dispute. Le voyant ainsi retranché, Ledieu comprit qu'il avait intérêt à transporter son idée ailleurs, là où elle aurait des chances de s'enraciner.

Après avoir reconduit les deux visiteurs jusqu'à la porte d'entrée, Gaigneux eut plaisir à

se retrouver seul. Dans la rue, Ledieu devait
parler de lui et dire à Monfort : « C'est un
homme sérieux, consciencieux, un bon camarade,
mais ce qui lui manque, c'est le sens des réalités. » Tant pis. Ce n'était pas la première fois
qu'on s'irritait de le trouver trop prudent, trop
réfléchi — statique, disait Jourdan dans son
jargon. En général, l'événement finissait tout
de même par lui donner raison. Il s'efforça de
reléguer ces pensées un peu amères et de retrouver sa légèreté d'humeur de la matinée. L'absence de sa famille, principalement de sa femme,
lui procurait toujours une agréable sensation
de repos et de liberté. S'y ajoutait aujourd'hui
un certain émoi qui était en lui comme une
source murmurante, de douceur et de jeunesse.
Dans la solitude et le silence de son logement,
le voisinage de Marie-Anne lui était sensible. Il
avait occupé sa matinée à réparer des objets
ménagers et ses regards s'étaient souvent portés
sur le mur qui le séparait de la jeune fille.

Gaigneux déjeuna, s'endormit sur la table en
lisant un journal et s'éveilla passé trois heures.
Il avait rêvé d'un gros oiseau mouillé qui marchait dans un crépuscule d'hiver où tremblait
une quittance de loyer. Le souvenir de son
cauchemar se dissipa très vite et, en allant à la
cuisine laver le peu de vaisselle qu'il avait salie,
Gaigneux ne pensait qu'à Marie-Anne. Penché
sur l'évier, il vit passer dans le couloir Archambaud et les deux Watrin, qui gagnaient l'escalier.

« Vous avez raison, disait l'ingénieur. Si j'avais
votre âge, je ne ferais pas ma vie en France
non plus. »

A l'eau froide, la vaisselle se lavait mal. Les
assiettes et les couverts restaient gras. Gaigneux
recommença plusieurs fois l'opération sans obtenir de résultat vraiment satisfaisant. Il entendit
s'ouvrir la porte de la salle à manger, se fermer,
s'ouvrir encore.

« Maman, tu as pris la lettre pour tante
Elise? demanda Marie-Anne.

— Ton frère l'a emportée, répondit Mme Archambaud.

— Pourvu qu'il ait pensé à la timbrer. Il
manquait un timbre de cinquante.

— Pierre n'y aura sûrement pas pensé. Tant
pis, Elise paiera la taxe. »

La porte se referma. Mme Archambaud, coif-
fée d'un chapeau à plume et à voilette, passa
dans le couloir. La porte du palier claqua derrière elle. En songeant qu'il était seul dans
l'appartement avec Marie-Anne, Gaigneux fut
doucement ému et se sentit appelé par le destin.
La vaisselle était lavée, essuyée, rangée. N'ayant
plus rien à faire, il demeura dans la cuisine,
oisif et ballant, à attendre la venue de la jeune
fille. Il la voyait triste, lui la consolant et conseillant, grand ami sincère et, sans l'avoir voulu
vraiment, souhaité à peine, l'étreignant sur le
lit de Maria. Plusieurs fois, il s'avança au seuil
de la cuisine en toussant très fort pour faire

savoir qu'il était là. Enfin, dans une minute
d'anxiété et d'exaltation, il alla jusqu'au fond
du couloir et ouvrit la porte de la salle à manger.
Maxime Loin était seul dans la pièce, assis sur
une chaise devant la table et lisant un journal
de cinéma. Gaigneux fut si vivement intéressé
par la rencontre qu'il n'eut pas le temps d'être
déçu. Il s'assit en face de Loin de telle sorte
qu'ils se trouvaient séparés par la largeur de
la table.

« Il y a longtemps que tu es chez Archambaud?

— Un quart d'heure. Mais qu'est-ce que ça
peut te faire? Tu es de la police?

— Alors, tu as vu Archambaud?

— Si tu es inspecteur, montre-moi ta carte,
mais si tu n'es qu'un indicateur, fais ton métier
et fous-moi la paix. »

Loin avait un air de défi, des yeux chauds,
pleins de violence et de douleur. Gaigneux
détourna son regard, gêné d'être le plus fort.
Depuis leur plus petite enfance, il avait toujours
été le plus fort, à la maternelle, à la communale,
plus tard à l'usine où l'un était employé, l'autre
ouvrier. Ils n'avaient du reste jamais été ennemis. Gaigneux, bien souvent, était intervenu
auprès de ses camarades en faveur de l'écolier
timide et trop différent des autres. Ils n'avaient
jamais été amis non plus, tous deux sérieux et
réfléchis, mais opposés par leurs sensibilités.
Certaines manières d'être, dans ce qu'elles

avaient de plus physique, de plus extérieur,
auraient suffi à les séparer. Gaigneux, en face
de son ancien condisciple, pensa justement à ces
deux vies qui s'étaient écoulées si proches l'une
de l'autre sans véritable contact et en eut comme
un remords.

« Tu as mangé? » demanda-t-il.

Loin répondit affirmativement. La question
l'avait ému et ses paupières battirent pour dissimuler une buée de larmes. Gaigneux, le cœur
serré, vit poindre cette humidité. Il hésitait
encore sur la conduite à tenir, acceptant difficilement que l'écolier blême et timide, devenu
plus tard un petit employé solitaire, fût maintenant un ennemi. Le souvenir du meurtre de
Léopold, que les Blémontois imputaient aux
communistes, mit fin à ses hésitations. Le parti,
qui avait besoin de se relever, pourrait se préva-
loir d'une arrestation sensationnelle sans avoir
recours aux ténébreuses machinations de Ledieu.

« Viens avec moi, dit-il, je vais te conduire
à la gendarmerie. »

Loin se leva sans rien dire, mais consentant.
Lorsqu'il fut debout en face de Gaigneux, la
mort lui fit une si grande peur qu'il se trouva
incapable de faire un pas. Il avait froid dans
tout le corps, ses mains étaient glacées. Son
malaise ne dura pas et la mort alla l'attendre
un peu plus loin. Il pensa à la prison, au procès,
à l'orgueil qu'il aurait d'être un homme devant
des juges peureux et il sentit se réchauffer en

lui et prendre une valeur nouvelle des convictions qui commençaient à se flétrir. Levant sur
Gaigneux un regard calme, il lui dit en souriant :

« Une minute, si tu veux bien, le temps de
feuilleter le magazine. »

Une grande photo couvrant toute une page
représentait une vedette en costume de bain,
chaussée de souliers à hauts talons et tenant
un chien en laisse. Maxime Loin lut la légende
qui l'accompagnait : « J'adore les confitures et
les épagneuls, déclare la charmante et spirituelle
Lilian Redd ». Il tournait la page lorsque Marie-
Anne, sortant de sa chambre, entra dans la salle
à manger. Elle regardait les deux hommes et,
hésitant à comprendre, craignait de prononcer
une parole qui pût nuire à Maxime.

« Excusez-moi », lui dit Gaigneux qui ajouta
en regardant Loin : « Tu es prêt? »

Loin acquiesça et la jeune fille comprit.

« Vous n'allez pas livrer un homme traqué,
dit-elle à Gaigneux. Vous êtes un honnête
homme, vous ne pouvez pas faire une chose
pareille.

— Ne vous mêlez pas de ça. Allons, vite,
partons.

— Maxime, restez là », commanda Marie-
Anne.

Elle s'approcha de Gaigneux et le toisa d'un
regard froid.

« Comment se fait-il que vous soyez ici? Vous

pensiez qu'il n'y avait personne dans l'appartement? »

Surpris et blessé, Gaigneux ne trouva rien à répondre. Cette jeune fille douce, aimable, qui fondait facilement en mélancolie, avait tout à coup le ton cassant de Mme Archambaud et le même timbre de voix.

« Ou bien vous avez pensé que j'étais seule ici, n'est-ce pas? »

Gaigneux devint rouge et détourna la tête.

« Alors? c'était pour la fille ou pour les couverts en argent? »

Il n'eut pas de colère, mais crut sentir dans sa poitrine s'écraser quelque chose qui lui fit très mal. Sans la regarder, il quitta la salle à manger. Quand la porte se fut refermée sur lui, Maxime vint à Marie-Anne et dit à mi-voix :

« Il m'attend derrière la porte. Le mieux que je puisse faire est de le rejoindre tout de suite.

— Non. Vous pouvez encore vous sauver. Par la fenêtre avec des draps de lit.

— Ce n'est pas sérieux. Parlons d'autre chose. Il y a une catastrophe à éviter, c'est que les gendarmes viennent me chercher ici et emmènent M. Archambaud en même temps que moi. Je vais m'arranger avec Gaigneux pour que personne ne soit compromis. Il n'y a pas autre chose à faire. »

Marie-Anne trouva qu'il avait raison, mais elle était choquée de voir sa mort s'arranger aussi simplement et, par respect humain, aurait voulu étoffer la chose. Ne pouvant mieux faire que pleurer, elle s'effondra sur une chaise en cachant son visage dans ses mains et en poussant des gémissements. Touché de cette petite attention, il sortit tout doucement.

En descendant l'escalier, il demanda à Gaigneux de ne pas mentionner sa visite chez Archambaud dont la responsabilité n'était nullement engagée. Gaigneux n'était pas dupe et croyait savoir à quoi s'en tenir sur le rôle joué par l'ingénieur, mais la proposition l'arrangeait.

« En effet, dit-il, ça vaut mieux. Je t'ai découvert rue Emile-Bon, près de la gare, dans les ruines. Tu te cachais en attendant la nuit pour sauter dans un train de marchandises. Je t'ai reconnu, je t'ai attrapé par le col et comme tu avais faim, je t'ai emmené chez moi manger un morceau. »

Le ciel était gris. Depuis une heure, il tombait une pluie fine et fraîche, comme d'automne. La rue était presque déserte. En débouchant du couloir, Loin s'arrêta devant le champ des ruines et dit en montrant les décombres mouillés :

« Je suis content que tout ça soit par terre. La vie était triste, là-dedans. Tu te souviens? »

Gaigneux, lui, ne voyait rien dans ses souvenirs qui lui parût justifier cette satisfaction. Ils se mirent en marche sous la pluie et furent longtemps sans échanger un mot. Leur silence n'avait du reste rien d'inamical. C'était celui

de deux hommes qui n'ont pas grand-chose
à apprendre l'un sur l'autre et sont assez sûrs
de leur intimité pour ne pas la chercher dans
de vaines paroles. Oubliant un peu où il allait,
Maxime Loin se sentait presque en sécurité. Ce
fut pourtant lui qui rompit le charme alors
qu'ils arrivaient au grand carrefour.

« Ça ne te fait rien de donner quelqu'un aux
flics?

— Si, répondit Gaigneux, un petit peu. Mais
tout ça, c'est des préjugés d'autrefois. »

Les passants étaient de plus en plus rares.
La femme du lieutenant de gendarmerie, qui
trottait sous la pluie, reconnut Maxime en arrivant auprès de lui, mais la crainte de mouiller
sa robe et son indéfrisable l'empêcha de revenir
sur ses pas informer son mari qu'elle savait
être au café du Commerce. Des groupes de promeneurs avaient trouvé un abri sur la terrasse
de la Pomme d'Or. Watrin et son fils y étaient
attablés en compagnie d'Archambaud qui avait
l'humeur sombre. Loin et Gaigneux passèrent
devant les trois hommes à moins de cinquante
mètres sans qu'aucun d'eux les remarquât.

« Ne faites pas cette tête-là, disait Watrin à
l'ingénieur, et ne pensez pas toujours à ce que
vous auriez dû faire et que vous n'avez pas fait.
Souvenez-vous plutôt que vous avez sauvé un
homme de la mort, sans peur de vous compromettre.

— C'est ce que vous me répétez tous les

jours avec l'intention charitable de me rassurer.
N'empêche que je marine dans un bain de
saleté et que je me sens sale jusqu'au fond de
moi-même. Quand je pense aux saloperies et
aux crimes auxquels je me suis associé... »

Un peu surpris par ces dernières paroles, le
fils de Watrin considérait Archambaud avec une
attention nouvelle. Le professeur s'aperçut de
son étonnement et, craignant qu'il se méprît,
expliqua :

« En fait de crimes, notre ami Archambaud
n'a strictement rien à se reprocher. Il a tout
bonnement consenti, par son silence, aux crimes
des autres. C'est du reste ce qui m'est arrivé
et c'est ce qui t'arrivera aussi. Nous sommes
des lâches et des hypocrites, je ne songe pas à
nier l'évidence, mais c'est justement ce qu'il
faut être en ce moment. Et ce n'est pas ce qui
nous empêche d'être des créatures admirables.
Vous m'entendez, Archambaud. Admirables.

— Oui, oui, dit l'ingénieur avec un sourire
sans joie. Je vous vois venir. Uranus.

— Parfaitement, Uranus. Tenez, cet hiver,
quand je m'éveillais avant sept heures, il faisait
encore nuit. Dans ma joie de renaître, je ne
pouvais pas me rincer l'œil avec mon armoire,
ma table ou mon pot à eau. Bien sûr, j'avais
la ressource de penser aux fleurs, aux éléphants,
aux arbres et je ne m'en privais pas non plus.
Mais le plus souvent, je m'amusais à regarder
à l'intérieur de moi-même. Ça se présente comme

une belle grande boutique d'une opulence incroyable, et qui regorge de trésors au point qu'on est ébloui. L'ordre est loin d'y être parfait. Il a beau y avoir abondance de placards, des tiroirs à n'en plus finir et des serviteurs zélés, bien souvent, ça fait un peu bric-à-brac. Mais il y a une chose qui est toujours soignée, ordonnée, ratissée, c'est la vitrine. C'est qu'il s'agit de plaire aux passants, de leur taper dans l'œil sans les humilier, sans les contrarier. En somme, la vitrine doit être ce que les passants veulent qu'elle soit. Ça paraît très difficile et ça se fait sans effort, tout naturellement. Comme vous savez, le goût des passants n'est pas toujours excellent. A l'heure qu'il est, par exemple, les vitrines ne sont pas brillantes, mais ça ne durera pas toujours. Attendez un peu. Attendez seulement cinquante ans... »

Un homme en imperméable, qui venait de traverser le grand carrefour en courant, s'arrêta près d'une table voisine et dit à haute voix : « Vous savez la nouvelle? Maxime Loin vient d'être arrêté. » Archambaud devint blême de peur et maudit le mouvement de générosité imbécile auquel il avait cédé un soir. Le professeur Watrin, qui n'avait pas entendu, souriait à l'avenir et s'écriait avec une légère exaltation :

« Quelles vitrines! Quelles vitrines! »

BRODARD ET TAUPIN — IMPRIMEUR - RELIEUR
Paris-Coulommiers. — Imprimé en France.
6098-1-2 - Dépôt légal n° 6265, 1er trimestre 1967.
LE LIVRE DE POCHE - 4, rue de Galliéra, Paris.

30 - 21 - 2114 - 01